新本格ミステリを識るための100冊

令和のためのミステリブックガイド

佳多山大地

JN053526

星海社

194

SEIKAISHA SHINSHO

はじめに

やあ、読者の皆《みんな》。面白い本、読んでる？　この本自体が面白いかどうかはさておき、まこと「面白い本」をたくさん紹介している本であることはまちがいありません。そして、『新本格ミステリを識《し》るための100冊』と題したこの本は、まだうら若き十代の――せいぜい草臥《くたび》れて二十代の読者に向けて書いています。ちょうどそれくらいの年頃に、めっぽう〝効き目〟があるはずの本格ミステリを100冊オススメするために。

タイトルに惹かれてこの本を手にとってくれたあなたは、きっと一再ならず推理小説《ミステリ》に気持ちよく騙された経験があるのでしょう。「新本格ミステリ」という言葉も、どこかで聞きかじっている。新本格ミステリとは何ぞや？　いや、そのまえに「新」が頭にひっついていない「本格ミステリ」とはどういうものなのか？　そのへんについては、のちほど詳しく説明します。ここではひと口に――「新本格ミステリ」とは不可能興味あふれる〈謎〉とその論理的な〈解明〉を骨子とする「本格ミステリ」の復興探究運動《ルネッサンス》に呼応した作品群で、綾辻行人《あやつじゆきと》のデビュー作『十角館の殺人』を象徴的起点とする現代本格のムーブメントそれ自体をも指す――とだけ言っておきましょう。この本では、『十角館の殺人』が世に出た一九八七年九月五日から二〇二〇年十二月三十一日まで現代日本の本格ミステリの流れ《カレント》を辿れるよう選り抜いた100冊を紹介します。さらに、その100冊を入口に、国内外問わずミステリの豊饒《ほうじょう》な歴史的蓄積にも少しく分け入ってもらえるよう手引きしています。

ところでこの本には、元になった原稿がありました。講談社の文芸誌「ファウスト」第八号（二〇一一年夏号）の特集企画《新本格ミステリ・ムーブメントとは何だったのか!?》に寄稿した「新本格を識るための100冊」です。元になった、といってもそれは四十枚程度の長さで、新本格ミステリの全体像を大摑みするのに必読と思われる100冊をチョイスし、それぞれ短くコメントを付けるにとどまるもの。このとき最新の100冊目は、二〇〇九年十一月刊行の円居挽《まどいばん》『丸太町ルヴォワール』でした。

あれから早十年。二〇一〇年代に入ってから新本格ミステリの勢力図は大きな変化を見せ、二〇一一年当時選んだ100冊ではムーブメントの全体像を把握できなくなっている。そのため今回、「ファウスト」誌で打ち出したときの100冊とはおよそ三分の一の作品を入れ替えて、令和の時代に新本格ミステリに親しみたい読者の要請に応える新書版ブックガイドに大増改築した次第。なお、〝新本格を識る〟というコンセプトから、個人的には高く評価しえない作品もごくわずかながら選んでいるのですが……ともあれ、個々の作品の良し悪しは、リストアップした100冊を片っ端から読みつぶしてゆくあなたが決めるべきもの。刊行当時に賛否の振れ幅が大きかった、いわゆる問題作に触れたときこそ、「新本格とは何か？」という問いに対するあなた自身の答えも見えてくるはずです。

それと、不親切なことは百も承知。100冊のなかには品切れ・絶版の本もためらわず選びました。なので、もし地元の図書館が所蔵していなければ、足を棒にして古本屋巡りをしないといけません。もちろん今の時代、インターネットを駆使して古書を探す方法もあるけれど、古書店街があるような大都市に住む若きミステリファンはその〝便利〟を地方在住の同好の士に譲るべきです。ともあれ、正味な話、作品としての出来とその本が新刊書店の棚に残っているかどうかはほとんど関係がないのです。

さて、この本の企画が立ったのは、昨年（二〇二〇年）九月のことでした。一九八七年に始まり、世紀を跨《また》いで今なお継続中だと見ていい新本格ムーブメント。そのいわば〝ベスト・ブック・セレクション〟を二〇二〇年で区切ることには疑問もありました。足掛け三十四年とは中途半端だなあ、と。しかし昨年が、現代史を画する一年であったことは、誰の目にも明らかです。新型コロナウイルスの世界的大流行《パンデミック》の波に翻弄され、かつての〈日常〉に完全に戻れる日はいつ来ることやら来ないのやら……。

日本は、世界は、二〇二〇年に変わりました。この本の版元である星海社は、コロナ禍の襲来に直面して抜群の反射神経を見せ、「コロナ時代のミステリー小説アンソロジー」と銘打った二巻本『ステイホームの密室殺人』を二〇二〇年八月、九月に連続刊行しています。置き配《はい》用のドアが犯罪に利用される「すべての別れを終えた人」（©北山猛邦《きたやまたけくに》）や営業休止中のメイド喫茶が舞台の「すていほぉ〜む殺人事件」（©柴田《しばた》勝家《かついえ》）など、〈新しい日常〉を背景にした意欲作が並んで話題となりました。また、同年十一月には、幅広いファン層を抱える大ベテランの東野《ひがしの》圭吾《けいご》が、コロナ禍で衰退する地方の観光地を舞台にした長篇『ブラック・ショーマンと名もなき町の殺人』（光文社刊）を書き下ろしています。

エドガー・アラン・ポオやアーサー・コナン・ドイルの昔から、ミステリはそれが書かれた時代を映す鏡の役割を果たしてきました。風俗小説としての側面は、じつに重要な評価軸のひとつです。変異株の出現も相次ぐコロナウイルスとの戦いに、各種ワクチンがきっとゲーム・チェンジャーとして働くと信じますが、二〇二一年の今現在を舞台に小説を書こうとするとき、もはやそこで〈新しい日常〉を背景にしていなくては違和感が生じます。新本格ミステリも、コロナ禍という条件下——予想だにしなかった縛りが加わった世界で、きっと新たな可能性が開けていくだろうと前向きに考えたい。ともかくも、この本で選んだ100冊は、〝コロナ禍以前の新本格ベスト・ブック・セレクション〟という意味を帯びることになりました。

二〇二一年六月二十五日

目次

第5章　先覚者のプライド　117

第6章　未来、あるいはこの世の外へ　175

第7章 お隣のサイコ、お向かいのカルト 199

第8章 一発当てて名を刻む 239

第1章

第一世代の肖像

新本格ムーブメントについて語るとき、その「第一世代」と呼ばれる一群の作家がいます。『十角館の殺人』を提《ひっさ》げて日本の推理小説《ミステリ》界に颯爽《さっそう》とあらわれた綾辻行人《あやつじゆきと》と、綾辻を追いかけるように陸続とデビューした若い本格派作家たちのことです。果たして誰までを第一世代に含めるかは多少意見が分かれるところですが——次の五人の名前を挙げることには異論は出ないでしょう。それぞれが単独著書を刊行した順に並べてみます。

綾辻行人（講談社ノベルス『十角館の殺人』一九八七年九月）当時二十六歳
歌野《うたの》晶午《しょうご》（講談社ノベルス『長い家の殺人』八八年九月）当時二十七歳
法月綸太郎《のりづきりんたろう》（講談社ノベルス『密閉教室』八八年十月）当時二十三歳
有栖川有栖《ありすがわありす》（東京創元社『月光ゲーム』八九年一月）当時二十九歳
我孫子武丸《あびこたけまる》（講談社ノベルス『8の殺人』八九年三月）当時二十六歳

一九五〇年代の末から六〇年代前半に生まれた彼ら――いずれも二十代でデビューした五人を中心に勃興した新本格ムーブメントは、謎と推理のエンターテインメントたる本格ミステリの復興探究運動《ルネッサンス》であり、彼ら第一世代のとりわけ初期作には、「社会派ミステリ」式の稚気なきリアリズムを抑圧の象徴と見なす批評的側面があったことも確かです。新本格第一世代は、小説の主要な登場人物を自身の遠くない過去である等身大の若者に設定し、本格ミステリに魅せられた自らの青春を懸けて〝我らの時代の本格〟を世に問おうとしたのでした。

この項目では、いまも全員が現役の作家として息の長い活躍を続ける五人の記念すべきデビュー作を紹介するのに加え、それぞれの声価を高めた代表作をひとつずつピックアップしました。

no.01

綾《あや》辻《つじ》行《ゆき》人《と》

『十《じゅっ》角《かく》館《かん》の殺《さつ》人《じん》』

〝孤島の連続殺人〟ね。ふん、いいじゃないか

あらすじ 大分県J崎の沖合五キロの海上に浮かぶ孤島、角島《つのじま》。いまでは誰も住む者のない小さな島は、からくり趣味で知られた異端の建築家・中村青司《なかむらせいじ》の一家を巻き込んだ陰惨な連続殺人事件が起きた現場でもある。そんな忌わしい因縁のある島を、地元K＊＊大学推理小説研究会に所属する七人の男女――「エラリイ」や「カー」、「アガサ」など、敬愛するミステリ作家の名前を通称で呼び合う――が訪れたとき、ふたたび惨劇の幕が上がる。本土との通信が絶たれた孤島を舞台に、〝友人の顔をした殺人者〟が思うさま暗躍し始めたのだ……。

講談社（講談社ノベルス）、1987年刊行。書影は講談社文庫、新装改訂版。

併読のススメ 綾辻行人の『十角館の殺人』は、英国ミステリの女王アガサ・クリスティーの孤島物の名作『そして誰もいなくなった』（一九三九年）を下敷きにしている。謎めく富豪に招かれ、孤島にバカンスにやって来た十人の客人は、招

ガイド ミステリ読みなら、いまではその名を知らぬ者のない綾辻行人。いわゆる「新本格」の旗手として現代ミステリ界の第一線で活躍を続け、カリスマ的な人気を誇る綾辻も、当然のこと三十四年前（一九八七年九月）にデビューしたときは二十六歳の一人の無名の青年だった。新人賞受賞の鳴り物も何もなかったが、綾辻の登場は〈謎と推理〉を骨子とする本格ミステリ復興探究運動《ルネッサンス》の階《きざはし》を照らし出し、新本格ムーブメントの起点となって日本のミステリ史を画したと認めることに異論はもう出ないだろう。新本格を識《し》るためのブックガイドのまず一冊目に、この記念碑的作品を紹介する以外の選択肢はない。

初刊の講談社ノベルス版の「あとがき」で、「たかがミステリ」にこだわり続けてきた青年は次のように記していた。「この小説は、大好きなミステリとその作者たち——そして何よりも、ミステリというものが潜在的に含み持つ（と僕が思う）『大人げのない』エッセンスの全てに対する、一種のファンレターです」と。先人の達成に敬意を払いつつ、大胆不敵なトリックで読者を挑発し続ける特権的なファンレター。現在流通する講談社文庫・新装改訂版でいえば、四百二ページ目を開いて目に飛び込む、ある登場人物のひと言——、その目眩《めくるめ》く驚きの強度が、本格ルネッサンスの時代の扉を押し開いた。

待主が姿を見せぬなか一人また一人と〈犯人〉の手にかかり、ついには誰もいなくなってしまうのだ。綾辻が自分の読者を騙すためにこの名作をどのように〝利用〟したか？ ぜひ併読して確かめてほしい。『十角館の殺人』を嚆矢《こうし》として始まる、通称「館」シリーズのなかでも評価が高いのは、日本推理作家協会賞を受賞した『時計館の殺人』（一九九一年）。亡き主が〈幻想〉を具現化した異様な館は、戦慄的でなお美しい。

no.02

歌《うた》野《の》晶午《しょうご》『長《なが》い家《いえ》の殺《さつ》人《じん》』

二つの事件では、いずれもどん詰まりの部屋で死体が発見された

あらすじ 大学生ロック・バンド「メイプル・リーフ」でギターを担当する戸《と》越伸夫《ごしのぶお》が、越後湯沢のロッジで合宿中の夜、忽然と姿を消した。心配したバンド・メンバーたちが翌朝から周辺を捜索すると、戸越のボストンバッグが温泉街の路地に捨て置かれているのを見つける。まさか、何かの事件に巻き込まれたのだろうか？　やはり警察に通報すべく、いったん合宿場に戻ったメンバーたちだったが、前夜〝もぬけのから〟になっていた戸越の部屋に、お騒がせな当人は帰ってきていた。ただし、物言わぬ死体となって……。

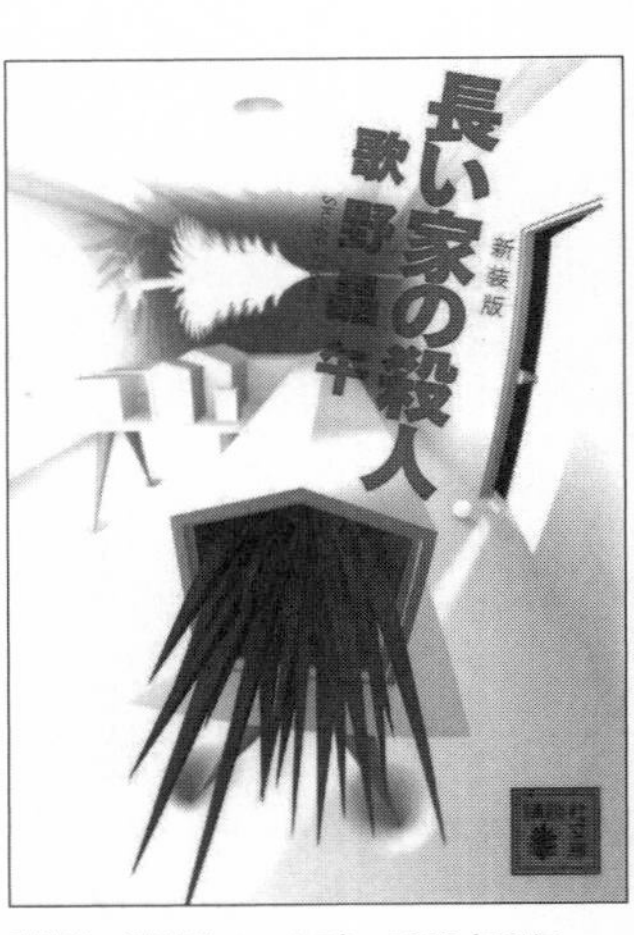

講談社（講談社ノベルス）、1988 年刊行。
書影は講談社文庫、新装版。

併読のススメ アイデアの取り合いで最も有名な例は、やはり〈交換殺人〉だろう。馴染みのなかった二人の人物が密約を結び、互いの殺したい相手を交換するという悪魔的アイデアだ。パトリシア・ハイスミスが『見知らぬ乗客』（一九五〇年）

ガイド「この小説に現われるトリックの大胆なアイデアは、ミステリー史上に残ってしかるべきだろう」と、島田荘司《しまだそうじ》の激賞が帯に躍った歌野晶午のデビュー長篇。

越後湯沢の合宿場と、東京新宿のライブハウスと、犯人は演出《アレンジ》を変えて同じアイデアの殺人トリックを繰り返す。すでに合宿場の事件でフェアに過ぎるほどの手がかりが示されているうえ、ライブハウスの第二幕はそれ自体がトリック解明の大きなヒントといえる。いっぱしのミステリ読みを気取《きど》っていた僕（本作を手にとったのは大学生のときだ）は、死体を消してはまた出現させるトリックを見破ることはできたが、それですっかり油断していたのだろう、肝腎《かんじん》の犯人が誰であるかは作者の思うさまミスリードされて悔しい思いをしたものだ。新本格第一世代のなかで最も作風を更新させながら読者に〝驚き〟を提供し続ける歌野は、ずっと追いかけがいのある作家である。

——ところで。『長い家の殺人』の発表から十四年後、某フランス人作家のデビュー作（一九八七年発表）が翻訳紹介されたとき、例の死体を消すアイデアがバッティングしていたことに驚いた。こうしたアイデアの取り合いは、ミステリの世界では案外起こる。日本国内でも、洋の東西を隔てても。そんなときミステリファンは、同じアイデアでもアレンジする作者が違えばまったく別物になる〝読み比べの愉《たの》しみ〟を味わうことができる。

で打ち出したこのアイデアを自らも温めていたニコラス・ブレイクは、後輩のハイスミスにわざわざ出版了解の許可を得たうえで『血ぬられた報酬』（五八年）を世に問うた。

ともあれ、取り合いになるほど秀《すぐ》れたアイデアは、いずれミステリ界の〈共有財産〉となる。もともと犯罪小説のアイデアとして生まれた交換殺人だが、物語の結末までその密約を秘して犯人探し《フーダニット》の興味を持続させる〝本格ミステリの一様式〟にもなっている。

no.03

法《のり》月《づき》綸《りん》太《た》郎《ろう》『密《みっ》閉《ぺい》教《きょう》室《しつ》』

信じられない。
誰もテリー・レノックスを知らないなんて

あらすじ 湖山北《こざんきた》高校の7R《ルーム》教室のドアが、担任教師の大神龍彦《おおかみたつひこ》の手でこじ開けられた。その瞬間、早朝の学園の廊下に、一番乗りしていた梶川笙子《かじかわしょうこ》の悲鳴が反響する。7Rの床の中央辺りに、クラスメイトの中町圭介が血まみれで崩折《くずお》れていたからだ。しかも、教室にあるべきはずの四十八組の机と椅子は、ひとつ残らず消失していた。亡くなった中町は遺書を残しており、現場の7Rのドアも内側からガムテープで目張りされた密室状態。だが、慎重にも警察は、中町の死を自殺だとは即断せずに……。

講談社（講談社ノベルス）、1988年刊行。
書影は講談社文庫、新装版。

併読のススメ サスペンスの演出にも長けた法月綸太郎の初期代表作としてオススメしたいのが、誘拐物の長篇『一の悲劇』（一九九一年）。主人公の「わたし」、広告会社の幹部社員である山倉史朗は、息子の隆史が誘拐されたと妻から電話で知ら

ガイド　第三十三回（一九八七年）江戸川乱歩賞に〝未完成〟のまま投じた『ア・デイ・イン・ザ・スクール・ライフ』を、新本格ムーブメントの仕掛け人として知られる宇《う》山日《やまひ》出《で》臣《おみ》の勧めで〝完成〟させた法月綸太郎二十三歳のデビュー作。今では昔日の感があるが、島田《しまだ》荘司《そうじ》の推薦文付きで刊行された『密閉教室』は、いわゆる新本格バッシングの集中砲火を最も浴びた作品のひとつだった。――でも、それもそうだよな、三十歳以上《オーバー・サーティ》のいい大人にこの小説は必要がないし。それにきっと、あとがき代わりの「コーダ」の意味がわからなかったんだろう。

『密閉教室』の主人公は探偵小説マニアの「僕」、工藤順也。教室から消えた机と椅子の謎を〝木の葉は森に隠せ〟の例《ためし》を援用して解明した工藤は、事件捜査を仕切る森警部の信任を得て共同戦線を張ることになる。ハードボイルド探偵を気取《きど》る工藤は、フイリップ・マーロウ（©レイモンド・チャンドラー）ばりに気の利いた台詞《ワイズクラック》を振り回す。自意識過剰な饒舌《じょうぜつ》で〈世界〉を切り取ってゆく傲慢さこそ青春の証《あかし》であると言わんばかりに。そして、初読のとき高校生だった僕がシビれたのは、その主人公に対して吉沢信子（中町の元彼女《モトカノ》）が最後に突きつける〝今日の工藤《あなた》の本当の役回り〟だ。ああ、なんて恥の多い青春の日よ……！　なお、宇山が約二百枚削らせる前の『ノーカット版　密閉教室』も刊行されている。

される。間もなく、犯人は誤って〝隆史の同級生〟である冨沢茂を攫《さら》ったことがわかるのだが、なんと茂は「わたし」が不倫相手に産ませた実の子で……。最も疑わしい人物のアリバイは、事件発生時に法月綸太郎（作者と同姓同名同職業の名探偵キャラクター）と一緒にいたという鉄壁さ。人質の茂の身をいかに〝運搬〟するかの悪魔的計画には戦慄を禁じえない。いい大人のミステリ読みからのバッシングを封じてみせた快作だ。

no.04

有《あり》栖《す》川《がわ》有《あり》栖《す》『月《げっ》光《こう》ゲーム Yの悲《ひ》劇《げき》'88』

ミステリの本質は幻想小説。その源は謎への郷愁だよ、アリス君

東京創元社（鮎川哲也と十三の謎）、1989年刊行。書影は創元推理文庫版。

あらすじ 僕の名は、有栖川有栖。英都《えいと》大学推理小説研究会の一年生会員である僕は、尊敬すべき先輩三人とともに長野と群馬の県境に近い矢吹山《やぶきやま》を訪れた。山腹のキャンプ場跡地には、他に三つの大学生グループが来ていて、同世代の僕ら総勢十七人はすっかり意気投合。だが、キャンプ三日目の朝、女子学生の一人が突然帰宅する旨の書き置きを残し姿を消してしまったのを心配する間もなく、なんと矢吹山が二百年ぶりの大噴火！　下山のルートが断たれた極限の状況下で、まさか連続殺人事件が発生するなんて……。

併読のススメ 有栖川有栖の作家デビューには、アリバイ崩しの傑作を数多く世に送り出した〝本格一筋六十年の鬼〟鮎川哲也が深く関わっている（詳しくは、創元推理文庫版『月光ゲーム』の著者あとがきで）。本邦ミステリ史を彩る、最高に幸福な逸話

ガイド 「90年代のクイーン」！　それが新人の有栖川有栖に対し、ミステリ出版の老舗・東京創元社が与えた二つ名だった。本格派の驍将《ぎょうしょう》、鮎川哲也の推輓《すいばん》を受け『月光ゲーム』で単行本デビューした有栖川は、偉大なるエラリー・クイーンの初期の作風を現代に継承する創作姿勢を表明し、フェアに提示された手がかりから論理的に〝起こったこと〟を推理する犯人探し《フーダニット》に強いこだわりを見せてきた。

『月光ゲーム』は、英都大学推理小説研究会の頼れる部長・江神二郎《えがみじろう》が名探偵役を務める、通称〈学生アリス〉シリーズの第一弾。火山の噴火により山腹に取り残された学生グループ間で連続殺人が発生する閉鎖状況物《クローズド・サークル》であり、物証の数々と真実性が認められる証言をもとに推理を積み重ね、ついにたった一人、殺人が可能だった人物を絞り込んでみせる。マッチの空箱と燃えかすの手がかりをめぐるロジックは特に切れ味鋭く、繰り返す火山噴火による降灰が殺人犯のアリバイの問題と密接に絡んでいるところもエレガントだ。

無冠でデビューした新人が「90年代のクイーン」にまちがいないことを満天下に知らしめたのは、〈学生アリス〉シリーズ第三弾『双頭の悪魔』（一九九二年）の驚くべき達成だ。手強い真犯人の完全犯罪アイデアが論理的に暴かれてゆく詰め筋は圧巻で、有栖川有栖を斯界《しかい》のカリスマの地位に押し上げた。


のひとつである。

東京創元社主催の新人賞レースにもその名を残す巨星、鮎川哲也。鬼貫《おにつら》警部が登場する鉄道物のアリバイ崩し『黒いトランク』（一九五六年）や『黒い白鳥』（五九年）も必読だが、若いミステリファンに一番にオススメしたいのは、七人の芸大生男女が訪れた山荘で連続殺人の悲劇が発生する『りら荘事件』（五八年）。クイーン風の犯人当て小説《フーダニット》であり、名探偵役の交代《リレー》というギミックにも心くすぐられる。現代の新本格派に最も〝鬼の遺伝子〟を伝えた青春ミステリの傑作だ。

no.05

我《あ》孫《び》子《こ》武《たけ》丸《まる》『8《はち》の殺《さつ》人《じん》』

僕はこれから、不可能犯罪について講義をしようと思う

あらすじ 蜂須賀《はちすか》建設の社長、蜂須賀菊雄が建てた鉄筋三階の邸宅は、外観はただ四角いビルのようでも、上空から見ればアラビア数字の「8」の形をした奇抜なデザインだ。その蜂須賀邸三階の渡り廊下で、深夜、長男の菊一郎がボウガンの矢で心臓を射貫かれ、絶命する。菊一郎の一人娘と居候の手話教師が偶然〝射殺の瞬間〟を目撃しており、容疑者はたった一人、使用人夫婦の息子である矢野雄作に絞られた。だが雄作は、警察の厳しい取り調べにも無実を訴え続けて……。

併読のススメ 我孫子武丸はジョン・ディクスン・カーを「もっとも好きなミステリ作家」だと公言している。カーの創造した名探偵、フェル博士の密室講義も愉しい『三つの棺』（一九三五年）にも、ぜひ手をのばされるよう。講義の前にフ

講談社（講談社ノベルス）、1989 年刊行。
書影は講談社文庫、新装版。

ガイド 冒頭のプロローグで、犯人の「わたし」は自分の殺人計画を〝芸術作品〟だと自負している。だからこそ「わたし」が残念に思うのは、現代の日本に自分の作品を鑑賞し、トリックを見破ってくれる「名探偵」が不在であることだと。――しかし、そんな孤高を気取《きど》る犯人と両雄並び立つ素人探偵が、ついに真相解明に乗り出してくるのだ。

我孫子武丸のどたばた《スラップスティック》のセンスが光るデビュー長篇。新本格第一世代の特徴である〝青春小説の要素〟は希薄に思えるが――いやいや、図らずも名探偵役を買ってでる二十六歳独身の喫茶店店主、速水慎二のミステリマニアぶりは、まさに彼が自分の青春時代を懸けて造り上げた気骨《バックボーン》にちがいない。作者の我孫子の似姿でもあるだろう喫茶店店主のマニア心をくすぐったのは、菊一郎殺しの異様な発生状況だ。なんと、容疑者が他に誰も出入りできない密室内にいて、被害者は密室の外にいたというのだから！　この奇っ怪な密室事件を解明するのに、速水慎二はジョン・ディクスン・カーのひそみに倣い「密室講義」を行なうのである。

さらに、特筆すべきは、やがて第二の殺人に手を染める犯人を、読者の疑いの目からそらす〝隠し方〟である。怪しい人物《レッドヘリング》の泳がせ方が巧みなのと相俟《あいま》って、高慢な殺人者の正体に初心《うぶ》な読者はなかなか気づくまい。

ェル博士が、「われわれは推理小説の中にいる人物であり、そうではないふりをして読者たちをバカにするわけにはいかない」と自らの虚構性に言及することでも有名だ。

警視庁捜査一課警部補の速水恭三とその弟慎二、妹一郎《いちお》が活躍する〈速水三兄妹〉シリーズのなかで、個人的には『0《ゼロ》の殺人』（一九八九年）がお気に入り。遺産相続をめぐって起こる連続殺人事件の裏側に、とんでもなく平穏な（？）真実が隠れている。

no.06

我孫子武丸《あびこたけまる》
『殺戮《さつりく》にいたる病《やまい》』

病気だ。ただの犯罪とは違う。これは病気なのだ

あらすじ 主婦の蒲生雅子《がもうまさこ》は、疑心を深めている。自分の大学生の息子が、只今世間を騒がせている連続猟奇殺人事件の犯人ではないのかと――。蒲生稔《みのる》の最初の標的は、大学の食堂で知り合った文学部の一年生、江藤佐智子だった。彼女をホテルに連れ込み、絞殺してから、愛した。屍姦《しかん》こそ本物のセックスだと稔は悟る。次の標的は、街中で拾った家出中の少女。稔は浴室で、彼女の死体から切り取った両の乳房を自分の胸に張りつける。そのまま鏡を覗くと、映っていたのはまさしく〈理想の女〉だった……。

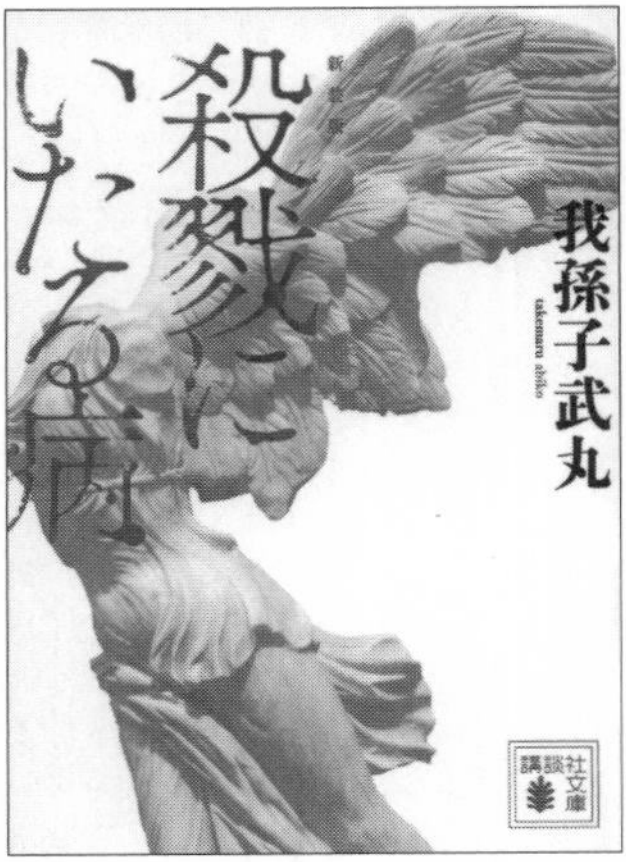

講談社、1992年刊行。
書影は講談社文庫、新装版。

併読のススメ 我孫子武丸の存在感をさらに高めたのは、シナリオを担当したスーパーファミコン用ゲームソフト『かまいたちの夜』（一九九四年）の大ヒット。雪に閉ざされたペンションが舞台となる連続殺人事件の解決に挑む、いわゆるゲームブ

ガイド 我孫子武丸の筆名を一気に高めた、衝撃のサイコ・スリラー。新本格派の新人のなかでは貴重なユーモア・ミステリの書き手として注目されていた我孫子が、作風の新生面を開いた初期代表作だ。

冒頭の「エピローグ」で犯人の蒲生稔の逮捕及び裁判の経過があらかじめ示されたあと、巻《かん》をおく能《あた》わざる本篇に突入する。至上の愛を求め、凶行をエスカレートさせてゆく「稔」。わが子がおぞましい殺人鬼である証拠を見つけ、狼狽《ろうばい》する「雅子」。さらに、元警察官で、個人的な事情から犯人の特定に執念を燃やす「樋口」。物語は、この三者を視点人物に立てて、急流を滑るがごとく展開する。

本作は、一九八八年八月から翌八九年七月にかけて発生した「宮﨑勤事件」の第一審が進行するさなかに発表されている。埼玉と東京に跨《また》がり四人の幼女が次々と誘拐殺人の被害に遭った猟奇事件が、当時の日本社会に与えたショックは凄まじいものがあった。オタクやロリコンといった言葉が世間一般に流布したのもこの事件報道がきっかけで、ホラービデオの害悪が声高に叫ばれもした。未曾有《みぞう》の社会的事件に、本格ミステリはどのような形で切り結ぶことができるのか？『殺戮にいたる病』は、現代日本の家庭に特徴的な〈母子密着〉の病理をえぐり、しかも切れ味鋭い〝騙しの仕掛け〟を施して読者の度肝を抜く。この驚きは、きっと一生ものになるはずだ。

ック形式の推理ゲームで、現在も様々なゲーム機及びスマホでプレイを楽しめる。

また、我孫子の評論面での仕事として見落とせないのが「叙述トリック試論」（東京創元社刊『創元推理1〈'92年秋号〉』初出）である。一般に叙述トリックと呼ばれる〝作者が読者を直接騙しにかかるトリック〟の検証と作法《マナー》を論じて、ミステリ初心者は必読の論考。電子書籍『叙述トリック試論とか』にも収録されている。

no.07

法《のり》月《づき》綸《りん》太《た》郎《ろう》『法《のり》月《づき》綸《りん》太《た》郎《ろう》の功《こう》績《せき》』

電気をつけなくて命拾いしたな

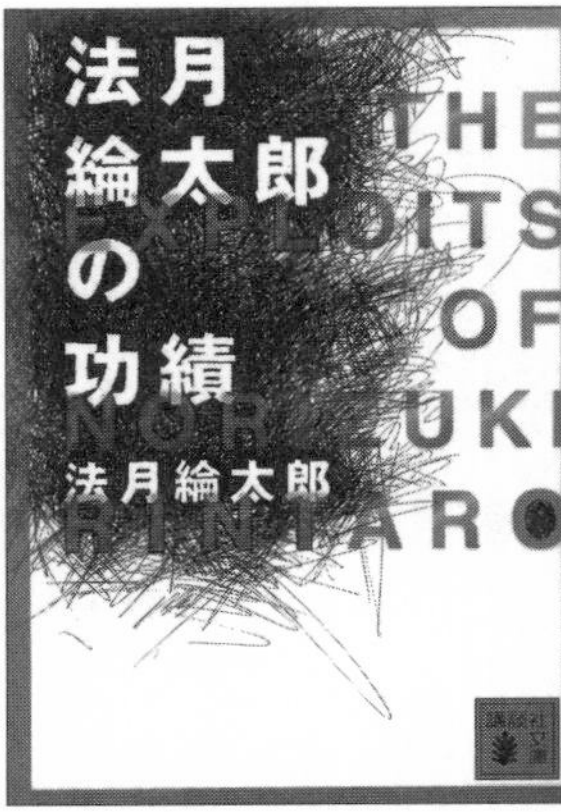

講談社（講談社ノベルス）、2002年刊行。
書影は講談社文庫版。

あらすじ 姉夫婦のマンションの部屋で、背中をナイフで一突きにされた足《あ》立《だち》茜《あかね》は、息絶える前に犯人の名を伝えようとしたらしい。電話の横に置かれたメモパッドの一番上の紙は一見まっさらだったが、そこには「＝Y」と読める筆圧痕が残っていて……（第一話　イコールYの悲劇）。深夜、大学の先輩が住むアパートの部屋に忍び込み、置き忘れてきた携帯電話を持ち帰った広《ひろ》谷《たに》亜《あ》紀《き》。部屋の照明を点けなかったのは幸い、そのとき暗がりには先輩をついさっき殺した犯人が息をひそめていたようで……（第三話　都市伝説パズル）。

併読のススメ 上級捜査官である父と、本業は推理作家である素人探偵の一人息子（家庭に母は不在である）。そんな法月警視と法月綸太郎の人物配置が、「アメリカの探偵小説そのもの」と評される巨匠エラリー・クイーンのクイーン警視とその息

ガイド 第五十五回（二〇〇二年）日本推理作家協会賞・短編部門受賞作「都市伝説パズル」を含む〈法月綸太郎シリーズ〉第三短篇集。作者の解題によれば、「とりたてて全編を統一するコンセプトのようなものはないはずだが、しいて言うなら、風通しのいいカジュアルな本格を書こうという気持ちはあったかもしれない」とのこと。収録された五篇のうち、エラリー・クイーンの『チャイナ橙《だいだい》の謎』ばりの不可能犯罪を扱った第二話「中国蝸牛《かぎゅう》の謎」だけ趣を異にする（密室の書斎から主は消失し、なぜか家具や調度はすべて上下あべこべにひっくり返されていた！）が、他はいずれも現代の都市生活者たちの日常生活《カジュアル・ライフ》に魔がさす思いがけない殺人事件《カジュアル・マーダーケース》を描き出している。

なかでも第一話「イコールYの悲劇」と第三話「都市伝説パズル」の出来が素晴らしい。死に際の伝言《ダイイング・メッセージ》テーマに取り組んだ「イコールYの悲劇」は、第一の被害者が握りしめていた二色ボールペンをめぐる推理の緻密さこそ見どころだが、冒頭に登場して意外にも第二の被害者となってしまう元OLの造形《スケッチ》にカジュアルな現代本格の粋《すい》を見て取れる。協会賞の栄冠を得た「都市伝説パズル」では、アメリカ発祥のポピュラーな都市伝説と瓜ふたつの殺人事件が発生する。先輩の部屋に引き返す女子大生をはじめ登場人物の動きに段取りの為《ため》にした跡がない見事なパズラーで、〝本格短篇の名手〟との定評がある法月のベスト短篇に推す声も大きい。

子の父子関係を踏襲していることは言うを待たない。

ここでは、クイーン・ワールドの〝表門〟として間違いのない二つを紹介しておく。ひとつは、エラリー青年が探偵役を務める〈国名シリーズ〉第五弾にして最高傑作との呼び声高い『エジプト十字架の謎』（一九三二年）。連続首切り殺人を描いて、サスペンス味もたっぷりだ。そしてもうひとつは、盲目の元俳優ドルリー・レーンの推理が冴える〈悲劇四部作〉で、こちらはニューヨークの路面電車内で毒殺事件が発生する『Xの悲劇』（同年）からシリーズ順どおり手にとるのがいい。

no.08

歌《うた》野《の》晶午《しょうご》『葉《は》桜《ざくら》の季《き》節《せつ》に君《きみ》を想《おも》うということ』

みんな、桜が紅葉すると知らないんだよ

文藝春秋、2003 年刊行。
書影は文春文庫版。

あらすじ 自称「何でもやってやろう屋」の俺、成瀬将虎は、都立青山高校に通う弟分の芹澤清から厄介な相談事を持ち込まれる。清が密かに思いを寄せる久高《くだか》愛子のおじいさんが轢《ひ》き逃げ事故で亡くなったのだが、それが保険金殺人ではないかというのだ。おじいさんに怪しげな健康商品をあれこれ売りつけていた蓬莱倶楽部《ほうらいくらぶ》なる悪徳会社を愛子は疑っていた。俺は高校を出てすぐ、某探偵事務所の門を叩き、見習いをしていた経験がある（二年足らずでケツを割ったけれど）。とにかく手探りで、蓬莱倶楽部の内偵を始めてみたのだが……。

併読のススメ 『ブードゥー・チャイルド』も『葉桜の季節に君を想うということ』も読み落としてほしくない作品だが……物心つくと同時にインターネットに親しんでいた若い読者は、『密室殺人ゲーム王手飛車取り』（二〇〇七年）を嚆矢《こうし》とす

ガイド 第五十七回日本推理作家協会賞及び第四回本格ミステリ大賞の二冠に輝いた、歌野晶午の出世作。

一九八七年の秋、東京は吉祥寺の島田荘司《しまだそうじ》宅のインターホンを鳴らし、「ファンなんです。自分も推理小説が書きたい」と二十六歳の歌野青年が突然訪ねていったことから始まる二人の交流は、新本格史を彩る幸福な逸話のひとつである。いわゆる第一世代のなかでも歌野は、島田が提唱した奇想理論——ミステリの定型《ガジェット》に頼らない幻想味ある謎を論理的に解体する「段差の美」で読者を酔わせるべし——の正当継承者と目されていた。前世の記憶を持つ少年が両親を襲撃した〝黒ずくめの悪魔〟と対峙する『ブードゥー・チャイルド』(一九九八年)はその時期の代表作だが、やがて歌野は「(奇想理論の実践は)すごい力業《ちからわざ》が必要で、あれをやろうとしても島田さんには絶対勝てない」(「メフィスト」二〇〇四年五月号のインタビュー記事より)と、トリックによる驚きとリーダビリティを追求した独自路線を摸索した結果、『葉桜の季節に君を想うということ』の大成功《スマッシュヒット》に結びつく。軽ハードボイルド風の物語も終盤、二段構えの強烈なサプライズをお見舞いされた読者は、それまで頭の中に思い描いていた〈絵〉を劇的に塗り替える必要に迫られると同時に、現代日本の国民すべてに関係する重大な社会問題とあらためて向き合うことになるだろう。

る〈密室殺人ゲーム〉シリーズから歌野ミステリに入門するのがいいかもしれない。パソコンのAVチャットに集う〝覆面〟の五人組は、殺人上等のすこぶる危険な奴ら。現実の世界で自分が実際に起こした殺人事件を問題《クイズ》として順繰りに披露し、人倫に悖《もと》る推理ゲームに打ち興じるのだ。インターネット時代の加速度的進行と利用者《ユーザー》の承認欲求の暴走というテーマを浮き彫りにした、強毒性のロジカル・エンタメシリーズだ。

no.09

綾辻行人《あやつじゆきと》『Another《アナザー》』

いないものの相手をするのはよせ。ヤバいんだよ、それ

角川書店、2009年刊行。
書影は角川文庫版（上下巻）。

あらすじ 榊原恒一《さかきばらこういち》は、遅れてきた転校生だ。一九九八年、春四月、夜見山《よみやま》北中学校の三年三組に加わるはずだった恒一は、気胸で〝肺がパンク〟したせいで五月の大型連休明けから登校することに。――だが、恒一が足を踏み入れた教室《クラス》は、何か雰囲気がおかしかった。入院中に見かけた眼帯姿の美少女、見崎鳴《みさきめい》がクラスメイトだとわかって話しかけると、彼女はひどく驚いて不可解な警告を発する。「気をつけたほうが、いいよ。もう始まってるかもしれない」と。やがて三年三組に、恐ろしい〈災厄〉が降りかかり始める……。

併読のススメ 『Another』は、二〇一二年にテレビアニメ化され、また同年公開の映画版（見崎鳴役は橋本愛）も好評を博した。〝死〟に近いところにある三年三組の物語は、番外編の『Another エピソードS』（二〇一三年）、榊原恒一の卒業から三年後

ガイド 綾辻ワールドの〝入場口〟は、大きく二つある。デビュー作であり、大看板といえる「館」シリーズの第一弾『十角館の殺人』（一九八七年）と、この学園ホラー『Another』と。ロジックの興趣とオカルト幻想が分かちがたく結びついた本作は、世紀を跨いで現代ミステリ界の第一線を走り続けるベテランの作家的資質が結晶していて、〝もうひとつのデビュー作〟と呼びたいほど瑞々しい感性が光る。もし読者《あなた》が中学・高校生なら、迷わず『Another』から入場してもらいたい。

夜見山北中学校の三年三組は、とある因縁から〝死〟に近づいてしまっている。二、三年ごと、三年三組の教室には生者とまったく見分けのつかない〈死者〉が紛れ込むことがあり、件《くだん》の〈災厄〉が起きた年は三組の生徒とその近しい親族が次々と理不尽な死に見舞われてしまうのだ。果たして、一九九八年の三年三組に混じる〈死者〉は誰なのか？　スーパーナチュラルな〈死者（負《ふ》の座敷わらし）探し〉の物語は、綾辻流の特殊設定ミステリといえる。

本来いないものである〈死者〉は、自分が死んでいると自覚しておらず、ましてや〈災厄〉の原因だと思わない。生きたい、と望み、親兄弟のそばにいたいからこそ現世に戻ってきたのだ。そう、そんな〈死者〉は、読者にも自分のことを憶《おぼ》えておいてほしいと願っている。

に起こる〝史上最凶〟の災厄を描いた『Another 2001』（二〇年）と続く。

綾辻行人は作家デビュー以来、本格ミステリとホラーと二つの軸を持って活動を続け、その軸はしばしば交叉してきた。『Another』で綾辻ミステリと出会い、その世界に魅せられた読者は、名門女子高校が舞台の『緋色の囁き』（一九八八年）や、幻想趣味とパズル志向が絶妙のバランスで融合した『霧越邸《きりごえてい》殺人事件』（九〇年）に手をのばされたい。

no. 10

有《あり》栖《す》川《がわ》有《あり》栖《す》『鍵《かぎ》の掛《か》かった男《おとこ》』

いっそ中之島という島に骨を埋《うず》めるのもいいかもしれませんね

あらすじ ミステリ作家の有栖川有栖は、文壇の大物・影浦浪子《かげうらなみこ》から〝犯罪捜査〟の依頼を受ける。先日、大阪は中之島の一角に建つ銀星《ぎんせい》ホテルで一人の男性客が亡くなった。影浦がここ四年来の知己だったという彼の名は、梨田《なしだ》稔《みのる》。天涯孤独の六十九歳で、銀星ホテルのスイートルームに五年ものあいだ長期滞在していた〈住人〉だ。そんな梨田がベッドの手すりに紐を結び、その先に作った輪で首を括《くく》った状態で発見された。警察は自殺と判断して幕引きを急ぐが、影浦は自殺に偽装した殺人の可能性があると訴えて……。

幻冬舎、2015年刊行。
書影は幻冬舎文庫版。

併読のススメ 『鍵の掛かった男』を読むと、梨田稔が晩年の日々を過ごした中之島を散策したくなる。銀星ホテルはもちろん架空のホテルだが、雑誌「ダ・ヴィンチ」二〇一六年四月号掲載のインタビュー記事によれば、三井ガーデンホテル

ガイド 世紀を跨いで三十年以上ものあいだ、現代本格ミステリ界の第一線で活躍する有栖川有栖。その有栖川が生み出した二大名探偵が、英都大学推理小説研究会の長老学生・江神二郎《えがみじろう》と、犯罪捜査を「フィールドワーク」と称する社会学者・火村英生《ひむらひでお》だ。二〇一五年刊行の『鍵の掛かった男』は火村シリーズ屈指の長篇であり、ワトスン役の有栖川有栖が死者の謎多き過去を探っていく前半部はハードボイルドの筋運び《プロセス》と言っていい異色作でもある。亡くなった梨田稔は兵庫県の西脇市に生まれ、関西で長く暮らしてきた人物だった。そんな彼の人生には、昭和と平成の時代に関西圏で起きた大きな出来事——なかでも阪神・淡路大震災の経験——が刻み込まれている。そして、都会のホテルという〝人生の交差点〟に彼が定住していなければ、彼の命を奪う〈犯人〉と巡り会う確率もずっと低かったにちがいない……。

『鍵の掛かった男』を読んで真っ先に連想したのは、作者の有栖川が私淑《ししゅく》するエラリー・クイーンが作風の転換を図った中期の傑作『災厄の町』（一九四二年）だった。どちらの作品も本格ミステリの古典的な形式《パターン》にこだわることなく波瀾《はらん》含みの人間ドラマのなかに殺人の謎を埋め込み、それが論理的に解かれることで犯人や被害者の人物像がいっそう際立つ——。ああ、謎解き小説《パズラー》とは、これほどまでに人の人生の豊かさも残酷さも描き切ることができるのだ。

大阪プレミアの前庭の辺りに建っているという設定だ。有栖川ファンは、大阪観光の半日をぜひ中之島巡りで！

斎藤工《さいとうたくみ》主演でテレビドラマ化もされた火村英生シリーズの、数ある作品集のなかでもオススメは『モロッコ水晶の謎』（二〇〇五年）。衆人環視のもと実行される毒殺事件を扱った表題作など、すこぶる高水準の中篇三本に、登場人物の命名法にまつわる楽しい掌篇《コント》を加えた充実のショーケースだ。

新本格ミステリとは何か？

本格ミステリと新本格ミステリ

新本格ミステリとは何か？　それを識《し》るためには、「新」の字が頭にひっついていない本格ミステリとはどういうものかを識ることから始めないといけない。

ここで問題にしている「本格」に、「本格的」という意味はない。本格が何であるかの説明は、日本推理作家協会の理事長職も務めた評論家、中島河太郎《なかじまかわたろう》の『探偵小説辞典』（「宝石」一九五二年十一月号〜五九年二月号連載／第一回江戸川乱歩賞受賞作）のそれが簡にして要を得ている。簡にして――だが、そこそこの長さがある当該項目から肝腎《かんじん》の部分を引用することにしよう。なお、文中にある「探偵小説」とは、「推理小説」と同義語である。戦後間もない時期、探偵の「偵」の字が当用漢字表から洩れたため、新聞等で「探てい小説」と表記される不格好を避けるべく、以前から使用されることもあった「推理小説」の表記が一般的になった経緯はミステリ読みの常識的トリビア。現在、「推理小説」より流通する「ミステリ」も同義語と捉えていい。

ホンカク（本格）

わが国では探偵小説を分類するのに、長い間便宜的に本格という語が使用されている。ポーの創始した探偵小説は謎の提出、その推理、合理的な解決という三段階を具えているが、厳密にそういう形式をとらなくても犯罪に取材したものまで広く探偵小説と呼びかねないために、純粋のものを区別する必要が生ずる。

既に大正十三年、佐藤春夫は論理的に相当の判断を下して問題の犯人を捜索するものを「純粋な探偵小説」と呼んでいるし、翌十四年、甲賀三郎は犯罪捜索のプロセスを主とするものを「純正探偵小説」と呼んでいるが、更に翌十五年、同じく三郎は異常心理や病的な事を扱いながら探偵小説と呼ばれているものを「変格」といったのに対し、純粋な論理的興味を重んずるものを「本格」と名付けた。

（後略）

ということで、「本格」の名付け親の栄誉は、理科学系トリックが冴える「琥珀のパイプ」（一九二四年）や犯罪実録小説の傑作『支倉事件』（二九年）の作者として日本ミステリの草創期を支えた一人、甲賀三郎《こうがさぶろう》に与えられる。その「本格」ミステリについて、日本の探偵小説の父とも称される江戸川乱歩《えどがわらんぽ》は、「主として犯罪に関する難解な秘密が、論理的に、徐々に解かれて行く径路の面白さを主眼とする文学」と定義した。乱歩によるこの「本格」の定義はすこぶる有名で、オールドファンはたいてい一字一句違《たが》えず覚えていたりする。また、こちらも権威ある『日本ミステリー事典』（権田萬治・新保博久監修）は「本格」を、「英語の puzzler、または puzzle story に相当する。推理小説のうち、謎解き、トリック、頭脳派名探偵の活躍などを主眼とするもの」と弁別している。

かくなる「本格」の頭に「新」の冠を加えた「新本格」なる呼び名は、もともとは二十世紀の両大戦間に英米で花開いたミステリの「黄金時代」――アメリカ人の評論家ハワード・ヘイクラフトがその著書『娯楽としての殺人』（一九四一年）で示した区分によれば、一九一八年から一九三〇年。それ以降をヘイクラフトは「現代派」と呼んだが、現在では大戦間の時代は丸ごと黄金時代と見るのが一般的である――に後発で参入したイギリス人作家、ニコラス・ブレイクやマイクル・イネスなどを総称するため江戸川乱歩が便宜的に用いたのが最初で、その後、一九六〇年代に江戸川乱歩賞及び宝石賞から登場した新進ミステリ作家の一群——当時最新の文化風俗を積極的にパズル・ストーリーに取り込み、恋愛模様やサスペンス味を重視した笹沢左保《ささざわさほ》、天藤真《てんどうしん》らをそう呼んだ時期もあった。しかし現在、「新本格」といえば、綾辻行人《あやつじゆきと》の『十角館の殺人』（一九八七年）を嚆矢《こうし》として一九九〇年代に隆盛を極めた現代本格の作品群及び当該ムーブメントそれ自体を指す用語としてすっかり定着したようである。

新本格ムーブメントにおいて、そもそも「新本格」なる語句が使われたのは、綾辻行人の第二作『水車館の殺人』（一九八八年）の初刊講談社ノベルス版の帯紙に「新本格推理」と謳われたのが最初だと言われる。それはまさしく「新本格の仕掛け人」の二つ名で呼ばれる講談社の編集者、宇山日出臣《うやまひでおみ》の〝仕掛け〟だったわけだ。講談社の宇山日出臣と、じつにその盟友と言っていいだろう、翻訳ミステリ出版が中心の東京創元社で『日本探偵小説全集』全十二巻（一九八四年〜九六年）を企画し、現在も続く鮎川哲也賞を立ち上げた戸川安《とがわやす》宣《のぶ》の二人がいなくては、そもそも新本格ムーブメントなど起こらなかったのかもしれない。一九四四年生まれの宇山と、宇山より三つ年下の戸川は、ミステリ編集者としてジャンルの発展に長年貢献し、なかでも新本格ムーブメントの誕生に果たした役割の大きかったことが評価され、第四回（二〇〇四年）本格ミステリ大賞特別賞を同時受賞している。

新本格の特徴について

新本格ミステリ・ムーブメントをひと口で説明するならば、不可能興味あふれる〈謎〉とその論理的な〈解明〉を骨子とする「本格ミステリ」の復興探究運動《ルネッサンス》ということになる。では、綾辻行人登場以後の新本格とは、謎解きの面白さを主眼とするのはもちろん、どういう性格が前面に出たものだったのか？　私見だが、その特徴として次の三つを挙げておきたい。

一、多くは現代の若者の精神風俗を捉えた青春ミステリである。
一、本格ミステリの古典的な〈形式〉の前衛化が目立つ。
一、警察の組織的捜査に与しない天才型探偵の復権が図られた。

新本格ムーブメントの「第一世代」については、100冊紹介の最初の項目《第一世代の肖像》ですでに触れているとおり。青春小説の色合いも濃い第一世代の初期作は「社会派ミステリ」を抑圧の象徴と見なす批評的側面があったという点については、『十角館の殺人』の冒頭、大学生のエラリイが「僕にとって推理小説《ミステリ》とは、あくまでも知的な遊びの一つなんだ。小説という形式を使った読者対名探偵の、あるいは読者対作者の、刺激的な論理の遊び《ゲーム》。(中略)だから、一時期日本でもてはやされた〝社会派〟式のリアリズム云々は、もうまっぴらなわけさ」と気炎を上げていたことがしばしば引き合いに出される。作者の綾辻は若く、彼が描いた大学生も若かった。殊《こと》に第一世代は、本格ミステリに熱を上げた自らの青春を懸けて〝我らの時代の本格〟を世に送り出したのだ。ともあれ、その後の綾辻自身の発言からも、新本格の長子が反感を持っていたのは社会派ミステリにではなく、本格ミステリが社会派ミステリに移行するのは歴史的必然であると考える類《たぐ》いの「進歩史観」であったことは押さえておきたい。

さて、いずれ《ザッツ・アバンギャルド!》の項目でもう少し詳しく説明するが、新本格ムーブメントにおいては、先行する有名作品が築いてきた古典的な〈形式〉——例えばクローズド・サークルの設定や被害者の共通項《ミッシングリンク》探し、またG・K・チェスタトンが遺した逆説のアイデア――がますます意図的に踏襲され、多くのバリエーションが生み落とされた。本格ミステリ特有の様々な形式が慎重かつ大胆に洗い直された結果、伝統に裏打ちされた人工的な〈世界〉は新本格ムーブメントのうねりでさらに自律性を高めたといえる。他方、いわゆる叙述トリックの可能性が徹底して追求されたことも特筆すべきで、小説の中で展開される〈犯人対探偵〉の知恵比べの枠組みを超え、〈作者対読者〉の自己言及的《メタレベル》な対決構図を浮上させる仕掛けも盛んに試されたのだった。

無論、警察による人海戦術では追い詰めえない名犯人と対するのは、両雄並び立つ天才型探偵がふさわしい。オーギュスト・デュパン（©エドガー・アラン・ポオ）やシャーロック・ホームズ（©アーサー・コナン・ドイル）の昔から捜査機関に属さない〝素人探偵〟が好まれてきた伝統が復権したわけだ。また、新本格ムーブメントの一翼を、北村薫《きたむらかおる》の『空飛ぶ馬』の流れを汲む〈日常の謎〉派が担っていることにも注目すべきで、普段の学校生活や社会生活を送るなか遭遇する謎（もちろん、大概は殺人の謎などではない）を解きほぐすのに、ありとあらゆる立場・職業の人物が名探偵キャラクターになったのが新本格の時代だったといえるだろう。

新本格ムーブメントが勃興して、今年（二〇二一年）で三十四年目。１００冊紹介の最後の項目《新本格ムーブメント再起動！》で紹介することになる青崎有吾《あおさきゆうご》登場以後の新世代作家たちの作品が、先に挙げた三つの特徴を継承したものであることは明らかと思われる。「新」だの「ニュー」だのが頭にひっつくブームは短命に終わるという一般則を裏切り、新本格ムーブメントは三十四年目の今も継続中であると言い切っておく次第。

第2章 今日もどこかで〈日常の謎〉

二十世紀の二度の世界大戦間に、本格ミステリは英米で黄金時代《ゴールデンエイジ》を迎えました。当時、本格ミステリが〈作者対読者〉の知能的ゲームであることを主張して作者の側にフェアプレイの遵守を求めた創作論「推理小説作法の二十則」を著したS・S・ヴァン・ダインは、その第七則にて「推理小説には死体が絶対に必要である。死体がよく死んでおればおるだけいい。（中略）殺人以外の犯罪のために三百ページを割《さ》くのは大げさすぎる」（創元推理文庫『ウインター殺人事件』併録）と断じました。しかし、ヴァン・ダインが件《くだん》の二十則で示した〝読者との黙契〟が、意外性の演出のために洩れなくと言っていいほど破られたこともまた黄金時代の真実です。

ミステリに死体は絶対に必要なものなのか？　現代日本のミステリ界において、〝人の死なないミステリ〟で一巻をなした北村薫《きたむらかおる》『空飛ぶ馬』の出版がもたらしたインパクトは極めて大きなものでした。以後、若竹七海《わかたけななみ》の『ぼくのミステリな日常』や澤木《さわき》喬《きょう》の『いざ言問はむ都鳥』（澤木の同作については《一発当てて名を刻む》で紹介）、また若竹が書店員のアルバイトをしているとき実際に体験した〈日常の謎〉にプロアマ問わず解答篇を公募した『競作 五十円玉二十枚の謎』などが地均《じなら》しした上で鮮やかに跳躍したのが、『ななつのこ』で鮎川哲也賞受賞の栄冠を得た加納朋子《かのうともこ》です。加納のデビューと清爽たる活躍をもって〈日常の謎〉派と呼《よ》ばれるにふさわしい潮流《カレント》が生じ、新本格ムーブメントを支える大きな柱のひとつとなって現在に至ることになります。

ライトノベル界にも浸透した、人の死なない〈日常の謎〉派は、次第にハートウォーミング路線が主流になってきた気味があります。が、本来、一見平穏で秩序のある〈日常〉が不意に綻《ほころ》びる瞬間を描くことは、時に殺人の謎より恐ろしい印象を読者に残すものなのです。

no.11

北《きた》村《むら》薫《かおる》『空《そら》飛《と》ぶ馬《うま》』

その子達は、——やっぱり『マクベス』の魔女かも知れませんよ

東京創元社（鮎川哲也と十三の謎）、1989年刊行。書影は創元推理文庫版。

あらすじ 紅茶専門の喫茶店《アド・リブ》に入ってきた若い娘の三人連れは、すこし様子が変だった。注文して出てきた紅茶に、なぜか三人とも競うように砂糖壺から砂糖を入れている。それはまるで、〝甘さガマン〟でもしているみたいに見えたのだが……（第二話　砂糖合戦）。住宅地の中にある小さな公園に〝赤ずきんちゃん〟が出るらしい。日曜の夜九時きっかり、キリンの遊具の前に、赤色の服を身につけた女の子がじっと立っているのだと。まるで怪談か都市伝説のようだが、実際に目撃した女性から話を聞いて……（第四話　赤頭巾）。

併読のススメ 今でこそ皆、北村薫はおじさんだと知っているけれど、〈円紫さんと私〉シリーズ第二集『夜の蝉』（一九九〇年）で日本推理作家協会賞を受賞し〝覆面〟を脱ぐまでは、ヒロインの「私」のイメージと重なる可憐な女性作家かと妄

ガイド 書き下ろし叢書《鮎川哲也と十三の謎》の一冊として刊行された、北村薫の文学的香気立つデビュー作。ミステリには付き物であるはずの死体が転がらない——すなわち、殺人の謎を一冊の短篇集（全五篇収録）のなかでいっさい扱わなかった『空飛ぶ馬』。当時、まったく無名の覆面作家の試みは斯界《しかい》を揺るがすひとつの〈事件〉となり、間もなく新本格ムーブメントのなかで「〈日常の謎〉派」とも「北村エコール」とも呼ばれる一潮流を成すことになる。全篇の語り手は、女子大生の「私」。古本屋巡りが趣味の「私」が日々の生活を過ごすなかで遭遇する不可解な謎に、人気落語家の春桜亭円紫《しゅんおうていえんし》が抜群の洞察力でもって答えを返す。

〈日常の謎〉派といえば、次第にハートウォーミング路線が主流になった感がある。確かに『空飛ぶ馬』でも、締めくくりの表題作は幼稚園の庭にコンクリートで固定されている木馬が一夜だけ〝消失〟した謎を扱って、とびきり後味の良いクリスマス・ストーリーに仕上がっていた。が、しかし、北村薫の本領が発揮されて〈日常の謎〉派の真髄《しんずい》が味わえるのは、本作の双璧と評したい「砂糖合戦」と「赤頭巾」だ。ささいな〈日常の謎〉の裏側にべったり張りついているのは、その謎を生み出す人間の面白半分の悪意や肥大化した自己愛であり、一見平穏確固たるこの世界のあちこちに人の形をした暗い裂け目の開くことを容赦ない筆致で描き出している。

想し、勝手に裏切られたファンも少なくなかった。まあ、僕もガッカリした一人なのだけれど、それはともかく生まれも育ちも関東の人間である北村氏と、顔を合わせればほぼ阪神タイガースの話しかしない仲になるとは……人生ってわからないものだ。

北村薫の裏ベストと衆目の一致するのが、殺人犯の立て籠もり事件をサスペンスフルに描いたノンシリーズ長篇『盤上の敵』（九九年）。騙しのテクニックをこれでもかと畳み込んで、ひどく不気味な人間の暗黒面《ダークサイド》を浮き彫りにする。心が渇く、衝撃の問題作だ。

no.12

若《わか》竹《たけ》七《なな》海《み》『ぼくのミステリな日《にち》常《じょう》』

奴は日記をひっくりかえして使えそうな話を選んだ

東京創元社（黄金の13）、1991年刊行。
書影は創元推理文庫版。

あらすじ 中堅どころの建設コンサルタント会社に勤める「私」、若竹七海《わかたけななみ》は、このたび新規発行される《社内報》の編集長を拝命することに。堅苦しくならないよう娯楽読物も載せたら、という上からの要望を受け、大学時代の先輩で兼業作家の佐竹信寛《さたけのぶひろ》に相談したところ、「俺の友人にミステリ風の話を書く奴がひとりいる」とのこと。かくして毎月の《社内報》に、匿名を条件に執筆を引き受けてくれた「ぼく」のミステリな日常が綴《つづ》られるようになるのだが……。

併読のススメ 新本格ムーブメントの興隆を語るとき、話題として外せないのが『競作 五十円玉二十枚の謎』（一九九三年）だ。競作のお題を出したのは、若竹七海。彼女が学生時代、池袋西口の芳林堂書店でレジ係のアルバイトに励んでいた際、

ガイド『プレゼント』（一九九六年）を嚆矢《こうし》とする〈女探偵・葉村晶《はむらあきら》シリーズ〉でうるさ型のミステリ読みから高い支持を得る一方、『ヴィラ・マグノリアの殺人』（九九年）に始まる〈葉崎市シリーズ〉ではコージー・ミステリ（小さな町が舞台で、暴力行為の少ない、後味の良いミステリ）をわが国に定着させるべくフロンティア精神を発揮してきた若竹七海。寡作ながら息の長い活躍を続ける若竹のデビュー作『ぼくのミステリな日常』は、〈日常の謎〉派の潮流に大きな影響を与えた作品だ。

まず、匿名希望の「ぼく」が物した十二本の短篇ミステリの質がすこぶる高い。公園の木を無断で切る女性と遭遇する「鬼」、草野球のサイン盗みをめぐるユーモラスな暗号物「あっという間に」、友人が朝顔の精に取り憑かれてしまう怪異譚「消滅する希望」、妊娠に執着する女性を描いて仏教説話めく「吉祥果夢」、O・ヘンリー風の都会的恋愛スケッチ「バレンタイン・バレンタイン」など、殺人を扱った話も一部混じる（「ぼく」の脚色による？）が、バラエティに富んだ内容で読者を飽きさせない。

本作が画期的《エポック・メーキング》だったのは、物語の最後で編集長の若竹が「ぼく」と初対面したとき、独立して愉《たの》しめる各短篇にばらまかれていた伏線が回収され、ひとつの長篇の体を成すところ。こうした物語構成は「串刺し」などと呼びならわされ、〈日常の謎〉派の連作集における流行り《トレンド》の形式となった。

一人の中年男が毎週土曜に五十円玉二十枚を握りしめて店にあらわれ、千円札との両替を頼んできたという。この不可解にして現実に起きた〈日常の謎〉に、法月《のりづき》綸太郎《りんたろう》や有栖川有栖《ありすがわありす》らプロ作家が挑んだほか、一般公募で寄せられた優秀な解答篇も轡《くつわ》を並べたのだった。プロアマ問わず、同じ踊りに興じた〝祭り〟のようなアンソロジーで、参加を許されたアマチュアのなかには、後にデビューする倉知《くらち》淳《じゅん》（佐々木淳）や第一回創元推理短編賞を受賞する剣持《けんもち》鷹士《たかし》（高橋謙一）がいた。

no.13

加《か》納《のう》朋《とも》子《こ》『掌《て》の中《なか》の小《こ》鳥《とり》』

幸運がひとつっきりなんて、ケチくさいじゃない？

東京創元社（創元クライム・クラブ）、1995年刊行。書影は創元推理文庫版。

あらすじ 自転車で駅に急いでいた穂《ほ》村《むら》紗《さ》英《え》は、途中、歩道橋の階段から転げ落ちた老人を介抱した。後日、彼女の自転車が盗まれる騒動が起こるのだが、どういう因縁かその犯人は、以前歩道橋で助けた老人の孫にあたる大学生で……（第三話　自転車泥棒）。従兄《いとこ》の婚約者嬢の品定めに、とある茶会に参加した冬《ふゆ》城《き》圭《けい》介《すけ》。婚約者嬢は、茶器を傷つけないためエンゲージリングを外してバッグに仕舞っておいた。ところが茶会後、その大事なリングが消えて失くなってしまい……（第五話　エッグ・スタンド）。

併読のススメ 加納朋子さんから当時最新刊『無菌病棟より愛をこめて』（二〇一二年）が届いたとき、まったく何のことだかわからなかった。二〇一〇年六月、急性白血病であると告知された作者が、幸いにも弟さんから骨髄移植を受けて〝生

ガイド 加納朋子の登場と清爽たる活躍をもって、〈日常の謎〉派は誕生したと言っていい。第三回（一九九二年）鮎川哲也賞受賞作『ななつのこ』は北村薫《きたむらかおる》の強い影響下に書かれた作品であり、構成力の高さと、殊《こと》に温《ぬく》もりある幻想味が魅力的だ。いわゆる串刺しの趣向が仕込まれた連作長篇で、その意味でも、北村薫のデビュー作『空飛ぶ馬』（八九年）や続く『夜の蟬』（九〇年）以上に〈日常の謎〉派の典型的スタイルを印象づける作品となった。

そんな〈日常の謎〉派の女王、加納朋子初期の代表作が『掌の中の小鳥』である。一向にサラリーマンとしての日常になじめない「僕」、冬城圭介と、派手好きで生命力にあふれる「私」、穂村紗英との〝始まりの関係〟を縦軸にしたドラマが一冊をとおしてさほど進展しないなか、極めて高水準かつバラエティに富んだ〈日常の謎〉が織り込まれている。とりわけ、ヒロインの紗英が愛用の自転車を盗まれたと勘違い（？）する裏事情探し《ホワットダニット》が愉快な「自転車泥棒」と、圭介の幼なじみで少女時代は〝嘘つき〟で有名だった鈴木みちるがエンゲージリングを拝借した動機に胸突かれる「エッグ・スタンド」の出来が素晴らしい。遭遇する謎ごとに誰が探偵役を務めるかわからないのも魅力のひとつで、ノスタルジックな雰囲気を含みつつ都会的に洗練された稀有《けう》な作品だ。

還〟を果たすまでを描いた壮絶かつユーモラスな闘病記で、一読、驚くやらホッとするやら。

数ある加納作品のなかで僕が偏愛しているのは、幻想味豊かな短篇集『沙羅《さら》は和子《わこ》の名を呼ぶ』（一九九九年）。なかでも、ヒロインの知世子に仕掛けられたアリバイ・トリックの犯人の狙いに胸が締めつけられる「フリージング・サマー」と、双子姉妹のアリバイの問題が意外な人物の登場から崩れる「オレンジの半分」が秀逸だ。作者の小説技巧の冴えを堪能できる一冊。

no.14

米《よね》澤《ざわ》穂《ほ》信《のぶ》『氷《ひょう》菓《か》』

いつの日か、現在の私たちも、未来の誰かの古典になるのだろう

あらすじ 図書委員の女子高生は、不可解な〝愛読書〟の存在に首をひねる。彼女が当番の金曜日、五週連続で同じ本が昼休みに借り出され、放課後に返却されているからだ。借り主はすべて二年生の、別々の女生徒で……（第三話　名誉ある古典部の活動）。壁新聞部の部長は、なぜか一人きり、部室に鍵を掛けて籠《こ》もっていた。しかも、用事があって訪ねてきた下級生らを、色をなして追い返すのだ。いったい部長は、どんな後ろ暗い秘密を抱えているのか……（第五話　由緒ある古典部の封印）。

角川書店（角川スニーカー文庫）、2001 年刊行。書影は角川文庫版。

併読のススメ 『氷菓』を皮切りに始まる古典部シリーズや『春期限定いちごタルト事件』（二〇〇四年）を嚆矢《こうし》とする小市民シリーズなど、〈日常の謎〉派の流れに棹《さお》さす青春ミステリで地歩を固めた米澤穂信。そんな米澤が——じつに新本格ムー

ガイド 第五回（二〇〇一年）角川学園小説大賞ヤングミステリー&ホラー部門奨励賞を受賞した米澤穂信のデビュー作。主人公の折木《おれき》奉太郎《ほうたろう》は、文科系の部活動が盛んな進学校に入学したばかり。「やらなくてもいいことなら、やらない。やらなければいけないことは手短に」をモットーとする主人公は、のちに「さとり世代」と名付けられる〝物欲よりも精神的充実を志向する〟若者群像を十年は先取りして描いていたと言っていいだろう。主人公は、そんな省エネな性格から帰宅部を決め込むつもりだったが、姉供恵《ともえ》の強引な導きで伝統ある「古典部」に所属するはめになるのだ。

米澤の『氷菓』は、連作集というより長篇と紹介するほうがふさわしい物語構成で、学園生活を送るなか次々と遭遇する〈日常の謎〉を主人公が解き明かしてゆくにつれ、彼を含む四人の古典部員のキャラクターが前面に押し出されて生彩を放つ。至極清涼な読み味の青春ミステリであるのは間違いないが、意外にもこの一巻のメインの謎――なぜ三十三年前（一九六七年）に全校生徒のヒーローは学校を去ったのか――の真相は少年少女《ジュブナイル》向けの文庫レーベル（初刊は角川スニーカー文庫）の読者層が生まれる以前の世相を絡めたビターなものである。にもかかわらず、『氷菓』が若者から支持され続けるのは、学校を様々な理由で去る〈犠牲《いけにえ》〉の生まれることが世代を超えたシンボリックな問題だからだろう。

ブメントの隆盛期に青春時代を過ごした米澤が、本格ミステリの世界観に徹底して淫してみることから生まれたのが二〇〇七年発表のデス・ゲーム物『インシテミル』だ。〈暗鬼館〉なる地下施設を舞台に、その多くは二十前後の若者たちが殺し合いと金勘定を競わせられる異色の犯人当て小説《フーダニット》である。なお、『インシテミル』については拙著『新本格ミステリの話をしよう』（二一年）で詳しく論じているので、興味のある向きはチェックしてもらえれば幸甚。

no.15

倉知《くらち》淳《じゅん》『猫《ねこ》丸《まる》先《せん》輩《ぱい》の推《すい》測《そく》』

つまり、見方を変えれば何でも楽しくなってくる

あらすじ 真冬の凍てつく夜、「僕」の自宅アパートに『病気、至急連絡されたし。』との電報が届く。急いで実家に電話してみると、何も変わったことは起きていなくて一安心。ところが、発信人不明のいたずら電報は二度三度と続き、いったい誰の恨みを買ったのやら……（第一話　夜届く）。私立探偵の「私」が、迷い猫探しの仕事に取り掛かったとたん、捜索願のポスターに載せた猫ちゃんの写真がペンキで塗りつぶされてしまう。どこの誰が、こんな卑劣な妨害を行なっているのか……（第三話　失踪当時の肉球は）。

併読のススメ 倉知淳の代表作といえば、やはり第一回（二〇〇一年）本格ミステリ大賞・小説部門受賞作『壺中の天国』を真っ先に挙げねば。物語の舞台は、高圧線鉄塔の建設問題で揺れる地方都市。不穏な通り魔殺人が連続発生し、しかも被害

講談社（講談社ノベルス）、2002 年刊行。
書影は創元推理文庫版。

ガイド 小柄で童顔。子猫みたいな丸い目をした猫丸《ねこまる》先輩が名探偵役を務める、倉知淳の看板シリーズ第四弾。可愛らしい風体の猫丸だが、口はいささか悪く、学生時代の直属の後輩にとっては正直、世話が焼ける系。しかしその観察眼は鋭く、一見奇妙な〈日常の謎〉に飄々《ひょうひょう》と一応の解決をつけてしまうのだ。

G・K・チェスタトン流に〈見えない男〉を指摘する「夜届く」と、猫探しを邪魔する犯人の意外性抜群な「失踪当時の肉球は」が本作の双璧だろう。そのほか、花見の場所の激しい争奪戦には裏がある「桜の森の七分咲きの下」、クリスマスイブの駅前アーケード街を三人のサンタクロースが全力疾走していた秘密に迫る「クリスマスの猫丸」など、全六篇の収録作はどれも駄弁《しゃべくり》の面白さにあふれ、噴き出すこともしばしば（だから電車の中など人目のあるところで読むのはオススメしない）。もともと猫丸先輩は、人の死なない事件だけに遭遇していたわけではないが、前作『幻獣遁走曲』（一九九九年）以降、〈日常の謎〉派の名探偵としてすっかり定着した気味がある。

——ちなみに。作家本人とその手になる名探偵キャラクターの印象が、倉知／猫丸ほど一致していた例を僕は他に知らない。口調も風貌もファッションセンスも、そのまんま。出版パーティの折、自分は倉知氏と話しているのか猫丸先輩に絡まれているのか、だんだんわからなくなってくるのだ、いや本当に。

者は年齢も性別もばらばらで……。いわゆるミッシング・リンク・テーマの快作、いや怪作と呼ぶのが真にふさわしい。

件《くだん》の本格ミステリ大賞を創設し、現在も運営するのが、本格ミステリを愛する作家・評論家・漫画家等で二〇〇〇年十一月に結成された《本格ミステリ作家クラブ》。毎年、正会員の投票によって年間最優秀と認められる本格ミステリ（小説部門）と本格ミステリを対象とする批評（評論・研究部門）に至上の栄誉を与えている。

no.16

大倉崇裕《おおくらたかひろ》『やさしい死神《しにがみ》』

師匠の「子別れ」を聴いたのが、直接の引き金になりました

あらすじ　今夜のトリ、松の家文三《ぶんぞう》の落語を楽しんでいたヒロイン、間《ま》宮緑《みやみどり》は、外から聞こえてきた救急車のサイレンに集中力を削《そ》がれてしまった。聞けば、寄席の向かいの書店で急病人が出たという嘘の通報が二日続いているらしく……（第二話　無口な噺家）。鈴の家梅太郎は、「俺、幽霊と話をしちまったんだ」と間宮緑に訴える。小学校のときの同級生だと名乗る女性に結婚式の司会を頼まれたのだが、あとからその〝花嫁〟が八年前に死んでいると知らされて……（第三話　幻の婚礼）。

東京創元社（創元クライム・クラブ）、2005年刊行。書影は創元推理文庫版。

併読のススメ　大倉崇裕は人後に落ちない『刑事コロンボ』（一九六八年放送開始／米NBC制作）マニアで、ノベライズも担当するほど。〈探偵対犯人〉の一騎打ちの頭脳戦を前面化した倒叙物の刑事ドラマとして根強い人気を誇り、「二枚のドガの

ガイド 落語専門誌の名物編集長・牧大路《まきおおみち》を探偵役《ホームズ》、新米編集者の間宮緑を助手役《ワトスン》とする〈落語シリーズ〉第三弾。収録された五つの短篇は、どれも有名な古典落語のエッセンスを謎解きの仕掛けと融合させている。と聞くと、普段から落語に親しんでいない読者には敷居が高いように感じるかもしれないけれど、伏線の一種として機能する噺については作中でバッチリ紹介されるので、どうかご安心あれ。思うに、京極夏彦の〈百鬼夜行シリーズ〉と相通じるところがあって、江戸や明治から残る古い噺ともなるとまるで〝妖怪化〟して人に憑くものなのか。牧編集長はそんな因縁めいたモノを名推理でもって落とすのである。

『やさしい死神』は、落語界を騒がす非日常的な〈日常の謎〉を切り取った粒揃いの短篇集だが、なかでも「無口な噺家」と「幻の婚礼」が双璧だろう。小品『桜鯛』と大ネタ『宿屋仇』をフィーチャーした「無口な噺家」は、せっかくの高座を邪魔するかのごとく虚偽の通報で救急車が呼ばれる理由探し《ホワイダニット》が魅力的。嘘尽くしの物語であり、病を得て陰気になってしまった大看板・松の家文喬《ぶんきょう》の嘘に凄味あり。人情噺の大作『子別れ』をフィーチャーした「幻の婚礼」は、まるで怪談噺のような謎に、きちんと人情噺のオチがつく。落語好きもそうでない向きも、いまや本邦ミステリ界の〝真打《しんうち》〟の一人である大倉の得意噺を聞き逃す手はない。

絵」や「別れのワイン」など名作エピソードを挙げればきりがない。若いミステリファンもぜひ追いかけてほしい不朽のテレビドラマ・シリーズだ。

　コロンボ好きが嵩《こう》じて、大倉は『福家警部補の挨拶』（二〇〇六年）を嚆矢《こうし》とする倒叙物のシリーズを自らも始動。捜査一課の女性刑事、福家警部補は、本家コロンボさながらに飄々とした態度で犯人を追い詰めてゆく。第一弾の『挨拶』のなかでは、かつて科捜研に所属した大学講師による殺人を描いた「オッカムの剃刀」が白眉。倒叙スタイルに手口探し《ハウダニット》の興味も織り混ぜた秀作だ。

no.17

大《おお》崎《さき》梢《こずえ》『サイン会《かい》はいかが？ 成《せい》風《ふう》堂《どう》書《しょ》店《てん》事《じ》件《けん》メモ』

多絵ちゃんは本屋の味方で、本屋の敵は多絵ちゃんの敵なの

東京創元社（ミステリ・フロンティア）、2007年刊行。書影は創元推理文庫版。

あらすじ 木下杏子《きのしたきょうこ》が働く本屋で、同じ本の注文が四件相次ぐ。しかし版元から「あいにく品切れ、重版未定」の返事があったため、四人の客に断りの電話を入れると、そんな本を注文した覚えはない、と全員から訝《いぶか》しがられて……（第一話　取り寄せトラップ）。地元の小学生たちが、社会科見学で本屋にやって来た。その中の、線の細い男の子が、棚の上段から無理やり辞書を引き出して〝本雪崩〟を起こす騒ぎに。学校ではおとなしく、分別のある子が、なぜそんな真似をしたのだろう……（第二話　君と語る永遠）。

併読のススメ 改めて「お仕事ミステリ」を定義すれば、特に職人や有資格者を探偵役に起用し、専門的な知識やその職業経験からくる独自の視点が〝問題〟を解決に導くタイプの作品、ということになろう。作例は枚挙にいとまがないほど

ガイド 二〇〇六年のデビュー短篇集『配達あかずきん』を嚆矢《こうし》とする〈成風堂書店事件メモ〉シリーズ第三弾。同シリーズの主要舞台である成風堂は、某駅ビルの六階にテナントとして入る中規模書店。二十四歳の姉御肌の書店員・木下杏子が狂言回しの役を務め、日々の仕事のなかで生じるトラブルを解決するのにアルバイトの女子大生「多絵ちゃん」の推理を頼みにする。

勝手に本を注文された四人の客の共通項《ミッシングリンク》探しから一転、とある老人の遺産が絡む陰謀劇が展開される「取り寄せトラップ」と、ややミステリとしては弱いのだけれど、本屋嫌いの男の子（とその父親！）がなぜ『広辞苑』に執着していたかの理由に胸が熱くなる「君と語る永遠」が本書の双璧だろう。そのほか、雑誌の付録が恋愛の行方を占う「バイト金森くんの告白」と、実際に発行されている絵本が失《う》せ物探しのヒントになる「ヤギさんの忘れもの」も読み味がいい。

あらゆる職場に、きっとならではの〈日常の謎〉がある。警察官や弁護士といった、常日頃より犯罪事件と向き合う職業以外の、多種多様な〝働く人〟を探偵役に起用した〈日常の謎〉派のモードを、二〇一〇年代以降「お仕事ミステリ」と呼びならわすようになってきた。元書店員の大崎梢がその勤務経験を大いに活かした書店ミステリのシリーズは、件《くだん》のお仕事ミステリの流行に先鞭《せんべん》をつけたと評価すべきだろう。

で、下町のフレンチレストランを舞台に店長であるシェフが名推理をひらめかす近藤史恵《こんどうふみえ》『タルト・タタンの夢』（二〇〇七年）や、霊験あらたかな神社で美少女巫女が快刀乱麻を断つ天祢《あまね》涼《りょう》『境内ではお静かに』（一八年）等々。なかでもオススメは、水生《みずき》大海《ひろみ》『ひよっこ社労士のヒナコ』（一七年）で、二十六歳のヒロインは企業の総務部署から法的相談を持ち込まれる社会保険労務士。平成不況下で特に若年層に厳しくなった労働環境を謎解きの背景にして、社会派色も濃い逸品だ。

no.18

門《かど》井《い》慶《よし》喜《のぶ》『人《にん》形《ぎょう》の部《へ》屋《や》』

じつはフランス製じゃないんだ、フランス人形は

あらすじ 百万円は下らない舶来《はくらい》人形の左足の爪先《つまさき》は、こなごなに砕けてしまっていた。現在の持ち主から破損の責任を問われるはめになった主人公、八《や》駒敬典《こまたかのり》は、その人形が日本にやって来る以前の所有者に関心を寄せて……（第一話　人形の部屋）。八駒敬典が銀座で出会った紳士は、二代目の若社長との軋轢《あつれき》に悩んでいた。紳士が若社長のために選んで贈った万年筆を、「あなたのほうが、僕よりもよほど会社のことを理解してない」と受け取りもしなかったと……（第二話　銀座のビスマルク）。

併読のススメ ペダンチックな作風、といえば二十世紀の両大戦間に訪れたミステリの黄金時代《ゴールデンエイジ》を代表するアメリカ人作家S・S・ヴァン・ダイン。本国アメリカでは、死後はすっかり忘れられた作家になったというが、戦前戦後の日本のミ

東京創元社（ミステリ・フロンティア）、2007年刊行。書影は創元推理文庫版。

ガイド 門井慶喜は、今ではすっかり歴史小説家としての活躍ばかり目立つようだが、もともと書画骨陶の真贋《しんがん》を舌で判じる異色の美術探偵・神永美有《かみながみゆう》が活躍する『天才たちの値段』（二〇〇六年）で単行本デビューしたミステリ畑の出身だ。博覧強記の一児の父が、彼の日常を波立たせる〈事件〉の数々に挑む『人形の部屋』は、門井がミステリ・ジャンルに軸足を置いていた時期の代表作である。

『人形の部屋』の主人公、八駒敬典は元旅行会社勤務。海外旅行のパックツアーを充実させるため、世界の文物に関する知識を貪欲に吸収したおかげで、いつしか彼は「歩く百科事典」とも「電源のいらない検索サイト」とも呼ばれるようになっていた。しかし、将来を嘱望《しょくぼう》された彼も、望んで今は専業主夫の身。そろそろ扱いが難しくなってきた中学一年生の娘に手を焼かされながら、時に体操着のブルマの歴史を溯《さかのぼ》り、時に海水から塩を作る方法《ノウハウ》を持ち出すなど溢れんばかりの蘊蓄《うんちく》を武器に次々と降りかかる日常の難題に立ち向かうのだ。

――としても、『人形の部屋』が真に素敵なのは、締めくくりの一篇「お子様ランチで晩酌を」が至極皮肉に出来ているから。突然家出してしまった娘（まさか男がらみ⁉）の気持ちを理解するのに、衒学的《ペダンチック》な主人公の知識はまるで役に立ってくれない。だが、役に立たなかったこと自体が深い感動を呼ぶのである。

ステリ界に与えた影響は極めて大きいものがある。ミステリ初心者には、いわゆる童謡殺人の代表格である『僧正殺人事件』（一九二九年）と、ミステリ史に残る怪しげな容疑者《レッドヘリング》が登場する『カブト虫殺人事件』（三〇年）の両作をまずオススメしたい。それに、読者に対する作者のフェアプレイ精神を示した創作論「推理小説作法の二十則」（創元推理文庫『ウインター殺人事件』所収）は、いろいろとツッコミどころがあることも含め必修の教養として押さえておくべきである。

no. 19

三上延《みかみえん》『ビブリア古書堂《こしょどう》の事件手帖《じけんてちょう》〜栞子《しおりこ》さんと奇妙《きみょう》な客人《きゃくじん》たち〜』

うちのお姉ちゃん、本のこと以外は全っ然世間知らずだからなー

KADOKAWA（メディアワークス文庫）、2011年刊行。

あらすじ 亡き祖母の蔵書、『漱石全集』の第八巻に書き込まれていた夏目漱石のサイン。もし本物なら、古書店が相当な値段で買い取ってくれるのでは？　全三十四巻のうち、件《くだん》の第八巻だけ蔵書印が押されていないのだけれど……（第一話　夏目漱石『漱石全集・新書版』）。初老の紳士が、絶版文庫の本を一冊、古書店に持ち込んだ。買い取り価格はいくらでもかまわない、と。しかし、紳士の妻を名乗る女性が、それは夫が大事にしている本だから、と取り戻しにきて……（第三話　ヴィノグラードフ・クジミン『論理学入門』）。

併読のススメ このブックガイドでは、紙の本が品切れ・絶版でないかどうか気にせず選書している。なので、フィーチャーされた作品を貪欲に読みつぶしたいミステリ初心者は、古書店もしくはリサイクルショップ型の新古本屋《しんこぼんや》を努めて回

ガイド 北鎌倉駅のそばにある古本屋をメインステージに、普段は内気だけれど本のことなれば話が止まらない可憐な店主、篠川栞子の知識と観察力が物を言う古書ミステリ・シリーズ第一弾。

三上延を〝発見〟したときのことは、よく憶えている。二〇一一年の暮れ、日本推理作家協会賞・短編部門の予選委員を任されていた僕は、自分の担当分に入っていた「足塚不二雄『UTOPIA　最後の世界大戦』」(『ビブリア古書堂の事件手帖2』所収)を読んで驚倒した。稀覯《きこう》マンガの売買をめぐってヒロインの母の人物像ががらりと変わる物語は、謎解きの興趣にあふれてビターな味わいが残る。メディアワークス文庫？　まったくノーマークのライト文芸レーベルじゃないか……！　慌てて、その年に二冊出ていたシリーズ作品を味読。協会賞の候補に推せたことを誇りたい。

シリーズ第一巻の白眉は、第一話「夏目漱石『漱石全集・新書版』」だ。文豪漱石のサイン本をめぐる謎は、サインの真贋判定にあっさり決着《けり》がついてからの転がり方こそ意想外で、メロドラマティックな人間模様があぶり出される。「わたし、古書が大好きなんです……人の手から手へ渡った本そのものに、物語があると思うんです……中に書かれている物語だけではなくて」とヒロインは言う。ミステリに限らない、本を愛するすべての人へのエールのような好シリーズだ。

らなければならないだろう。『ビブリア古書堂の事件手帖』のなかでは書物狂《ビブリオマニア》の人々を描いた梶山季之《かじやまとしゆき》の名著『せどり男爵数奇譚』(一九七四年)が紹介されているが、僕からぜひオススメしたいのは人気漫画家にしてミステリ愛好者の喜国雅《きくにまさ》彦《ひこ》が物した『本棚探偵の冒険』(二〇〇一年)以下全四巻のエッセイ集。古本道にハマると日々の生活は時に破壊され……しかし豊かになるものなのだ。紙の本って、やっぱり良いんだよなあ。

no. 20

阿《あ》藤《とう》玲《れい》『お人《ひと》好《よ》しの放《ほう》課《か》後《ご》御《お》出《いで》学《がく》園《えん》帰《き》宅《たく》部《ぶ》の冒《ぼう》険《けん》』

急がなきゃいけないことなんて、私たちの間にはなかった

あらすじ　御《お》出町《いでちょう》のマスコットキャラクター、〈小《こ》出君《いでくん》〉の人形が夜な夜な歩くという噂が広まっている。実際、御出学園の複数の生徒が、ベニヤ板製の小出君が動いているのを目撃したらしく……（第一話　小出君、夜歩く。）。去年のクリスマスイブの日、転校生の三《み》津《つ》木《き》みゆきが連れ立って歩いていた相手は、一卵性双生児の兄・新藤望《しんどうのぞむ》かそれとも弟の朔《はじめ》か？　そもそも新藤兄弟は二人とも、幼なじみの野《の》田《だ》美《み》月《つき》一筋だったはずで……（第三話　左利きの月）。

東京創元社（創元推理文庫）、2017年刊行。

併読のススメ　ロナルド・A・ノックス曰く「双生児および犯人と瓜二つの人間は、一般に当然それと予測される場合以外はこれを登場させてはならない」（研究社刊『推理小説の詩学』所収「探偵小説十戒」より）。双子の存在はそれ自体ロマンティッ

ガイド 東京創元社への原稿持ち込みからデビューが実現した阿藤玲。『お人好しの放課後』は北村エコールの系譜に連なり、軽妙かつ清冽な印象を読者に与える学園ミステリ連作集だ。物語の舞台は、架空の地方都市のベッドタウン。御出学園一年生の「俺」、佐々木幸弘が高校に入って選んだ部活は、ずばり「帰宅部（地域別）」。御出学園のそれは意外にも正式なクラブ活動であり、放課後の自由が認められるかわりに、平均以上の成績維持とボランティア活動に励むことが求められる。学園と通学地域を騒がす不可解な〈日常の謎〉の解明に取り組むのも、だから立派な部活動というわけで。

皮切りの作「小出君、夜歩く。」は、どたばた《スラップスティック》の面白みにあふれる。小出君人形をめぐるオカルト騒ぎの裏に、地方に住む高校生カップルならではの〝卒業後は都会に出るか地元に残るか〟という切実な問題が潜んで胸突かれる佳品である。さらに、本書の白眉といえるのが、約百四十枚の中篇「左利きの月」。双子の新藤兄弟の片割れが交通事故で亡くなっても、残された生徒たちは〝双子の入れ替わりの謎〟をなお引きずっている。それは、彼らが揃っていた世界が終わったことを認めたくないからにちがいなく、切ない気持ちになる。『お人好しの放課後』に通底するテーマは、成長する速さ《スピード》には相違があるということ。青春の時に、成長のスピードに個人差があるからこそ感情は行き違い、若気の行動に〈日常の謎〉もまた生じるのだ。

クであり、ミステリの意匠《ガジェット》のひとつに数えられる。

ノックスが定めた禁忌《タブー》に触れない双子ミステリの代表格として、西村京太郎《にしむらきょうたろう》のノンシリーズ長篇『殺しの双曲線』（一九七一年）をオススメしたい。東京都内で双子の兄弟が悪知恵を働かす連続強盗事件と、陸の孤島と化した東北のプチホテルで招待主と六人の客全員が殺害され〝誰もいなくなる〟事件が同時期に発生！双子ならではのトリッキーな復讐劇を描いて、じつに殺人動機の都会的な発生状況も印象に残る逸品だ。

第3章
ザッツ・アバンギャルド!

新本格ミステリの特徴のひとつは、本格ミステリの〈形式〉の前衛化が顕著であったことです。形式などと書くと、しかつめらしい感じがしますが——どうでしょう、伝統に裏打ちされた人工的・自律的世界の構築のこと、と嚙み砕いておきましょうか。

二〇二一年の今から百八十年前、エドガー・アラン・ポオの「モルグ街の殺人」（一八四一年）から本格ミステリの歴史は始まったとされるのが定説です。以来、後続のジャンル作家たちは、先行作品のトリックや状況設定を手を代え品を代え見せ方を変えることで新しい作品を生み出してきた。いわば自家中毒的な〈引用〉が繰り返されることで独自の近代文学ジャンルとして自立したわけです。絶海の孤島や吹雪の山荘が舞台にされること（クローズド・サークル）、首切り殺人（顔のない死体）のこと、いわゆる交換殺人のこと、直接は手を汚さない黒幕による〝操り〟のこと、エトセトラ、エトセトラ……。そのような、まさにミステリ的としか言いようのない形式の蓄積こそが本格ミステリを本格ミステリたらしめています。

新本格ミステリ・ムーブメントとは、本格ミステリの復興探究運動《ルネッサンス》だと先に紹介しました。新本格ムーブメントが勃興した頃にはまだ、お化け屋敷的な古い本格ミステリが歴史的必然から新しい社会派ミステリに〈進化〉したのだと捉える向きもありました。が、そうした進歩史観を押し返さんとばかり、一九七〇年代後半の探偵小説専門誌「幻影城」の奮闘から新本格ムーブメントへと続く〝揺れ戻しの大波〟は起きたのだと言えそうです。現代を舞台に、再び本格ミステリの歴史的蓄積に挑みかからんとすること──。

　この項目では、傑作の誉れ高いものから賛否の割れる問題作まで、本格ミステリ特有の様々な形式と正面から向き合った実験・批評精神にあふれる作品を並べました。反リアリズムの何かが過剰に物語内部に取り込まれていることにも注目してもらいたい。

no. 21

山《やま》口《ぐち》雅《まさ》也《や》『生《い》ける屍《しかばね》の死《し》』

近ごろ、アメリカじゅうで何件も死者の甦り事件が起こっとる

東京創元社（鮎川哲也と十三の謎）、1989年刊行。書影は光文社文庫版（上下巻）。

あらすじ アメリカ史の表舞台に一度も登場したことがないニューイングランドの墓の町《トゥームズヴィル》。その田舎町の頂点に君臨しているのは、スマイル霊園を営む葬儀屋バーリイコーンの一族だ。主人公のフランシス・バーリイコーン（通称グリン）は、パンク族の青年。祖父スマイリーの死期が迫り、遺産相続と今後の霊園経営をめぐる諍いも生じるなか、なんとグリンは祖父が食べるはずだったチョコレートに盛られていた毒でおっ死《ち》んでしまう。……が、しかし幸い生き還ったグリンは、一族を見舞う連続不審死事件の探偵役を務めることに！

併読のススメ 死者と推断された人物が真犯人として甦る企みを、フランシス・M・ネヴィンズJr.は評伝『エラリイ・クイーンの世界』にて「バールストン先攻法《ギャンビット》」と呼んだ。このマニアックな評語は、綾辻行《あやつじゆき》人《と》が『十角館の殺人』（一九

ガイド ワセダミステリクラブ（通称ワセミス）に所属し、大学在学中から「ミステリマガジン」等で書評活動を行なっていた山口雅也。一九八九年の小説家デビュー作『生ける屍の死』は、死者が甦《よみがえ》る可能性のある奇っ怪な世界を舞台にして、いわゆる特殊設定ミステリの先駆けとも評される大作だ。

　全米各地で次々と甦る死者たちに共通点は見つからず、逆にいえば、誰が甦らないかもわからない。ややこしいのは、甦った死者が生きていたころと見た目では区別がつきにくいこと。主人公グリンは、自分がゾンビめく復活を遂げたことは家族に伏せて探偵活動に励むのだ。なぜ犯人は、人を殺しても死なないかもしれない世界で殺人を繰り返すのか？　殺人動機も不可解きわまる精妙にしてペダンチックな謎解き小説《パズラー》であり、その完成度の高さは目を瞠《みは》るものがある。

　――ところで、そもそもミステリの世界では、死者は時には甦るものだった。事件の犯人は時に被害者を装い（首を切り、指紋を焼き、自分の服を着せるなどして）、こっそり隠れて凶行を続けたり……。死んだと思い込んでいた人物が、物語も大詰めで再びこの世に甦るさまにミステリファンは何度も驚かされてきたはずだ。『生ける屍の死』は、〈死者の復活〉というキリスト教圏でおなじみの奇蹟《きせき》と抜き差しならない関係にある犯人隠しの形式を、アバンギャルドに〝見える化〟してみせたのだ。

八七年）のなかで触れたことから再発見されたと言っていいだろう。

　さて、実験精神に富む山口雅也作品のなかで、ひときわ異彩を放つのが『奇偶』（二〇〇二年）である。作者自身を思わせる推理作家、火渡《ひわたり》雅《みやび》の周囲で不可解な人死にが頻発する物語のテーマは――奇蹟的な出来事の発生をただの僥倖《ラッキー》と片付けるか、それともそこに神の意志を読み取るか。こと本格ミステリの物語世界では濫用がタブー視される〈偶然〉の効果を突き詰めてみせた幻想ミステリだ。

no.22

麻《ま》耶《や》雄《ゆ》嵩《たか》『夏《なつ》と冬《ふゆ》の奏鳴曲《ソナタ》』

この世界が確率的、偶然的に拡散していく世界であると……

講談社（講談社ノベルス）、1993年刊行。
書影は講談社文庫版。

あらすじ 舞鶴港の沖合数十キロの海上に浮かぶ孤島——通称「和音《かずね》島」。かつてその島で、真《ま》宮《みや》和音という若い女優と彼女の魅力に取り憑かれた六人の男女が、ともに生活を送った。しかし和音の突然の死により、わずか一年で〝理想の島暮らし〟は解散となったのだ。二十年後、彼らが再び和音島に集まったとき、悲劇の第二幕が上がる。真夏に季節外れの雪が降りつもった朝、島の所有者でもある水鏡《みずかがみ》 三《み》摩《ま》地《ち》の首無し死体が中庭のテラスで発見される。しかし周辺の雪の上には、犯人の足跡が見当たらず……。

併読のススメ 見分けのつかない二人の人物が登場したり、物語の記述者とほぼイコールの視点人物が信用ならないなど、麻耶雄嵩の『夏と冬の奏鳴曲』は、先輩作家の法月綸太郎《のりづきりんたろう》が「初期クイーン論」及び「一九三二年の傑作群をめぐって」

ガイド まだ麻耶雄嵩を知らない初心《うぶ》なミステリファンは、もともと少年少女向け《ジュブナイル》レーベルから刊行された『神様ゲーム』（二〇〇五年）か、テレビドラマにもなった『貴族探偵』（二〇一〇年）、あるいは日本推理作家協会賞と本格ミステリ大賞の二冠に輝いた『隻眼の少女』（二〇一〇年）あたりから、このカルト的人気を誇る異能の作家と出会うのがいいだろう。以上三作、麻耶雄嵩中期の代表作はどれも尖《トガ》った内容なのだけれど、初期の麻耶は若気の才迸《ほとばし》ってもっと尖《トガ》っていたんだから。

麻耶二十一歳のときのデビュー作『翼ある闇』（一九九一年）は、私淑《ししゅく》するエラリー・クイーンへの捧げ物のよう。クイーンの国名シリーズのすべて（『ニッポン樫鳥の謎』を含む十作）を読む前にこの本に接した若人の感想はじつに貴重であるのだが、敢えて一番にはオススメできない。このブックガイドでは『翼ある闇』の二年後に発表された第二長篇『夏と冬の奏鳴曲』をフィーチャーしたわけだが、孤島を舞台に〝足跡のない殺人（雪上や砂浜の上に殺人犯の足跡が残っていない不可能興味パターン）〟の謎解きに挑むのだと先の「あらすじ」を読んでワクワクしたら大間違いだと言っておこう。正解を決めれば不正解ができるはずの、伝統的なミステリ世界の有り様《よう》に異議を申し立て、読者を挑発する反《アンチ》ミステリ——。刊行当時も現在も、新本格ミステリの可能性の果てがここにある。

（どちらも『法月綸太郎ミステリー塾　海外編　複雑な殺人芸術』所収）で提起した、いわゆる後期クイーン的問題を先取りして描き込んでいる。同問題をひと口に語るのは難しいが——そもそも完全な真理の体系を求めることには限界があり、ミステリは論理的な構築にこだわるほど真実に辿りつけなくなる、という問題系だ。〈操り〉の無限連鎖や、手がかりの真偽判定の困難など本格ミステリの土台を揺るがす同問題について関心がある向きには、ミステリ評論家・諸岡卓真《もろおかたくま》の『現代本格ミステリの研究』（二〇一〇年）が最良の手引きとなる。

no. 23

北《きた》川《がわ》歩《あゆ》実《み》『猿《さる》の証《しょう》言《げん》』

ヒトとチンパンジーのハーフ。生まれないと思うか？

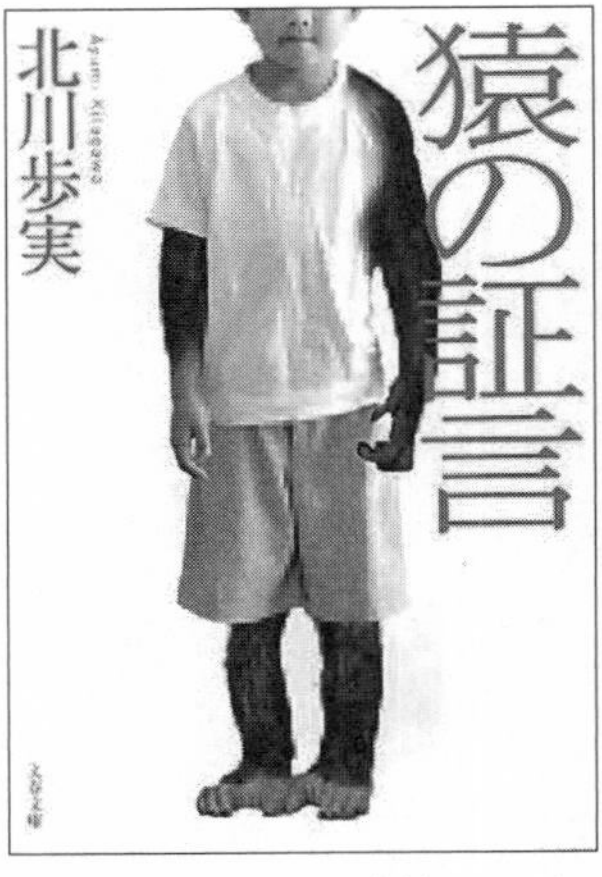

新潮社（新潮ミステリー倶楽部）、1997年刊行。書影は文春文庫版。

あらすじ　『井手元　死ぬ　カエデ　死ぬ　井手元　カエデ　死ぬ　死ぬ　カエデ』――。チンパンジーの知能の研究に関して目覚ましい成果をあげていた井手元浩史が、天才チンパンジーのカエデとともに姿を消した。残されたチンパンジーのソラが「図形文字」を使って行なった証言を信じるなら、井手元とカエデはもうこの世に無いらしい。神をも恐れぬ研究者たちの功名争いは、生殖技術の発達で理論上は可能なはずのヒトとチンパンジーの雑種がすでに誕生しているか否かをめぐって混迷の度を深める……。

併読のススメ　遺産相続、と聞くだけでミステリファンの心は躍る。ロジャー・スカーレット『エンジェル家の殺人』（一九三二年）や横溝《よこみぞ》正史《せいし》『犬神家の一族』（五一年）等々、洋の東西を問わず、金銭欲と愛憎渦巻く相続物の名作は枚挙にいとま

ガイド　北川歩実は、いわゆる覆面作家である。年齢性別はもとより一切のプロフィールが明らかにされていない。その謎多き作家の最高傑作と太鼓判をぐりぐり押したいのが、ヒトとチンパンジーの境界を揺るがすサイエンス・パズラー『猿の証言』だ。

そもそも、五百万年前に分かれたヒトとチンパンジーは、DNAレベルで一パーセント強の違いしかない。行方がわからなくなった井手元助教授が新しく研究対象にしていたリクは、じつはヒトとチンパンジーのあいだに生まれた「チンパースン」だったのではないか？　チンパンジーのソラは、助教授と仲間のカエデが『死ぬ』のを目撃したと証言するわけだが……物語も終盤、ついに発見された本物のリクが行なう証言はソラのそれを補完して、人類が万物の霊長であると増長することを厳に戒める。ヒトである読者は、リクがたどたどしくも懸命にする証言に、激しく胸をうたれるにちがいない。大げさではなく、一生のうちに何度も味わえるものではない感動が本作のラストには待ち受けていると約束しよう。

推理小説《ミステリ》なるものは、近代合理主義精神――すなわち科学的思考を前提に生まれた。世界最初のミステリであると万人に認められるエドガー・アラン・ポオ「モルグ街の殺人」（一八四一年）と、北川歩実が当代最新の科学的知見を盛り込んだ『猿の証言』に極めて接近したところがあるのも見逃せない。

がない。北川歩実が、かかる古典的な争いを最先端の生命科学や精神医学によって更新することを試みたのが、二〇〇一年発表の連作長篇『真実の絆』だ。不治の病に侵された資産家、大磯光平がこの世にただ一人自分の血をひいているかもしれない子を捜し出そうとすると、大磯家の乗っ取りを企む大胆な連中はもとより遺産のオコボレにあずかりたい有象無象を呼び込んで、とんでもなく謀略の構図が広がってゆく。魔術的なツイストの連続に、脳髄がショートしかねない傑作だ。

no.24

蘇《そ》部《ぶ》健《けん》一《いち》『六《ろく》枚《まい》のとんかつ』

えっ？　四国の四県？　そ、そりゃあ、もちろん……

あらすじ　さる富豪の十歳になる一人息子が誘拐された。犯人が掛けてきた身代金要求の電話の背後には、なぜか往年のボクシング世界チャンピオン「ガッツ石松」の名を四回も繰り返し呼ぶ声が入っていて……（第一話　音の気がかり）。妻殺しの疑いがかかる高所恐怖症の夫は、鉄壁のアリバイに守られていた。愛媛県の宇和島駅近くで妻が殺害されたのは、午後十一時四十分。同日午後五時半に徳島市内で目撃されている夫は、鉄道とタクシーの利用だけでは殺害現場に辿りつけず……（第六話　しおかぜ⑰号四十九分の壁）。

講談社（講談社ノベルス）、1997年刊行。
書影は講談社文庫版。

併読のススメ　蘇部健一の著作は、いわゆるバカミスの文脈でも語られる。「バカミス」の名の提唱者である小《お》山《やま》正《ただし》によれば、ここでいう「バカ」に侮辱の意味はなく、″創造という名の狂気″や″ナンセンスの極北″を指すのだと。かかる

ガイド 正式なタイトルよりも、略して『六とん』のほうが通りがいい第三回メフィスト賞受賞作。発表当時、新本格ムーブメントの〝理論的支柱〟であった笠井潔から「これはたんなるゴミである」（早川書房『ミネルヴァの梟《ふくろう》は黄昏に飛びたつか？』）と酷評されたことでも有名な同賞史上最大級の問題作だ。

狂言回しを務めるのは、保険調査員である「私」、小野由一《おのよしかず》。保険金がらみの揉め事をさんざん見てきた彼が、特に奇妙で興味深い案件をファイルしたもの、という体裁なのだが……とにかく内容の評価をひと口にいえば、玉石混淆。いや、石に比べてアンバランスに玉の数は少なく、極めて短時間のアリバイ・トリックが二種詰め込まれた「丸の内線七十秒の壁」のような佳品に出くわすとむしろ戸惑《トホホ》いを覚えてしまう。とにかく蘇部の個性は自虐的なユーモアセンスにあり、納得感と脱力感が相俟つ意外なオチがついてこそ本領発揮といえる。「小説じゃない、推理クイズだ」といった類《たぐ》いの批判の声も大きかったが、のちに蘇部は解決篇がすべてイラストで出来上がった怪作『動かぬ証拠』（二〇〇一年）を発表し、堂々と開き直ってみせたのも偉い。さらにのち、直木賞も獲った道尾秀介が『いけない』（一九年）でイラスト／写真オチ路線の洗練の極みを見せつけたとき、ついでに蘇部の再評価が進まなかったのがつくづく残念である。

バカミスの看板を積極的に背負って第一人者と認められるのが、ワセダミステリクラブ出身の霞流一《かすみりゅういち》だ。霞自身はバカミスを「『過度』をミステリの趣向とした作品」（「メフィスト」二〇〇三年一月号の記事より）と定義づけており、代表作『首断ち六地蔵』（二〇〇二年）の突拍子もないトリックのつるべ打ちと〝やりすぎドンデン返し〟はまさに「過度」の極み。霞作品では他に、爬虫類のワニのテーマパーク内をゾンビの群れが徘徊するライトノベル作品『牙王城の殺劇』（同年）もオススメ。

no. 25

森博嗣《もりひろし》『そして二人《ふたり》だけになった』

私は、もう、あの人以外に欲しいものはない

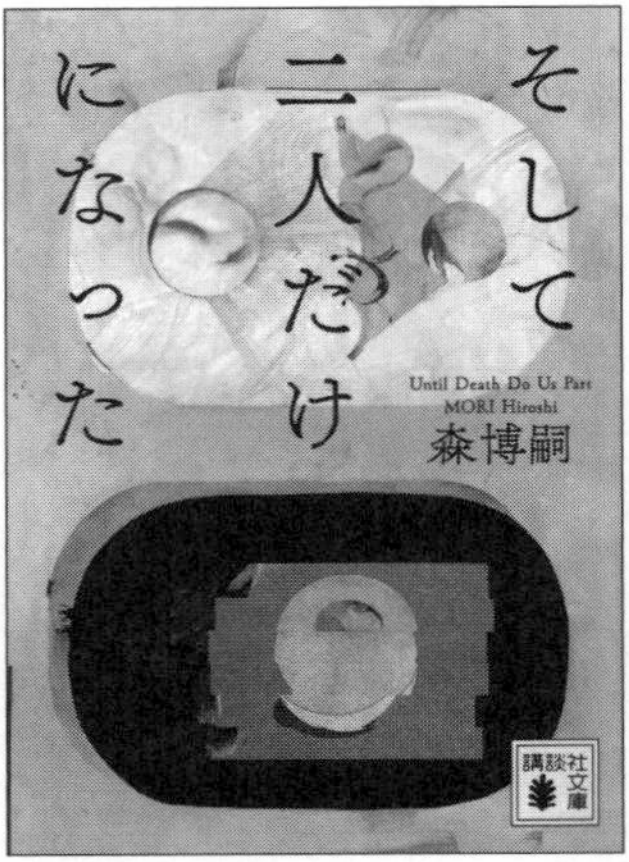

新潮社（新潮ミステリー倶楽部）、1999 年刊行。書影は講談社文庫版。

あらすじ 核シェルターとして機能する《バルブ》と呼ばれる居住空間に、盲目の物理学者・勅使河原潤《てしがわらじゅん》とそのアシスタントである森島有佳《もりしまゆか》を含む六人の男女が〝実際に生活してみる〟という名目で集められた。ところが、シェルターに入って早々、コントロール・ルームの通信基板が破壊され、外部と連絡が取れなくなってしまう。さらに、《バルブ》の出入り口が遮蔽目的の水で満たされ、完全に閉じ込められてしまうのだ。彼ら六人の中に潜んで、まんまと逃げ道をふさいだ犯人は、生きた人間の数を容赦なく減らしていく……！

併読のススメ 森博嗣の『そして二人だけになった』を読んですぐに連想したのは、セバスチアン・ジャプリゾの傑作サスペンス『シンデレラの罠』（一九六二年）だった——と書いても、どちらのネタばらしにもならないはず。両作品を味読してく

ガイド 京極夏彦という才能と〝持ち込み〟で出会った講談社ノベルス編集部は、賞金なし・随時原稿受付の異例の新人賞「メフィスト賞」を一九九五年に創設する。編集部への原稿持ち込みを、いわば制度化した格好で、その栄えある第一回受賞作に選ばれたのが森博嗣のデビュー作『すべてがFになる』（一九九六年）だった。工学博士の犀川創平《さいかわそうへい》と教え子の西之園萌絵《にしのそのもえ》が活躍する通称S&Mシリーズは、とりわけ密室トリックの創意に尽くした巨匠ジョン・ディクスン・カーの作風を現代最新のテクノロジーを背景に継承したといえる内容で、大変な人気シリーズとなった。

初期のノンシリーズ長篇『そして二人だけになった』の舞台も、こだわりの〈密室〉だ。巨大な海峡大橋の土台《アンカレイジ》の中に造られたシェルター内で連続殺人が発生するのだが――これはもう予測できるから言ってもかまわないだろう――緊急事態の推移を交互に語る二人の人物、「僕」こと勅使河原潤と「私」こと森島有佳だけが最後まで生き残ることになる。尤《もっと》も、お互いはそうと知らないが、彼らは最初から替え玉のニセ者（「僕」は潤の異母弟で、「私」は有佳の双子の妹）なのがややこしいけれど、とにかく二人は相手こそ殺人者だとどちらも確信しながら手に手を取って《バルブ》からの脱出を試みるのだ。読者は最後に明かされる真相に驚嘆《きょうたん》させられると同時に、究極の〈密室〉とはわれら人間一人ひとりの頭の中にあることを思い知るだろう。

れれば、なるほどと思ってもらえるだろう。

『シンデレラの罠』のヒロインは、外見の似通った二人の若い娘。お嬢様のミシェル・イゾラと、幼なじみの銀行員ドムニカ・ロイだ。語り手の「わたし」は、火事の現場で顔と手を焼かれるも一命を取りとめる。だが、その際に記憶を失い、自分がミシェルなのかドムニカなのか思い出せない。同じ現場で見つかった焼死体も、やはりどちらの娘だか判断できず……。語り手の「わたし」が、殺人事件の探偵と証人と被害者と犯人の四人全部だという捻《ツイスト》りのきいた逸品だ。

no. 26

飛鳥部《あすかべ》勝則《かつのり》『砂《さ》漠《ばく》の薔《ば》薇《ら》』

私、小説って苦手なんです。特にミステリーは作り物っぽくて

あらすじ 美術館付きの喫茶店でアルバイトをしている女子高生、十七歳の奥本美奈は、女流画家の明石尚子《あかしなおこ》から絵のモデルになれと強引に誘われる。画家の自宅に通《かよ》うようになる美奈だったが、その隣家は偶然にも同級生の竹中真利子が首無し死体となって発見された〝幽霊屋敷〟だった。真利子が最後に家を出たのと同じ日、やはり同級生の小野麻代も姿を消して行方が知れない。まさか、麻代もどこかで殺されてはいないか？　やがて美奈は、自分を尾《つ》け回している不審な男の存在に気づいて……。

光文社（カッパ・ノベルス）、2000年刊行。書影は光文社文庫版。

併読のススメ 画家に彫刻家、小説の執筆にも意欲的な看板屋……そんな芸術家の容疑者がぞろぞろ登場するからだろう、飛鳥部勝則の『砂漠の薔薇』を読んで真っ先に連想したのは、坂《さか》口《ぐち》安吾《あんご》が第二回探偵作家クラブ賞を受賞した『不連続

ガイド「ハイドはまだ良心的ですよ」「何故？」「見かけでわかるから。ジーキルの姿のままハイドになるのが私たち……ですよね」――。風変わりでいて知的な、会話劇の面白さが際立つ作品だ。『砂漠の薔薇』は、少女の体をバラバラに切り刻みたい男や、妻の瞬間移動《テレポーテーション》能力に戸惑う男など尋常ならざる者どもが登場する断章と、ヒロインの女子高生・奥本美奈のどこか離人症的な日常を描くメインストーリーから構成されている。

ヒロインである美奈のそもそもの立ち位置は、読者が感情移入しやすい〈常識人〉のよう。ガラスの灰皿をかかげて水のおかわりを頼むなど奇《き》矯《きょう》な振る舞いが目立つ女流画家に対し、「異常だ。どういうつもりなのだろう」（傍点引用者）と当然の判断を下せる十七歳である。美奈の同級生が廃屋の地下室で首無し死体となって発見された事件の容疑者は、おかしな芸術家ばかり。だが、これほどの大事件なのに警察がどんな捜査をしているのかよくわからないし、被害者の通っていた学校が騒然としている様子も伝わってこないのは奇妙というほかない。ともかく、絵のモデルになったことをきっかけに怪しい芸術家連中と対峙するはめになるヒロインだが、しかし彼女にも普通の女子高生とはいえない〈冷たさ〉があって読者は当惑するだろう。他に類を見ない、異様な肌触りのする謎解き小説だ。

殺人事件』（一九四八年）だ。

少年時代から熱烈なミステリファンで、戦時中は同好の士である平野《ひらの》謙《けん》や大井《おおい》廣介《ひろすけ》らとミステリの犯人当てゲームに興じていた鬼才は、エキセントリックな芸術家たちの奇行妄言の山の中に〝異常な犯罪の痕跡〟を巧みに紛れ込ませてみせる。そう、木の葉は森の中に隠せとばかりに。飛鳥部の『砂漠の薔薇』は、安吾のこの不朽の名作を現代にアップデートした野心作だ、といえば褒めすぎだろうか。

no.27

初《はつ》野《の》晴《せい》『1／2《にぶんのいち》の騎《き》士《し》』

ぼくなら、きみを守る本物の騎士になれる

講談社（講談社ノベルス）、2008 年刊行。
書影は講談社文庫版。

あらすじ この春から高校三年に進級した「わたし」、円《まどか》裕美《ひろみ》は恋をした。勝手に「サファイヤ」と名付けたその君は、ロングヘアにカチューシャが似合う女生徒だ。そう、レズビアンである「わたし」の恋愛対象は、当然ながら女の子。なのに、悔しいかなサファイヤは、女装にハマって女子高に忍び込んでいた男子高校生だったのだ。――ああ、でも驚くのはまだ早かった。サファイヤは性的少数者《マイノリティ》にだけ姿が見える幽《かす》かな存在で、そんな彼と「わたし」は愛する街の平和を守るため一緒に戦うことになる……！

併読のススメ 『1／2の騎士』のヒロイン、円裕美が暮らす街は、彼女の良き理解者である親友曰く「しがない地方都市」だというが――それにしてはキャラが立った悪役の怪人が多すぎはしないか？　現実ベースでいてファンタジックな

ガイド　二〇〇二年に臓器移植（特に臓器を他人《ひと》に与える側の意志）がテーマの『水の時計』で第二十二回横溝正史ミステリ大賞を受賞し、作家デビューした初野晴。彼の筆名を一挙に高めたのが、実写映画化もテレビアニメ化もされた学園ミステリ『退出ゲーム』（二〇〇八年）に始まる〈ハルチカ〉シリーズであることは衆目の一致するところだ。弱小吹奏楽部に所属する女子高生、穂村千夏《ほむらちか》の学校生活をベースにしながら、そこで彼女が直面するのは意外にも〈非日常の謎〉ばかり。表題作は日本推理作家協会賞・短編部門の候補にも挙がった佳品だが、演劇部と吹奏楽部の争いの背景に中国のいわゆる一人っ子政策の影響を絡めたところなど青春ミステリとしてひときわ異彩を放っている。

その『退出ゲーム』と同年同月、わずかに早く刊行されたのが『1／2の騎士』。おかげですっかり影が薄くなった気味があるけれど、ファンタジックな世界観にトリッキーかつ衒学的《ペダンチック》な謎解きの興趣を盛り込む作者の持ち味が縦横に発揮された連作長篇だ。正義感の強い女子高生と幽霊（？）のサファイヤのコンビは、個性豊かな助っ人たちにも恵まれて、盲導犬殺しの「ドッグキラー」や部屋に侵入しても何も物色しない謎のストーカー「インベイジョン」ら街の平和を乱す〝都市型の怪人〟たちと対決することになる。ちょっと説教臭いところさえ得難い魅力に昇華させた好篇だ。

空気感を醸す〈閉鎖的な都市世界〉は、『バットマン』や『スパイダーマン』などの、いわゆるアメコミ的な世界線と近いものを感じる。

アメコミ風のミステリということで真っ先に思い浮かぶのは、首藤瓜於《しゅどううりお》の第四十六回（二〇〇〇年）江戸川乱歩賞受賞作『脳男』。凶悪な連続爆弾テロ犯と対峙する主人公「鈴木一郎」は、生まれつき感情が欠落している異色のキャラクターであり、本邦ミステリ界屈指のダークヒーローと認定したい。謎多き鈴木一郎が「公共の復讐者」として覚醒する物語《ロジック》に驚愕するがいい。

no. 28

梓崎《しざき》優《ゆう》『叫《さけ》びと祈《いの》り』

お前が旅人なら、同じところで立ち止まってちゃいけない

東京創元社（ミステリ・フロンティア）、2010年刊行。書影は創元推理文庫版。

あらすじ ラクダに乗ってサハラ砂漠を往来する小規模な隊商《キャラバン》。老骨に鞭打つ長《おさ》が突然の砂嵐に巻き込まれ落命したのをきっかけに、キャラバン内で殺人事件が相次ぐ。なぜ広大な砂漠の真ん中で、次々と仲間にナイフを突き立てる必要があったのか……（第一話　砂漠を走る船の道）。南ロシアのさる女子修道院に、一人の〝聖女〟が眠っている。死後二百五十年の時を経ても生前と変わらぬ姿をした〝聖女〟が。不朽の〝聖女〟の正式な聖人認定のため、ロシア正教会の司祭は現地調査に向かうのだが……（第三話　凍れるルーシー）。

併読のススメ 二〇一二年版「本格ミステリ・ベスト10」で『新世紀「本格短編」オールベスト・ランキング』なるアンケート特集（対象期間は二〇〇一年一月～二〇一〇年十二月）が組まれた際、梓崎作品がベストテンになんと三つも入る快挙！「砂

ガイド 第五回ミステリーズ！新人賞受賞作を含む、梓崎優のデビュー連作集。主人公の斉木《さいき》青年が勤める会社は、海外の動向を調査分析する硬派な雑誌を発行しており、七か国語を操る彼は頻繁に外国取材に駆り出される。然《しか》して青年は、そういう星の下に生まれたものか、必ず旅先でとんでもない事件と遭遇するはめになるのだ。

皮切りの作「砂漠を走る船の道」が、綾辻行人《あやつじゆきと》、有栖川有栖《ありすがわありす》、辻真先《つじまさき》の選考委員三氏が満場一致で決めた受賞作。主人公の斉木は砂漠の連続殺人犯の動機を〈狂気〉と見るが、砂漠の民である犯人の〝生きるため〟の論理は小揺るぎもしない。意外な助け船がなければ、旅人の命運もここで尽きただろう。この完成度高い受賞作以上にインパクトを与えたのが、女子修道院で殺人事件が発生する第三話「凍れるルーシー」だ。最後の最後、とある登場人物の驚きの目撃証言に体の震えがしばらく止まらなかった。これぞ次元を超えた傑作である。

寓話的・神話的色彩を帯びた高品質の連作集（全五篇収録）で、斉木青年に寄り添う読者は、この広い世界に〝論理の正しさ〟はあっても〝正しい論理〟はないのではないかと思い知るだろう。ああ、異文化理解の困難——だが、中部スペインの巨大な風車から人間が消失する第二話「白い巨人《ギガンテ・ブランコ》」は、かかる困難に立ち向かえる武器が何より〈若さ〉であることを明朗に謳《うた》っているようで。

漠を走る船の道」が第三位に、「凍れるルーシー」が第十位に。さらに相沢沙呼らと参加した学園物のアンソロジー『放課後探偵団』（二〇一〇年）に寄せた「スプリング・ハズ・カム」が第九位に食い込んだ。十五年前の高校卒業の日に起きた放送室ジャック事件を振り返る同作は、仕込まれたトリックの暴露が帰らぬ青春の時を鮮烈に印象づける。

ちなみに、件《くだん》の特集の第一位は法月綸太郎《のりづきりんたろう》「都市伝説パズル」（『法月綸太郎の功績』所収）、第二位は有栖川有栖「スイス時計の謎」（『スイス時計の謎』所収）だった。

no.29

城《しろ》平《だいら》京《きょう》『虚《きょ》構《こう》推《すい》理《り》 鋼《こう》人《じん》七《なな》瀬《せ》』

鋼人七瀬攻略議会、開会です

あらすじ 真《ま》倉坂《くらざか》市に「鋼人七瀬」なる怪物が夜な夜な現われ、人を襲っているらしい。その正体と噂されているのは、上り調子のアイドルだった七瀬かりん。父殺しの疑いをかけられたかりんは、マスコミの目を避けて真倉坂市に潜伏中、深夜の建設現場で崩れてきた鉄骨の下敷きになって非運の死を遂げた。ミニスカートのステージ衣装を着て鉄骨を振り回す化け物は、かりんの亡霊にほかならない――。人と人ならぬモノのはざまに立つ岩永琴子《いわながことこ》は、果たして鋼人七瀬を消滅させることができるのか……！

講談社（講談社ノベルス）、2011年刊行。
書影は講談社タイガ版。

併読のススメ 『虚構推理 鋼人七瀬』の岩永琴子は、怪異の実在を前提とした世界で、本物の亡霊である鋼人七瀬を相手にしながら、亡霊の存在を否定する〝嘘の解決篇〟をネット民に向けて繰り広げる。ああ、なんて素敵にねじれた構図だ

ガイド 作者の城平京は、第八回鮎川哲也賞に投じて最終候補に残った『名探偵に薔薇を』（一九九八年）で二十三歳のときデビュー。〈小人地獄〉なる幻の毒薬をめぐり二部構成で名探偵の宿命に迫るパズラーは、才気縦横の印象だった。ところがどうして、城平は漫画原作の世界に勇躍、『スパイラル～推理の絆～』など人気シリーズを世に送り出すことに精力を注ぎ、自らの漫画原作をノベライズすることはあったものの、この『虚構推理　鋼人七瀬』は実質十三年ぶりの〝デビュー後第一作〟だった。待ちに待った小説家復帰作は、伝奇的な設定を大胆に取り入れてキャラクターの魅力にあふれ、第十二回（二〇一二年）本格ミステリ大賞を受賞する栄にも浴した。

ヒロインの高校生、岩永琴子は十一歳のとき狐狸妖怪のものどもに攫《さら》われ、片目と片足を失うことで彼らの〝知恵の神〟となった。そんな彼女が対峙する鋼人七瀬は、じつにインターネットが生み出した「想像力の怪物」である。岩永は、ネット民の願望が育てた厄介な怪物を退治すべく、怪物の正体そのものといえる〈鋼人七瀬まとめサイト〉に虚構の推理を連投して七瀬かりんが化けて出るはずがないとの意見が多数派を占めるよう誘導するのだ。客観的な事実《ファクト》よりも、感情に訴える嘘のほうが政治的に勝利する——いわゆるポスト真実《トゥルース》時代の到来を予見するような解決篇をまさに「議会」に準《なぞら》えて描いた野心作だ。

ろう。

とはいえ、推理小説《ミステリ》の日の下に新しきものなし。アガサ・クリスティーの名作『オリエント急行の殺人』（一九三四年）で、高名な私立探偵エルキュール・ポアロは自身の推理の聴衆を前に〝不都合な真実〟と〝都合のいい嘘〟と、ふたつの解決案を提示する。そして、後者の案を支持する声が圧倒的なのを確認すると、自らもそれに従うのだ。同作はミステリ史に残る意外な犯人像を描いて必読の古典だが、最後にポアロが事実を枉《ま》げる〝議決〟を受け入れるところも衝撃的。

no. 30

相沢沙呼《あいざわさこ》『medium《メディウム》 霊媒探偵《れいばいたんてい》 城塚翡翠《じょうづかひすい》』

彼女の霊を、わたしの身体に降ろします

講談社、2019年刊行。

あらすじ これまでも数々の事件で警察に協力してきた推理作家、香月史郎《こうげつしろう》。大学の後輩である倉持結花《くらもちゆいか》が自宅マンションで殺害された事件をきっかけに、香月はとんでもないワトスン役の女性と出会う。美貌の彼女の名は、城塚翡翠《じょうづかひすい》。霊媒師である翡翠は、死者の魂を呼び寄せて末期の時を〝追体験〟できるのだ。彼女の特殊な能力はまちがいなく本物なのだが——たとえ犯人が誰かわかったところで、逮捕に結びつけるにはやはり証拠が必要で……。

併読のススメ 古来、霊媒師（たいていはインチキ！）が登場するミステリは枚挙にいとまがない。その極めつきといっていいのがサラ・ウォーターズの『半身』（一九九九年）で、物語の舞台となるのは心霊主義《スピリチュアリズム》が大流行していた十九世紀末のロンド

ガイド 第二十回（二〇二〇年）本格ミステリ大賞を獲得した相沢沙呼の連作長篇。副題が「霊媒探偵城塚翡翠」となっているが、いくら翡翠が被害者の霊を降ろして事件の〈解答〉を出しても、それだけでは警察を（もちろんミステリファンも！）納得させられない。翡翠の〈解答〉から逆算的に解明のロジックを組み立て、警察の証拠探しに役立つよう媒介する香月史郎こそ「探偵」と呼ぶべきはずなのだが？ 事件の〈解答〉がいきなり超常的に示されるのは、目新しいことではない。麻耶雄嵩《まやゆたか》の『神様ゲーム』（二〇〇五年）に始まる神様シリーズでは、子どもの姿をした神様が犯人の名をあっさりと告げるし、森川智喜《もりかわともき》の『スノーホワイト』（一三年）では〝魔法の鏡〟に尋ねれば犯人が誰かはすぐに教えてくれる。だが頭の固い（？）人々は、証明過程なくしては〈解答〉を信用してくれない。神様や霊媒の登場は、ロジックの面白みを別の角度から引き出すための〈特殊設定〉の一類型といえる。

香月史郎と城塚翡翠のコンビは三つの事件で成果を上げ、最終話でついに最悪の殺人鬼、鶴岡文樹《つるおかふみき》と対決する。ここに至って相沢は、まるで卓袱台《ちゃぶだい》をひっくり返すかのごとくそもそもの秘密を暴露すると、これまで語ってきた事件をすべて〝串刺し〟にして解明のロジックを叩き直す。当節流行の〈特殊設定〉を逆手に取った批評的アプローチは、高く評価されて然《しか》るべきだ。

ンである。ミルバンク監獄を慰問に訪れた老嬢マーガレット・プライアは、そこで「天使か聖女」のような若い女囚シライナ・アン・ドーズと出会う。シライナは能力の強い霊媒として有名だったらしいが——暴行並びに詐欺の罪で投獄されていた。しかし、シライナとの面会を重ねるうち、彼女の霊能力はやはり本物にちがいないとマーガレットは信じるほかなくて……。合理と非合理が怪しく交錯する、掛け値なしの傑作だ。

第4章 この国の"畏怖すべき"かたち

この項目では、僕らが暮らすこの極東の島国の、古《いにしえ》の過去から二十一世紀の現在に至るまでの姿をあれこれと描いた本格作品が並んでいます。

それで、本当にいま気づいてしまったのですが、「歴史ミステリ」は選んでいても「時代ミステリ」は選んでいませんね……。ともあれ、このふたつの用語《ターム》は厳密に使い分けられていないのですが、前者は歴史上の有名な謎に大胆な推理を働かせて新解釈を導こうとするもの（作中の時代は〈現代〉で、安楽椅子探偵物がスタンダード）、一方後者は過去の時代の風俗・文化を背景にしてこそ描き出せる謎解きのドラマを創作したもの（作中の時代は〈過去〉で、歴史上の人物が探偵役を務めたりも）、と整理するのが一般的です。時代物の本格ミステリということなら、江戸下町の長屋を舞台にした宮部《みやべ》みゆきの『ぼんくら』（二〇〇〇年）をここに入れる選択肢もありました。

しかし、宮部作品からは、やっぱり『火車』を一番に推したかった。新本格ミステリと社会派ミステリは、別に対立関係にあるわけではありません。ジャーナリスティックな視点から物語の背景に社会問題を描き込み、それをして謎解きの趣向と融合させる――秀《すぐ》れた社会派ミステリであり、かつ秀れた本格ミステリであることは矛盾するものではないのです。クレジット産業の〝構造的な落とし穴〟と向き合った『火車』はもちろんそうですし、伊坂幸太郎《いさかこうたろう》の『アヒルと鴨のコインロッカー』は外国人の労働力に頼る場面の多くなっている高齢社会日本にとってじつに身近な問題意識が浮き彫りにされているのです。

ともあれ、この項目で多数を占めるのは、鬼に七福神に口裂け女など民俗学的なテーマを扱ったミステリです。この国の古の人々がどのように物事を捉えてきたのか、そしてそれは、現代を生きる僕らの考え方にも影響を及ぼし続けているのではないか？　時代を超えて意外なほど変化がないのが、喜び、怒り、恐れ、悲しむ、人のココロの働きなのでしょう。

no. 31

宮部《みやべ》みゆき『火車《かしゃ》』

あたし、ただ、幸せになりたかっただけなんだけど

あらすじ 怪我《けが》で休職中の刑事、本間《ほんま》俊介《しゅんすけ》のもとに、親戚の青年・栗坂和也《くりさかかずや》が訪ねてきた。婚約中の女性、関根《せきね》彰子《しょうこ》が突然行方をくらませてしまったというのだ。その原因は、過去に自己破産した事実を、未来の夫に知られたこと——。本間はリハビリ中の体に鞭打って、単独で人探しの調査に乗り出す。さっそく、彰子の破産申告を手伝った弁護士の事務所に向かうと、予想外の展開に困惑することに。和也の婚約者の写真を見た弁護士が、「この女性は関根彰子さんじゃありませんよ」と断言したからだ……。

双葉社、1992年刊行。
書影は新潮文庫版。

併読のススメ 『火車』の解説をする便宜から〈人物入れ替わり（なりすまし）〉トリックと書いたが、評論家としても一家を成す江戸川乱歩《えどがわらんぽ》の「類別トリック集成」（一九五四年刊『続・幻影城』所収）に拠《よ》れば、「犯人（又は被害者）の人間に関するトリ

ガイド 宮部みゆきの出世作であり、現代ミステリのまさに金字塔。一九八〇年代前半、クレジット産業が構造的にローン破産者を生んだ社会問題にメスを入れるとともに、失踪《しっそう》した女性の行方を地道な調査と確かな推理で追跡して本格物の興趣あふれる。

　栗坂和也の婚約者、関根彰子はいまどき一枚もクレジットカードを持っていなかった。大手銀行に勤める和也は、「まとまった現金を持ち歩くのは危ない」と自社系列のカードの発行を彰子に促し、手続きをさせたのだが――審査の結果、彼女の名前がブラックリストに載せられていることが発覚するのだ。けれど、自己破産に至った過去を隠しとおしたかったのなら、なぜ彼女はカードの申請に素直に応じたのだろう？　刑事である本間の好奇心を刺激するに充分な〝発端の謎〟である。

　宮部みゆきは、極めて古典的な〈人物入れ替わり（なりすまし）〉トリックを現代の大量消費社会を背景に更新《バージョンアップ》させている。和也の知る関根彰子は、早い段階でまったく別人であることが明らかになる。本間刑事は、本当の関根彰子と彼女のニセ者と、二人の女性を追いかける必要に迫られるのだ。ニセ者の彰子が、とある顧客個人情報の山から、なりすますに相応《ふさわ》しい相手をリストアップしていた非情さには戦慄を禁じえまい。刊行されてから三十年近く経つが、スマホ決済が普及して〝幸せ〟を後払いでも買える機会が増えた現在、『火車』は変わらず必読の書であり続けている。

ック」のうち「一人二役」に当たる。

　一人二役トリックの名手であり迷手なのが、かの名探偵シャーロック・ホームズの生みの親であるアーサー・コナン・ドイル。ドイルの『シャーロック・ホームズの冒険』（一八九二年）では、複数の作品で一人二役トリックが使われ、ホームズ自身が別人の姿に変装して登場することも。先に書名を挙げた第一短篇集（一人二役物の傑作と失敗作も含む）は、後続のミステリ作家たちに〝引用〟されることしばしばの大古典なので、初心《うぶ》な読者はなるべく早めに手にとられたい。

no.32

京《きょう》極《ごく》夏《なつ》彦《ひこ》『姑獲鳥《うぶめ》の夏《なつ》』

この世には不思議なことなど何もないのだよ、関口君

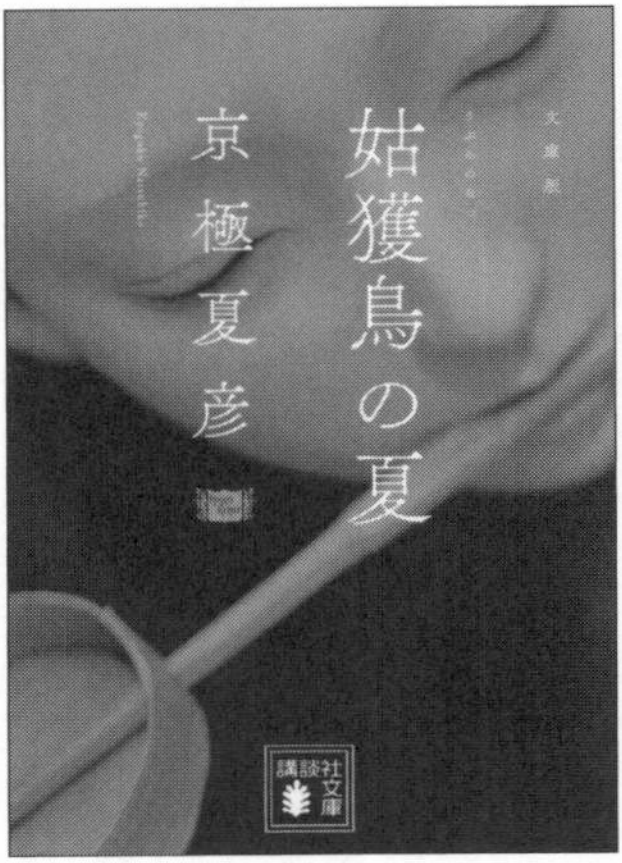

講談社（講談社ノベルス）、1994年刊行。
書影は講談社文庫版。

あらすじ 久遠寺《くおんじ》医院の婿養子、久遠寺牧朗《まきお》が密室状態の書庫から煙のように姿を消し、以来行方不明となっている。牧朗が失踪《しっそう》したとき、妻の梗子《きょうこ》は妊娠三ヶ月。それから早一年半が経つのに、まだ彼女が産気づく気配はないという。二十ヶ月ものあいだ、子どもを身籠もっている妊婦……。さらに久遠寺医院では、産まれた赤ん坊が度々いなくなるという悪い噂が立っていた。病院側は死産や流産だったと主張するが、一時は警察沙汰になっていたのだ。元御殿医の名家が営む産科医院で、いったい何事が起きているのか？

併読のススメ 密室から消失した久遠寺牧朗は、戦時中はドイツにいて、ナチスの研究所で「複製の人間」を造る実験をしていたらしい。この面妖なエピソードの元ネタは、アイラ・レヴィンのSF小説『ブラジルから来た少年』（一九七六年）。久

ガイド 講談社ノベルス編集部に、いわゆる持ち込みの形で届けられ、あっという間に発売が決定した京極夏彦のデビュー作。〈お産で死んだ女の無念〉という概念が形になった妖怪、姑獲鳥の存在を求心力《テーマ》に、民俗学や精神分析学など広範な〈知〉の諸問題を融通無碍に俎上に載せ一皿に料理した目眩《めくるめ》くパズラーだ。憑物落としを副業にする古本屋店主の「京極堂」をはじめ、いずれレギュラー陣となる登場人物が生彩を放って、見事なほどプロットに奉仕する。その後、同編集部がメフィスト賞を創設するきっかけともなった伝説的作品、だが——刊行当時の反応は決して絶賛の嵐だったわけではなかった。

一九九四年九月に催された第五回鮎川哲也賞のパーティ会場では、この無名の新人の話題で一部沸騰。そのときの空気をひと口に表現するなら、戸惑っている、だった。語り手の関口巽《せきぐちたつみ》が信用できなさすぎじゃない？　他人の記憶が見える探偵って反則ちゃうの？　ヒロインの久遠寺涼子が×××だったなんて真相、有り？　……だが、翌九五年の鮎川賞パーティの時点で、懐疑的な声は雲散霧消していた。『魍魎《もうりょう》の匣《はこ》』（九五年一月）と『狂骨の夢』（同年五月）を続けざまに発表したこの物凄い才能を引き寄せるために新本格ムーブメントは起こったのではないか——そんな奇妙な達成感さえ漂っていた会場の雰囲気を憶《おぼ》えている。

遠寺梗子のお腹《なか》の中で育っているのは、かのヒトラー総統だという噂も……。『ブラジルから来た少年』も必読の名篇だが、やはりアイラ・レヴィン作品で真っ先に手にとってほしいのはアメリカ探偵作家クラブ《MWA》新人賞受賞作『死の接吻』（一九五三年）だ。大会社の社長の娘婿になるべく、三人姉妹の末娘とまず深い仲になる「彼」。目的達成のためなら人殺しも辞さない「彼」とは、いったい誰なのか？　卓抜な構成が光る、新しい古典である。

no. 33

鯨《くじら》統《とう》一郎《いちろう》『邪《や》馬《ま》台《たい》国《こく》はどこですか?』

岩手県ほど簡単に邪馬台国って比定できる土地はほかにないぜ

東京創元社(創元推理文庫)、1998 年刊行。

あらすじ 今夜もバーテンダーの松永は、カクテル作りに精を出すより、常連客同士の揉めごとを執《と》りなすのに忙しい。というのも、自称「歴史エンターテイナー」の宮田六郎が、邪馬台国は九州にも畿内にもなく、東北の岩手にあったと言い出したからだ。激しく反発する早乙女静香は、新進気鋭の歴史研究家。彼女の横には師である三谷教授が坐《すわ》っているが、中立を決め込んで酒杯を傾けるばかり。果たして今夜このバーで、女王卑弥呼《ひみこ》の治めた都がどこにあったかという日本古代史上最大の謎に決着がつくのだろうか?

併読のススメ 「邪馬台国はどこですか?」という至極学術的な謎は、ミステリ作家の関心も大いに集めてきた。松本清張《まつもとせいちょう》は短篇「陸行水行」(一九六四年)で九州阿蘇説を唱えるバタ屋を印象的に描き、女王卑弥呼の実像に評論『古代史疑』(六八

ガイド 第三回（一九九六年）創元推理短編賞の最終候補作「邪馬台国はどこですか？」を含む、鯨統一郎のデビュー連作集。その年の選考委員の一人だった宮部《みやべ》みゆきは、当時無名の鯨の応募作を「黙って落とすには忍びない」と、選評のなんと半分以上を費やして熱烈なエールを送っていた。デビュー前から鯨には、なんとも力強いファンが一人ついてくれたわけだ。

雑誌ライターが本業の宮田六郎は、夜な夜なバーに現われては、歴史上の事件・人物について、およそ常識外れな見解を打《ぶ》ち上げる。お釈迦様の悩みは妻の浮気だったと指摘する「悟りを開いたのはいつですか？」を皮切りに、聖徳太子も蘇我馬子も架空の人物だと言ってのける「聖徳太子はだれですか？」、明治維新は勝海舟が催眠術を用いて成し遂げたと主張する「維新が起きたのはなぜですか？」、かのイエス・キリストは死後に本当に復活したと説く「奇蹟はどのようになされたのですか？」など、宮田は大胆にも歴史の重箱の真ん中ばかり突っつき回すのだ。

歴史ミステリの王道にあらずして邪道にもあらず。宮田の新説奇説は、どれも途方もないホラ話のよう。だが、なんてことだろう、勝海舟も裏切り者のユダも、古《いにしえ》の当事者たちは宮田の話のなかで生き生きと動き出し、まことに人間臭い。二十歳以上の読者は、バーの片隅の客になった気分で酒杯を傾けつつ読まれるといい。

年）で迫った。また、高木《たかぎ》彬光《あきみつ》は『邪馬台国の秘密』（七三年）で名探偵・神津恭介に幻の都の正確な位置は大分の宇佐だと推理させている。両巨匠のあいだでバチバチと論争が起きたことは、わが国ミステリ史を彩る一事件である。

そんな大先輩たちの揉めごとをさらり飛び越えた鯨に魅了された読者は、姉妹篇『新・世界の七不思議』（二〇〇五年）もお見逃しなく。宮田六郎がピラミッドやナスカの地上絵の〝真の役割〟を喝破して珍無類の面白さ。

no. 34

高《たか》田《だ》崇《たか》史《ふみ》『QED《キューイーディー》 六歌仙《ろっかせん》の暗号《あんごう》』

こんな不吉な数字を冠せられた六歌仙は——
全員が怨霊なのだ

あらすじ
明邦《めいほう》大学薬理学研究室の左木泰造《さきたいぞう》教授が、出所《でどこ》の知れない薬物による心不全で横死した。死の直前、左木教授は「気のどくに」という不可解な言葉を医者に言い残している。生前の教授は、恵比寿様や大黒様など「七福神」を祀《まつ》ってある寺社を巡るのが趣味で、さらに自分の研究とは畑ちがいの和歌の世界——平安時代の傑出した歌人とされる「六歌仙」にも興味を示していた。だが、そんな教授の趣味が、まさか殺人に至るようなトラブルを生むとは思えないのだが……？

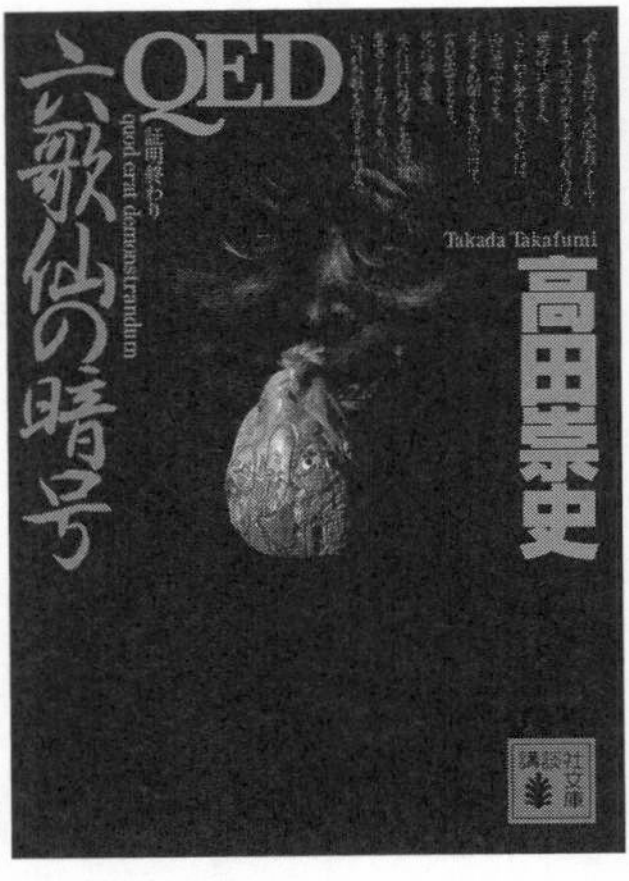

講談社（講談社ノベルス）、1999年刊行。
書影は講談社文庫版。

併読のススメ
高田崇史のQEDシリーズは、哲学者の梅原猛《うめはらたけし》が『隠された十字架』（一九七二年）を端緒に考察を深めた、いわゆる怨霊史観の影響を受けている。時の権力者の傲《おご》りや怯え、敗れし者どもの悲しみと怒りに光を当てるその姿勢は、往

ガイド 博覧強記の薬剤師、桑原崇《くわばらたかし》（通称タタル）が歴史上の謎に挑むQEDシリーズ第二弾。タイトルでは六歌仙が打ち出されているが、まず本作で俎上に載《の》るのは日本人なら誰もがなじみある七福神だ。シリーズを通してのヒロインである棚旗奈々《たなはたなな》は、古都京都で七福神が祀られている赤山禅院《せきざんぜんいん》（福禄寿）やゑびす神社（恵比寿）を巡りながら、大学の先輩であるタタルにいくつも疑問を投げかける。なぜ七福神に女神は一人（弁財天）だけなのか？　四人一組の四天王のうち、なぜ毘沙門天だけが選ばれているのか？　物語の前半部で、おめでたい神様たちの印象はがらりと変わるはずである。

母校の明邦大学を揺るがす殺人事件の火の粉は、やがてタタルたちの身にも降りかかる。意外や事件解決のカギとなるのは、在原業平や小野小町ら平安時代の六歌仙なのである。彼ら六人の中には、決して歌が上手かったと認めがたい人物もなぜか混じっているのだが……そんな六歌仙の六人をケレン味たっぷりに七福神と結びつけるタタルの〝数式〟は、圧倒的に美しく物恐ろしい。

年来のミステリ読みは、左木教授の死に際の伝言《ダイイング・メッセージ》にもニヤリとさせられるはずである。「気のどくに」の本歌が、横溝正史の名作『獄門島』（一九四九年）で千光寺の和尚が溜め息まじりに洩らす有名なセリフ「気ちがいじゃが仕方がない」であることはまちがいないからだ。

時の人々の生々しい感情を歴史の彼方から蘇らせるところにこそ真価があると言っていいだろう。

QEDシリーズはまこと高値安定で、読者がそれぞれ興味を惹かれるタイトルの作から手にとってもらうのがいいと思う。すでにシャーロック・ホームズ物に親しんでいる読者は、世に言う正典（ホームズを勝者として祀り上げた歴史書！）に真っ向から挑んで、宿敵モリアーティ教授の意外な人物像に迫った異色作『QED ベイカー街の問題』（二〇〇〇年）を読み逃しなく。

no.35

北《きた》森《もり》鴻《こう》『凶《きょう》笑《しょう》面《めん》 蓮《れん》丈《じょう》那《な》智《ち》フィールドファイルI』

民俗学に必要なのはフィールドワークと想像力である

新潮社（新潮エンターテインメント倶楽部SS）、2000年刊行。書影は新潮文庫版。

あらすじ 東北地方のさる農村で、旧来神事を司ってきた護屋《もりや》家。敷地の一角に建つ離屋《はなれ》は、その昔、女性が生理の期間中に家族から隔離された「不浄の間」だったのか？　民俗学者の調査が入った途端、護屋家の長女が密室状態の離屋で不可解な死を遂げて……（第三話　不帰屋《かえらずのや》）。山口県下の山間の村で、奇妙な姿の仏像が発見された。両の腕《かいな》が、なぜか肩口からバッサリ切り落とされた観音菩薩像が。さらに村では、在野の研究者だった男が両腕を無惨に切断された状態で死んでいるのが見つかり……（第五話　邪宗《じゃしゅう》仏《ぶつ》）。

併読のススメ 北森鴻の表ベストを〈蓮丈那智フィールドファイル〉とすることに異論は出ないだろう。わらしべ長者に似た地蔵尊信仰の謎に迫る「御蔭講《おかげこう》」（ファイルII『触身仏』所収）や、童女人形が当主の死を予告する「憑代忌《よりしろき》」（ファイルIII『写

ガイド 鮎川哲也賞出身の北森鴻の筆歴《キャリア》を代表する民俗学ミステリ・シリーズ第一弾。異端にして美貌の民俗学者、蓮丈《れんじょう》那智《なち》とその従順なる助手の内藤《ないとう》三國《みくに》が調査研究《フィールドワーク》に赴くところ、なんの因果か無惨な人死にが出てしまうのだ。すでに北森はビアバーのマスターが常連客の持ち込む難題に答える安楽椅子探偵物『花の下にて春死なむ』（一九九八年）で日本推理作家協会賞を受賞し〝短篇の名手〟と評判を取るようになっていたが、この『凶笑面』を嚆矢《こうし》とする〈蓮丈那智フィールドファイル〉の成功でその地位を揺るぎないものにしたと言っていい。

収録の五篇はいずれも高水準であるが、なかでも「不帰屋」の出来が素晴らしい。新雪が積もっている離屋の周囲に犯人と思しい人物の足跡は残っておらず、ミステリマニアを自認する三國は「雪の密室だ」と心躍らせる。何を目的に建てられたか不明の離屋は、フェミニストの論客だった被害者が主張していたような、女性蔑視の忌わしき遺物なのか？　厳しい土地を耕してきた村人と、彼らが豊作を祈ってきた〈神〉との関係を民俗学者は問い直すことになる。この他、蓮丈那智が「聖徳太子はイエス・キリストだったんだ」と開口一番トンデモ説を打《ぶ》ち上げる「邪宗仏」の印象も強い。助手の三國は師の正気を疑って冷や汗を流すが、蓮丈の想像力はじつに日本仏教的な、着地をみせて虚を衝かれる。

楽・考』所収）といった年間代表クラスの佳品を続々と生み出し、日本人の心性に鋭くメスを入れ続けた。

一方、北森の裏ベストとして個人的に推したいのが伝奇色も豊かな異色篇『共犯マジック』（二〇〇一年）。帝銀事件に三億円事件、そしてグリコ・森永事件……戦後昭和の犯罪史に深く刻まれる重大事件に驚くべきつながりのあることを見いだして、まるで将棋の曲《きょく》詰《づめ》が描く〝あぶり出し〟の模様のよう。

no.36

近《こん》藤《どう》史《ふみ》恵《え》『桜《さくら》姫《ひめ》』

わたしはこの男に壊されるかもしれない

あらすじ 歌舞伎役者の市川朔二郎が本妻との間にもうけた跡継ぎの音也は、わずか十歳で病死してしまった。朔二郎は愛人に産ませた娘笙子《しょうこ》を引き取るものの、結局、娘に愛情をそそぐことができない。そして、なぜか笙子は、一度も会ったはずがない兄音也を殺す夢に魘《うな》されつづける。周囲がひた隠しにする、音也の死にまつわる真相とは？　一方、歌舞伎座では仙台伊達家のお家騒動に材を得た『伽羅先代萩《めいぼくせんだいはぎ》』の御殿の場が掛けられていたが、千松を演じていた子役が誤った服薬によって死に至る事件が発生し……。

併読のススメ 歌舞伎シリーズのみならず、数多くの人気シリーズを抱える近藤史恵。なかでもスポーツに関心のある向きにオススメしたいのは、自転車ロードレースの世界を描いて現在までに五冊刊行されている〈サクリファイスシリーズ〉

角川書店、2002 年刊行。
書影は角川文庫版。

ガイド 新本格ムーブメントに棹《さお》さす孤島物『凍える島』で第四回（一九九三年）鮎川哲也賞を受賞し、二十四歳で斯界《しかい》に登場した近藤史恵。若き才媛が独自の地歩を固めたのが、デビュー後第一作『ねむりねずみ』（九四年）を嚆矢《こうし》とする〈歌舞伎シリーズ〉であることは衆目の一致するところだ。歌舞伎の芝居の筋立てと現実の人間模様を二重写しにして描くのがこのシリーズの大きな特徴で、と聞くとなんだか高尚《ハイブロウ》に感じるかもしれないが、梨園《りえん》（歌舞伎界）を舞台に繰り広げられる痛切な愛憎劇を語る艶やかな口跡に、きっと易々と虜《とりこ》になってしまうだろう。

『桜姫』は、件《くだん》の歌舞伎シリーズ第三弾にあたる。歌舞伎芸能の特質といえる女形《おんながた》（男性が女性に化けて女性役を演じる）の存在をプロットの核心に大胆に持ってきた作品であり、ヒロインの笙子の〝兄殺しの悪夢〟をめぐる決着は、シリーズ最大級の驚きを読者にもたらす。歌舞伎座の舞台に出演中の子役の死（実母による子殺しが疑われる）の幕引きも印象的だ。台本上の死と現実の死が重なり合い、わずか十歳の子役は女形の名優・瀬川菊花を食ってしまうほどの演技を見せたと言っていい……。歌舞伎を含む作り物の芝居で別人を演じられる役者の存在に惹かれるのは、えてして僕らが、その時々の周囲に望まれて出来上がってきた〈自分役〉を演じながら不自由に生きているからではないか。

だ。

シリーズ第一弾『サクリファイス』（二〇〇七年）は、それまで文化系作家のイメージが強かった近藤が新生面を開き、第十回大藪春彦賞受賞の栄にも浴したスポーツ・ミステリの快作。主人公の白石誓《しらいしちかう》が所属する〈チーム・オッジ〉のエース、石尾豪《いしおごう》のレース中の事故死は、ドーピング問題も絡んで二転三転する。人は何かを得るために、きっと何か（誰か?）を犠牲にしなくてはならない——青春の〝痛み〟とは、それを思い知ることなのか。

no. 37

物《も》集《ずめ》高《たか》音《ね》
『吸《きゅう》血《けつ》鬼《き》の壜《びん》詰《づめ》　第《だい》四《よん》赤口《しゃっく》の会《かい》』

これはね……そう！　「口裂け女」の、マ、ス、ク！

講談社（講談社ノベルス）、2003 年刊行。

あらすじ　「第四赤口の会」に所属する会員たちは、月に一度、主宰者である図師《ずし》美方《よしかた》の邸宅にて例会を開く。見世物研究家である図師を含め十一人いる個性豊かな会員は、持ち回りで〝出題者〟となり、とっておきの「奇《あや》シ物」を披露しなくてはいけない。奇シ物——それは、民俗学的な論争のタネになる事物。会員たちはそれぞれの専門領域を活かした意見を戦わせ、知力を競う。果たして今夜、出題者の〈解答〉を上回る斬新な仮説が会員から飛び出すか⁉

併読のススメ　「第四赤口の会」の集団推理スタイルは、SFとミステリの両ジャンルを股にかけて活躍したアイザック・アシモフの安楽椅子探偵シリーズ、〈黒後家蜘蛛の会〉の例会の様子を踏襲している。創元推理文庫から五冊が翻訳

ガイド 異才が手掛けた民俗学ミステリ・シリーズ〈第四赤口の会〉第二弾。毎回、有名な童話や都市伝説を主題《テーマ》にして親しみやすく、会員たちは互いに悪口雑言をぶつけ合いながら納得のいく結論を得ようと議論白熱する。嫉妬深い姑の顔から離れなくなる〝肉付きの面〟や、魔女が空を飛ぶのに跨《また》がる〝魔法の箒〟などを俎上に載せた第一弾『赤きマント』（二〇〇一年）も秀逸だったが、この第二弾はそれをさらに凌《しの》ぐ高打率のラインナップ。枯れ木に花を咲かせた〝灰〟の秘密に迫る「花咲爺の灰」を皮切りに、継母や悪魔が切り落とすよう仕向ける〝娘の手〟について談論風発する「手無し娘の手」、西洋世界で最もポピュラーな不死の怪物の正体を探る表題作、そして掉尾を飾る「口裂け女のマスク」では日本の高度成長期とバブル期の間《はざま》に全国の子どもたちを恐怖に陥れたザ・都市伝説の深層を覗く――。

主宰者の姪っ子で最年少会員の女子高生、富崎《とみざき》ゆう曰く「歴史上の真実なんて、そもそも問うてないの。（中略）定説を覆《くつがえ》す決定的な証拠を出せなんて、そんな野暮《やぼ》な事は云いっこなし」。第二弾のなかでは、わけても「手無し娘の手」が出色の出来だが、重要なモチーフである《手紙の書き換え》から連城三紀彦の傑作短篇「藤の香」（『戻り川心中』所収）という補強証拠を見つけた自分も会員の一人になった気分。やかましく愉《たの》しく深い、知の饗宴《きょうえん》にぜひご参加あれ。

刊行されているので、まずは『黒後家蜘蛛の会1』（一九七四年）から手にとられたい。何を盗まれたかがわからない珍妙な盗難騒ぎを描く「会心の笑い」に始まり、宣伝用のマッチブックをスパイが活用する暗号物「行け、小さき書物よ」、とある女性の予知能力が本物かどうかを問う「明白な要素」など切れ味鋭い佳作が目白押しだ。第四赤口の会は民俗学的な謎を扱っているので絶対無二の解答は出ないが、こちら黒後家蜘蛛の会は非会員の給仕ヘンリー・ジャクスンが最後に真相を言い当てる。

no. 38

伊《い》坂《さか》幸《こう》太《た》郎《ろう》『アヒルと鴨《かも》のコインロッカー』

君は、彼らの物語に飛び入り参加している

あらすじ 桜まだ咲かぬ春。これから始まる大学生活に夢をふくらます椎名青年は、一人暮らしのアパートに引っ越してきた矢先、隣の部屋の住人である河崎から「一緒に本屋を襲わないか」と誘われてしまう。聞けば、本屋襲撃の崇高なる目的は、このアパートに住む外国人留学生（カノジョと別れてから塞《ふさ》ぎ込んでいるらしい）に『広辞苑』をプレゼントしたいからだと。お人好しの椎名青年は、河崎の手前勝手な頼みをとうとう断りきれず、モデルガン片手に強盗の片棒をかつぐはめになる……。

東京創元社（ミステリ・フロンティア）、2003 年刊行。書影は創元推理文庫版。

併読のススメ 新本格ムーブメントの牙城たる「メフィスト」誌で書評コーナーを担当していたとき、『アヒルと鴨のコインロッカー』について〈著者からのメッセージ〉を送ってもらったことがある（二〇〇四年五月号掲載）。そこで伊坂幸太

ガイド 人語を操る案山子《かかし》が殺害される奇妙な手触りの小説『オーデュボンの祈り』で第五回（二〇〇〇年）新潮ミステリー倶楽部賞を受賞しデビューした伊坂は、訳《わけ》ありの異父兄弟の絆を力強く謳《うた》ったファミリーロマンス『重力ピエロ』（〇三年）で一九七〇年代生まれの作家として初めて直木賞候補に名を連ねた。青春の悲喜劇を寓話的に描いて第二十五回吉川英治文学新人賞を獲得した『アヒルと鴨のコインロッカー』は、ミステリ出版の老舗・東京創元社の《ミステリ・フロンティア》レーベルから刊行されたためもあるだろう、いまや当代屈指の人気作家となった伊坂の数ある作品のなかでも特にミステリ度が高い長篇作品だ。

　先に「あらすじ」で紹介したのは、本作における《現在》のパート。他方、ペットショップで働く「わたし」こと琴美《ことみ》（琴美の元カレは河崎である！）が地元で相次ぐ動物虐待事件の犯人グループと対決する《二年前》のパートが並行して進んでいく構成だ。遠くない過去と現在と、二つのパートに分かれた物語は、どちらにも登場する人物とどちらかにしか登場しない人物の〝出し入れ〟こそ波瀾《はらん》含みで、その手並みの鮮やかさたるや脱帽するほかない。終盤、両パートがたすき掛けされて彼らの物語の全貌が明らかになったとき、日本人が日本に住む外国人に対して向ける眼差しという主題《テーマ》がくっきり浮かび上がるところも見逃せない。

郎は、同作を書くのに触発された二つの海外作品を挙げてくれたのだが……なにしろその二作のネタは被っているもので、ここでは本格読みに薦める優先度がより高いウィリアム・L・デアンドリア『ホッグ連続殺人』（一九七九年）を紹介するとしよう。豚野郎《HOG》と名乗る謎の人物が無差別殺人を繰り返すミッシングリンク・テーマの傑作であり、ガス・ヒーターが使える状態にあった山小屋でなぜか凍死していた人物の登場が一連の事件を終結に向かわせる。伊坂がこの作品から何を学んだか、ぜひ確かめてほしい。

no.39

三津田信三《みつだしんぞう》『厭魅《まじもの》の如《ごと》き憑《つ》くもの』

ええか、そんなことは有り得んのや。山神様が憑くだの障るだの

原書房（ミステリー・リーグ）、2006年刊行。書影は講談社文庫版。

あらすじ 流浪の怪奇幻想作家・刀城言耶《とうじょうげんや》は、大地主である神櫛《かみぐし》家と憑き物筋の家系である谺呀治《かがち》家とが勢力を二分する〝神隠し村〟を訪れた。長年の確執と因習を打破すべく、両家の一部の者が村の次代を担う若い男女——神櫛漣三郎《れんざぶろう》と谺呀治紗霧《さぎり》の縁組を密かに相談していた折りもおり、谺呀治の親類縁者が次々と不審な死を遂げる。しかもその亡骸は、菅《すげ》と藁《わら》で編んだ笠と蓑《みの》から作られる土着信仰の対象「カカシ様」の格好をさせられていて……。

併読のススメ 作者である三津田信三本人（?）が登場するオムニバス形式のホラー作品『どこの家にも怖いものはいる』（二〇一四年）は、時代も場所も人物も関係がないはずなのに〝どこか似ている気がする〟五つの怪談が集められている。

ガイド 本邦の民俗風習に根ざすオカルティズムと、高度に工《たく》まれた謎解きの趣向を融合させる〈刀城言耶シリーズ〉第一弾。病膏肓に入る怪談収集のため日本各地を旅する言耶青年は、なぜか行く先々で奇っ怪な事件に遭遇してしまうのだ。

　辺境の村を舞台に起こる異様な連続殺人事件を語るのに、本業が小説家である名探偵役は複数のテキストを混在させる方法を取る。「壱《1》　巫神堂」「弐《2》　上屋の奥座敷」「参《3》　隠居所」……と続く、三人称記述の章。谺呀治家の次女・紗霧の日記。作家本人の取材ノート。さらに、神櫛漣三郎が事後に書き起こした記録……。「柒《7》　巫神堂」の章の最後で、事件の意外な真犯人に向かって言耶青年が指を突きつけたとき、読者は頭をハンマーで殴りつけられたようなショックを受け茫然自失するだろう。そう、三人称記述の、いわゆる神の視点で描かれた章が混じっているのには恐ろしい意味があるのだ。

　三津田信三の刀城言耶物は、単に懐古趣味《オールド・ファッション》の装いに淫《いん》しているわけではない。昭和の戦争の影がまだ濃く差す時代を背景としながら、現代の本格物らしいアクチュアルな問題意識を孕《はら》んでいるからだ。『厭魅の如き憑くもの』では、じつに情報社会（監視社会）化のテーマが伏流している。村内の至る所に祀られているカカシ様とは、まさしく村人を見張るカメラにほかならない事実に愕然とするだろう。

頭部に亀裂が走る女に少年が追われる「異次元屋敷」や一人暮らしのアパートで夜中に屋根の上から物音がする「幽霊物件」など、まず個々の怪談が粒立って怖いので夏の盛りに読むのがオススメ。最後に三津田は、そんな〝どこか似ている〟五つの話に驚くべき共通点を見いだし、怪異の一部は理《り》に落とされるのだが……むしろそれがために、それでも理に落ちない部分の怖さがいっそう際立つのだ。ミステリとホラーのジャンル越境者は、恐怖を増幅させる装置としてロジックを操る。

no. 40

阿《あ》部《べ》智《ち》里《さと》『烏《からす》に単《ひとえ》は似《に》合《あ》わない』

別に、好いた男と一緒になるだけが、女の幸せってわけじゃない

あらすじ　まさか、姉の代わりに私が、お后候補として登殿することになるなんて――。普段は人の姿で、いざとなれば本来の烏の姿になれる八咫烏《やたがらす》の一族が住まう山内《やまうち》の世界。若宮の后選びのため、筆頭貴族の四家からそれぞれ姫君が呼び集められた。西家からは別格の美人である真赭《ますほ》の薄《すすき》が、南家からは男勝りな性格の浜木綿《はまゆう》が、北家からは策略家の白珠《しらたま》が、そして東家からは琴の演奏くらいしか取り柄のない私、「あせび」が。若宮のことは恋い慕っているけれど、とても私に勝ち目はなさそうで……。

文藝春秋、2012年刊行。
書影は文春文庫、新装版。

併読のススメ　『烏に単は似合わない』には、いわゆるプロローグ法の叙述トリックも仕掛けられている。プロローグ法とは、作品の冒頭に思わせぶりな場面《シーン》を切り取ってみせることで読者をあらかじめミスリードしておく方法だ。多くの場

ガイド 第十九回（二〇一二年）松本清張賞の栄冠をつかんだ阿部智里のデビュー作。受賞当時、一九九一年生まれの彼女は早稲田大学文化構想学部に在学中の学生だった。

受賞作『烏に単は似合わない』は、ジャパネスク・ファンタジー〈八咫烏シリーズ〉の第一弾と位置づけられる。人の姿に変化《へんげ》できる烏が支配する異世界を舞台に、〝お后選び〟というより〝若宮の獲得〟をめぐる大貴族四家のパワー・ゲームとそれぞれの家のシンボルたる美しき姫たちのドロドロした駆け引きが見ものだ。物語のヒロインは、東家の二の姫で、「あせび」という仮名《かりな》を与えられる可憐な少女。流行り病を得た姉に代わって急遽登殿したあせびは、当然ながらすべてに準備不足である。他家の姫君から侮《あなど》られ、あからさまな嫌がらせを受けながら、それでも一途に若宮の面影を恋う。読者はすっかり彼女の応援団の一人になった気分で、激しさを増す〝女の闘い〟の行方を見守ることになる。

物語の中盤、盗みの疑いがかかった女房が失踪《しっそう》し、死体となって見つかる一件については、いずれこの異世界ならではの解決がつく。ここだけ見れば確かに特殊設定ミステリなのだが、それよりなにより、この作品で僕が肝を冷やしたのは、若宮の告発によって、真におぞましい〈操り手〉の存在が暴露されるところだ。平安絵巻風の恋愛ファンタジーが、思いがけずサイコ本格に転回する瞬間を見逃すな！

合、結末のエピローグで真の意図が明らかになり、メインプロットの騙しの効果を上げるため併用される。

このプロローグ法の達人であり、新本格ムーブメントにおける叙述トリックの流行進化に少なからぬ影響を与えた作家に中町信《なかまちしん》がいる。野球部の甲子園出場をめぐる陰謀劇『空白の殺意（旧題：高校野球殺人事件）』（一九八〇年）や、スキーバスの転落事故の死者の中になぜか絞殺死体が混じっていた『奥只見《おくただみ》温泉郷殺人事件』（八五年）などで、中町一流の手技を堪能してもらいたい。

第5章 先覚者のプライド

戦後日本のミステリシーンを、大摑みに振り返ってみましょう。このブックガイドを手にとられた若い読者は当然、西暦で時代を区切るのに慣れているはず。ですが、敵性文学たるミステリの発表さえままならなかった戦争が昭和二十年（西暦だと一九四五年）に終わったこともあって、昭和の時代に限っては元号の昭和で十年ごとに区切るのがわかりやすいのです。

昭和二十年代は、横溝正史《よこみぞせいし》や高木《たかぎ》彬光《あきみつ》を中心とした〝国産本格長篇時代〟の到来。昭和三十年代は、鮎川哲也《あゆかわてつや》や土屋《つちや》隆夫《たかお》が加わって戦後本格派の活躍も続くなか、しかし時代の趨勢《すうせい》は〝松本清張《まつもとせいちょう》と社会派ミステリ〟に移っていきます。そして、コラム「新本格ミステリとは何か？」で詳しく触れていますが、昭和四十年代には推理味があまりに薄まった社会派に対する揺れ戻しが起き、笹沢左保《ささざわさほ》や草野《そうの》唯雄《ただお》ら「新本格」と称される一群の有力新人が登場しています。昭和四十年代から五十年代にかけては国産ミステリのジャンルの幅がぐっと広がった時期で、スパイ小説にハードボイルド、企業サスペンスにトラベル・ミステリなどが人気を博すとともに、探偵小説専門誌「幻影城」（昭和五十年二月号〜五十四年七月号）から泡坂妻夫《あわさかつまお》や連城《れんじょう》三紀彦《みきひこ》、竹本健治《たけもとけんじ》ら気鋭の新人が登場して本格ミステリファンの渇を癒しました。横溝正史ブームの到来（昭和五十一年公開の角川映画『犬神家の一族』がきっかけ）というトピックも忘れてはいけません。「幻影城」の時代が終わってからも、笠井潔《かさいきよし》、島田荘司《しまだそうじ》が斯界《しかい》に登場して本格ミステリ復興の兆《きざし》が確かに見え始めるなか、いよいよ昭和六十年代に到来するのが新本格ムーブメント（と、一方では冒険小説の時代）でした。

ふう（と溜め息）。以上、史上最速レベルの、駆け足の戦後昭和ミステリ史でした。ともかくもこの項目では、新本格ムーブメントの勃興以前からそれぞれ作家活動を始めた先達が、若手本格派作家の擡頭に刺激も受けて発表した本格ミステリ作品を並べています。なかには本格物からすっかり離れていた作家もいて、そうした先達を呼び戻すことができたのもムーブメントの大きな功績といえます。

no.41

筒井康隆《つついやすたか》『ロートレック荘事件《そうじけん》』

だって浜口さんは、凄いくらいの美男子でいらっしゃる

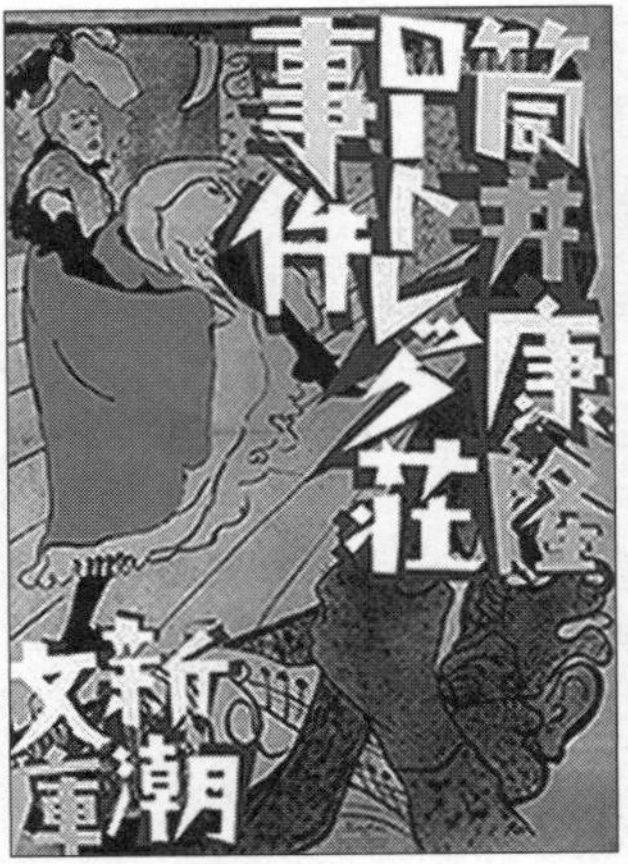

新潮社、1990年刊行。
書影は新潮文庫版。

あらすじ 画家であり映画監督でもある「おれ」、浜口重樹《はまぐちしげき》は、親友の工藤忠明とともに実業家・木内文麿《きうちふみまろ》氏の別荘を訪れた。そこで「おれ」を待つのは、すこぶる魅力的な花嫁候補たち。木内氏の一人娘である典子嬢と、彼女の同窓生である牧野寛子、立原絵里の年頃の三人だ。木内氏は自分の娘が選ばれることを望んでいるが、「おれ」の気持ちは牧野寛子に傾いている。そしてついに「おれ」と寛子が初めて結ばれた翌朝、二発の銃声がしじまを切り裂き――憐れ、愛を交わしたばかりの彼女は何者かの凶弾に斃《たお》れてしまった……！

併読のススメ 『ロートレック荘事件』の真相を見抜けるのは、よっぽどの兵《つわもの》である。刊行当時、高校三年の僕は受験勉強そっちのけで挑んだものの完膚なきまで叩きのめされた。

叙述トリック作品については、本来、叙述トリック

ガイド 今の「あらすじ」には大嘘がある。大嘘というか、作者である筒井康隆の共犯者よろしく表面的に書いたものなのでご用心。

小松左京、星新一と並んで本邦SF界の御三家と称される筒井康隆が、ミステリ・ジャンルに進出して放った最高傑作が『ロートレック荘事件』である。初刊単行本には次のような挑発的な文句が、巻かれた帯にではなく、カバーそのものにしっかり書き込まれていた。「映像化不能。前人未到の言語トリック。読者に挑戦するメタ・ミステリー。この作品は二度楽しめます。書評家諸氏はトリックを明かさないようにお願いします」と。作中人物である犯人が捜査の手を逃れるために仕掛ける通常のトリックに対し、作品の作者が直接読者を騙すために企むトリックのことを現在一般的に「叙述トリック」と呼びならわす（「言語トリック」や「記述トリック」などと言われたことも）。作者の筒井は本作に叙述トリックを仕込んでいることを敢えて予告したうえで、それでも読者を騙しきる自信満々なのだ。

『ロートレック荘事件』は、ただの引っかけ小説ではない。じつに本作の最大の謎は、なぜ浜口重樹という侏儒《しゅじゅ》の青年がこんなに女性にモテるのか、なのである。ついに叙述トリックの狙いが明らかになり、主人公の彼にまつわる秘密が読者の腑に落ちた瞬間、〈障碍者に対する偏見〉という社会派テーマがはっきり浮かび上がるのだ。

が仕掛けられていることじたい伏せておくのが紹介者のマナーである。けれど、『ロートレック荘事件』と同様、たとえそうだと聞かされてもほぼ百パーセント近く騙されるはずと踏んで、フレッド・カサックの里程標的名品『殺人交叉点』（一九五七年）をオススメしておく。大学生のとき、恋人とその浮気相手を殺害した「私」は、十年後の今では弁護士として順風満帆の生活を送っていた。が、件《くだん》の二重殺人の動かぬ証拠を握る恐喝者があらわれて……。読者が頭に思い描いていた世界は、最後の一文で様変わりする！

no. 42

笠《かさ》井《い》潔《きよし》『哲《てつ》学《がく》者《しゃ》の密《みっ》室《しつ》』

密室とは特権的な死の夢想の封じ込めである……

あらすじ ユダヤ系フランス人の実業家、フランソワ・ダッソーが暮らすパリの邸宅で殺人事件が発生する。被害者の老人は、誰も出入りすることが不可能な密室の中で絶命していた。どうやら殺された老人はナチ戦犯らしく、動機を持つ容疑者は現場に多すぎる。というのも、ダッソー邸の主人と滞在客たちは皆、先の大戦中、ナチス・ドイツのコフカ収容所から脱走に成功した者とその子どもたちだったのだ。いかなる因縁か、かつてコフカ収容所では、囚人のユダヤ人女性が密室殺人の被害者になっていて……。

併読のススメ 笠井潔は本格ミステリの実作と並行して積極的にジャンル批評に取り組み、新本格ムーブメントの興隆を理論的に支持してきた。異論反論は当然あるにせよ、笠井の大量死理論を知らずして本格ミステリは語れない。

光文社、1992年刊行。
書影は創元推理文庫版。

ガイド パリ大学で哲学を学ぶ日本人青年、矢吹駆《やぶきかける》が現象学的推理を駆使する本格ミステリ・シリーズ第四弾。

笠井潔のライフワークと言っていいだろう矢吹駆シリーズは、全十作での完結が予定されている（六作目の『吸血鬼と精神分析』まで単行本化。二〇二一年六月現在、十作目の『屍《かばね》たちの昏《くら》い宴』が雑誌連載中）。テロリズムとの闘いを屋台骨のテーマとする重厚なシリーズだが、一作ごと本格ミステリにおける伝統的な形式《パターン》をプロットの中心に据えるサービス精神も見逃せない。シリーズ第一弾『バイバイ、エンジェル』（一九七九年）では首切り殺人（顔のない死体）を、続く『サマー・アポカリプス』（八一年）では見立て殺人を、初期三部作の掉尾を飾る『薔薇の女』（八三年）では被害者の共通項探《ミッシングリンク》しを。そして九年の沈黙を破り矢吹青年が颯爽《さっそう》と帰還した『哲学者の密室』は、密室における死の本質が徹底的に追究されてシリーズ最高傑作との呼び声も高い。

矢吹駆シリーズの見どころのひとつは、二十世紀を代表する哲学者・思想家をモデルにした登場人物と矢吹青年の〝思想対決〟にある。『哲学者の密室』では、ナチズムに接近したドイツ人哲学者マルティン・ハイデガーの思想と対峙するなかで、なぜ本格ミステリが二十世紀の両大戦間に黄金時代《ゴールデンエイジ》を迎えたかについて考察する、いわゆる大量死理論が初めて披露されたことでも注目を浴びた。

第一次世界大戦（一九一四年〜一八年）の戦場で築かれた凡庸な死体の山に対し、固有の、尊厳ある死を奪い返さなくてはならない。ひとつの死体に、ひとつの克明な論理を与える本格ミステリはそのような倒錯的な情熱の産物ではなかったか——と。いや、とてもこの理屈はひと口で説明できないので、若い読者は笠井がその考察を煮詰めた評論書『探偵小説論Ⅰ　氾濫の形式』（一九九八年）とじっくり向き合ってもらいたい。

no. 43

山田正紀《やまだまさき》『ミステリ・オペラ 宿命《シュウミン》城《ツェアン》殺《さつ》人《じん》事《じ》件《けん》』

この世には探偵小説でしか語れない真実というものがある

あらすじ わたしの名は、萩原桐子《はぎわらきりこ》。昭和三十七年生まれで、昭和が終わった今年、二十七になる。十歳年上の夫祐介《ゆうすけ》は、つい先頃、飛び降り自殺をしてこの世を去った。目撃者の話では、祐介はビルの屋上から身を投げると、ふわふわと三十分も宙に浮いてのち墜落したという——。祐介の不可解な死を境に、わたしは探偵小説めく並行世界《パラレルワールド》に迷いがちだ。昭和十三年、当時の満州国にいるわたしは朱月華《チュウ・ユエホワ》という名の中国人女性。ああ、過去の世界のわたしは日本人の演劇青年・善知鳥良一《うとうりょういち》と二人、密室状態の宿命城《シュウミンツェアン》の中で銃殺される運命で……。

併読のススメ 山田正紀作品のなかで僕が偏愛するのは、青春ミステリであり鉄道ミステリでもある『ブラックスワン』（一九八九年）。東京は世田谷区の会員制テニス・クラブで女性が焼死する事件が発生するのだが、被害者は大学生のとき

早川書房（ハヤカワ・ミステリワールド）、2001年刊行。書影はハヤカワ文庫JA版（上下巻）。

ガイド 一九七四年、人智を超えた古代文字の解読から神の悪意を暴こうとする中篇「神狩り」を雑誌発表し〝天才の出現〟と騒がれたとき二十四歳。以来、日本のSF界を第一線で牽引してきた山田正紀は、新本格ムーブメントの勃興に刺激を受け、ミステリの分野にも本腰を入れて進出。犯人好みの被害者像を割り出して囮《おとり》捜査を敢行する『おとり捜査官(旧題:女囮捜査官)』全五巻や、神の声を聞く探偵役の苦悩を描いた『神曲法廷』など矢継ぎ早に話題作を送り出すと、構想五年、執筆に三年をかけた二千枚超の大作『ミステリ・オペラ』をついに完成。同作で第五十五回日本推理作家協会賞と第二回本格ミステリ大賞のダブル受賞の栄に浴した。

『ミステリ・オペラ』の副題は、「宿命城殺人事件」。それは作家の小城魚太郎《こしろうおたろう》が昭和十三年に執筆したと思しい探偵小説のタイトルで、朱月華(萩原桐子?)はその登場人物でもある。満州国の建国神廟・宿命城の城内に横たわる死者たちが次々と蘇《よみがえ》る怪異を〝重たい極〟とするなら、一方〝軽みの極〟は鉄道駅の貨車庫から巨人化石人骨を積載した貨車が貨車ごと消え失せた不思議。この両極端の謎が一作の中で釣り合いが取れているのは、やはりそこが〈戦場〉であるから。戦場では、人の働きも命も、軽重自在。英雄も生まれれば、大きな数としてしか把握されない大量死の光景もある。昭和という時代の決算に挑んで圧倒的存在感を誇る幻想ミステリだ。

失踪して以来十八年も行方知れずだった橋淵亜矢子と判明する。新潟県の瓢湖《ひょうこ》に遊び、そこから京都に向かってお見合いの席に臨むはずだった彼女は、道中どこかで忽然と姿を消したのだ……。橋淵亜矢子は、失踪直前に奇妙なアリバイ工作を弄している。『ブラックスワン』が異彩を放つのは、アリバイ工作が犯罪のためには行なわれなかったことであり、時刻表トリックの実行が青春の終わりの時をシンボリックに告げて哀感を深める。

no. 44

連《れん》城《じょう》三《み》紀《き》彦《ひこ》『白《びゃっ》光《こう》』

あの子を殺さないとこの家は大変なことになる

あらすじ 聡子と幸子は、昔からそりが合わない姉妹だった。派手好きで奔放な妹の幸子は、結婚して子どもがいながら火遊びをやめない。今日も幸子は若い愛人とデートするため、姉の聡子の家にまだ四歳の直子をあずけて行ってしまう。一方、聡子は自分の娘の佳代を歯医者に連れていかなくてはいけない。仕方なく、直子を認知症の舅《しゅうと》と二人、家に置いて出かけたのだが——その間に、いたいけな直子は無惨に絞殺されてしまうのだ。警察は、恍惚《こうこつ》の老人による発作的な凶行と見ているようだが……。

朝日新聞出版、2002 年刊行。
書影は光文社文庫版。

併読のススメ 一九七〇年代後半にミステリ読みの渇を癒した伝説の雑誌「幻影城」出身の連城三紀彦は、比類なき騙しの達人であり、やはり短篇の名手のイメージが強い。

連城ミステリの入門篇としてまずオススメしたいの

ガイド 連城三紀彦、晩年の傑作。刊行されて間もない頃、ＪＲ大阪駅前のホテルのロビーで有栖《ありす》川《がわ》有栖《ありす》氏とバッタリ出くわし、さっそくこの本の感想戦が始まった。そのおり、氏が「ミステリ作家なら、こんな作品が書けたら本望でしょう。そんなレベルの作品を、あの人は何作も書くんやから……」と溜め息まじりにもらしていたのを思い出す。

　聡子と幸子の姉妹を中心に織りなされる人間模様は、あちこちで愛憎の目が詰まり、固い痼《しこり》ができている。放縦な幸子は結婚する以前から姉の夫と肉体関係を持っていて、じつのところ直子は〝裏切りの証拠〟そのもの。然《しか》して「直子という子供の存在が、ただのゲームにも似た大人たちの馬鹿げた恋愛ドラマを深刻な犯罪に変えて」しまうのだ。あどけない四歳の女児を手にかけたのは、現実と夢想の境目が混濁している老人だったのか？　それとも〈罪の子〉の成長を疎《うと》ましく思っている、他の誰かの仕業なのだろうか？

　物語の後半の展開は、まるで黒澤明監督の映画『羅生門』（一九五〇年）を思わせる。無垢な直子の死をめぐり、近親者たちはこぞって〝自分こそが主役〟の犯罪劇を上演したがるのだ。そう、彼ら容疑者の自己愛に歪《ゆが》んだ告白を鵜呑《うの》みにしてしまうと、事件の真相はいよいよ藪《やぶ》の中である。

は、現代物のノンシリーズ短篇集『夜よ鼠たちのために』（一九八三年）。どの話を取っても、こうと思い込んでいた構図が最後に反転し、人間ドラマの陰翳《いんえい》をいっそう濃くする。僕が読んだのは大学に入った頃だったが、よくもまあ次から次とこんなに騙されるものかと、お釈迦様の手のひらの上から決して出ていけない石猿になった気分だった。同作で達人の毒が回った読者は、幽玄華麗な文学性がトリッキーな仕掛けのために奉仕する連城ミステリの粋『戻り川心中』（八〇年）に手をのばしてもらいたい。

no. 45

島田荘司《しまだそうじ》『ネジ式《しき》ザゼツキー』

そこで暮らす人々の首はネジ式で、鼻や耳のない人がいる

講談社（講談社ノベルス）、2003 年刊行。
書影は講談社文庫版。

あらすじ スウェーデンのウプサラ大学で脳科学を研究する御手洗潔《みたらいきよし》のもとに、初老の患者エゴン・マーカットが訪ねてくる。過去の記憶の一部を失い、新しい記憶を蓄積することもできないマーカットの記憶障碍を治すには、その原因となった何らかの出来事を思い出させねばなるまい。鍵となるのは、患者の彼がただ一篇だけ書くことができたファンタジー小説《タンジール蜜柑共和国への帰還》の中にあるはずだ。主人公の少年エッギーが、砂漠から掘り出した小さな肘《ひじ》の骨を持ち主の妖精ルネスに返そうとする不思議な冒険譚の中に……。

併読のススメ 新本格ムーブメントの呼び水となった島田荘司のデビュー作『占星術殺人事件』は、もう絶対に読んでほしい。六人同時バラバラ殺人事件に工《たく》まれた空前絶後の大トリックは、いまや日本ミステリ史上に伝説として輝く。同作につ

ガイド　すでに〝新しい古典〟の地位を占める『占星術殺人事件』（一九八一年）でデビューして以来四十年、現代本格ミステリ界のトップランナーとして活躍を続けてきた島田荘司。実作の傍ら評論活動にも熱心に取り組み、『本格ミステリー宣言』（八九年）及び『本格ミステリー宣言II』（九五年）を上梓して新本格ムーブメントを理論的に支持するとともに、定型《ガジェット》に頼ったミステリ創作の未来に行き詰まりを感じて、「ポーやドイルの持っていた幻想性、神秘性、物語性を思い起こすという作業」（『II』所収「コード型創作の光と影」）に目を向けるべきと提言していた。幻想味あふれる謎を論理的に解体する〝段差の美〟こそ本格の真骨頂――これがいわゆる奇想理論と呼ばれるものだ。『ネジ式ザゼツキー』は、島田が認知科学／脳科学分野からのアプローチに本格物の活路を見いだしていた時期の輝かしい達成といえる。

名探偵にして脳科学者の御手洗潔は、空想の翼をやみくもに羽ばたかせたようなファンタジー小説から作者（＝患者）の過去を探り、彼の記憶障碍のきっかけとなったショッキングな事件を掘り起こす。――ここで島田の謎作りのセンスが真に特別なのは、現実離れした物語の中から現実的な事件を浮かび上がらせるのではなく、現実離れした物語以上に現実離れした事件を取り出してみせるところにある。読者の想像を超えた場所に島田は奇想の謎《ロープ》をぴんと張り、魔術的なステップで渡りきる。

いては、別に作品論「『占星術殺人事件』を読む――一九三六年の〈アゾート殺人〉」を本書に収めたので、小説本篇を読後に目をとおされたい。

時に「ゴッド・オブ・ミステリー」の二つ名で呼ばれる島田荘司は、短篇の名手でもある。二〇〇七年に講談社BOXから刊行された『島田荘司 very BEST 10』は、ファン投票による人気上位五作を収録した《Reader's Selection》と、作者の島田が自信作を五つ選り抜いた《Author's Selection》からなる二巻本のベスト短篇集だ。こちらも島田ワールドの入門篇としてオススメ。

no.46

東野《ひがしの》圭吾《けいご》『容《よう》疑《ぎ》者《しゃ》X《エックス》の献《けん》身《しん》』

私を信用してください。私の論理的思考に任せてください

あらすじ 東京は下町のアパートの部屋で、花岡靖子《はなおかやすこ》は一人娘の美里《みさと》と二人がかりで富《と》樫慎二《がししんじ》を殺してしまう。離婚してもしつこくつきまとい、金をせびる元夫を。富樫の死体を前に呆然とする母娘に、アパートの隣の部屋に住む数学教師、石神哲《いしがみてつ》哉《や》が救いの手を差しのべる。石神は富樫の死体の始末を引き受け、さらに花岡母娘が警察の追及から逃れられるようアリバイ工作に知恵をしぼる。だが、石神にとって誤算だったのは、大学時代に互いの能力を認め合った旧友・湯川学《ゆかわまなぶ》が捜査協力に乗り出したことで……。

併読のススメ 二〇〇五年は、倒叙ミステリの当たり年だった! この年、東野圭吾の『容疑者Xの献身』と並んで話題となったのが、石持浅海《いしもちあさみ》の長篇『扉は閉ざされたまま』。高級ペンションが会場になった同窓会で、伏見亮輔《ふしみりょうすけ》は後輩の新《にい》

文藝春秋、2005年刊行。
書影は文春文庫版。

ガイド すでに当代指折りの人気作家だった東野圭吾が、自身六度目のノミネートでついに直木賞を獲得した作品。ガリレオ先生と綽名《あだな》される物理学者・湯川学が探偵役を務める人気シリーズ初の長篇は、果たして同作が狭義の本格物であるか否かで論争が繰り広げられたすえ、本格ミステリ大賞を受賞する栄にも浴している。良くいえば「本格」の定義をめぐる議論に一石を投じ、悪くいえばただの内輪揉めに終わった〈容疑者X論争〉について関心のある若いミステリファンは、当時論争の主要舞台となった「ミステリマガジン」誌に当たったり、ネットの海から然《しか》るべき情報をサルベージするなど、それぞれがリテラシーを持って〝審判〟してもらいたい。

　思うに『容疑者Xの献身』は、倒叙ミステリのストロングスタイルだ。通常の倒叙ミステリでは犯行の一部始終が描かれて、その完璧にさえ思える犯罪計画のどこに穴があるのかを読者は慎重に見究めなくてはならない。ところが本作では、事後従犯の石神が死体をどのように処理したかを敢えて伏せることで、読者が吟味すべき推理問題の所在を初手から明確にしているのだ。なぜ石神は、わざわざ死体の顔と指紋を潰してから、すぐ発見される場所に遺棄したのだろう？　石神が花岡母娘の為《ため》にした行為は、じつに恐ろしい。しかし元来、人は利己的であるときより、利他的であると信じるときのほうが残酷になれる動物なのだ。

山和宏《やまかずひろ》を殺害し、トリックを弄して現場の客室の扉を内側から閉ざす。宴たけなわとなっても自分の部屋から出てこない新山に、参加メンバーは次第に不安を募らせる……。通常、密室の扉（もしくは窓）は早々に破られ、死体が発見されなくては話が始まらない。が、件《くだん》の石持作品では、いよいよ物語の幕が閉じる段まで密室は閉ざされたままなのだ。死体がまだ発見されない段階で殺人事件の発生を予測し、さらにその犯人が誰かを追及する素人探偵・碓氷《うすい》優佳《ゆか》の怜悧《れいり》な推理力に圧倒される。

no. 47

牧《まき》薩《さつ》次《じ》『完《かん》全《ぜん》恋《れん》愛《あい》』

これでも私たちは、恋をしたといえるのですか

あらすじ 柳楽糺《なぎらただす》は、昭和二十年三月の東京大空襲で父母と妹を失い、会津の山奥で温泉旅館を営む伯父に引き取られる。鬱々《うつうつ》としていた少年は、しかしそこで生涯の〝運命の人〟に出会う。旅館の離れに疎開していた有名画家、小仏《こぼとけ》榊《さかき》の一人娘である朋音《ともね》に。終戦後、伯父の旅館は進駐軍将校の保養所として借り上げられるが、酒癖も女癖も悪かったジェイク・フィッツジェラルド大尉が何者かに刺殺される事件が発生する。前々から大尉は朋音に目をつけ、屈伏させようとしていたのだが……。

マガジンハウス、2008 年刊行。
書影は小学館文庫版。

併読のススメ 齢八十九（二〇一一年時点）で現役バリバリの御大、辻真先の代表作のひとつが、第三十五回日本推理作家協会賞を獲得した『アリスの国の殺人』（一九八一年）。主人公の漫画編集者は、夜ごと見る夢の世界――ルイス・キャロルの

ガイド 牧薩次（マキ・サツジ）は、辻真先（ツジ・マサキ）の文字を並べ換えた別のペンネーム、と紹介するのは正確ではない。辻の創作中の人物である桂《かつら》真佐喜《まさき》少年が生み出した名探偵中学生こそ牧薩次（通称ポテト）なのである。『完全恋愛』は、長じて推理作家となったポテトが新宿のスナック「蟻巣《ありす》」で知り合った画壇の大家・柳楽糺の生涯をミステリ仕立てで書いたもの、というメタな構造だ。

辻真先は、すでに生ける伝説である。脚本家として『ジャングル大帝』や『サザエさん』など恐ろしいほど多くの作品に携わり、日本アニメ界を草創期から支えてきた辻は、牧薩次と可能キリコの名探偵コンビが結成される初長篇『仮題・中学殺人事件』（一九七二年）を発表して以降、ミステリ作家としても大いに健筆を振るってきた。第九回（二〇〇九年）本格ミステリ大賞を『完全恋愛』で制したときの齢《よわい》七十七。頼もしい超ベテランの新たな代表作となった。

誰にも見破られない犯罪が「完全犯罪」なら、相手にその想いをまったく気取《けど》られない恋は「完全恋愛」と呼ぶべきか？　戦後占領下の米兵刺殺事件……返還前の沖縄は西表島《いりおもてじま》で発生した死者が犯人の遠隔殺人……バブルの時代に柳楽画伯のドッペルゲンガーが起こした殺人……画壇の巨星のミステリアスな一代記を描いて、ついにやり遂げられる完全恋愛にア然ボー然。驚きのあまり、涙線崩壊だ。

童話『不思議の国のアリス』の世界観をベースに、手塚治虫や赤塚不二夫の漫画キャラクターも入り交じる——で起こる密室殺猫事件の被告となる一方、浮世の現実においては上司の編集長が別荘で刺殺された事件に関係者の一人として巻き込まれてしまう。虚構の創作世界と現実の三次元世界が交錯してドタバタの面白みにあふれ、それでいて何とも切なくなる。令和の世のいま読んでも、アバンギャルドで刺激的だ。

no.48

多《た》島《じま》斗《と》志《し》之《ゆき》『黒《くろ》百《ゆ》合《り》』

あの人のこと知らん？　〈六甲の女王〉やよ

あらすじ　一九五二年、十四歳の夏。「私」こと寺元進《てらもとすすむ》は、関西有数の避暑地である六甲山の別荘に招かれる。別荘の主の一人息子で同い年の新しい友人、浅木《あさぎ》一彦《かずひこ》と「私」は、六甲山上のとある池のほとりで一人の少女と出会う。「あたしは、この池の精や」と嘯《うそぶ》く可憐な少女、倉沢香《くらさわかおる》に。それはまるで、二人同時につまずいて転んでしまったような初恋だったが――「私」たちの淡い恋の季節は突然に移ろう。香の親族が、何者かに銃殺される悲劇に見舞われて……。

東京創元社、2008年刊行。
書影は創元推理文庫版。

併読のススメ　手前味噌になるけれど、ここで自著『トラベル・ミステリー聖地巡礼』（二〇一九年）を紹介しておきたい。西村京太郎《にしむらきょうたろう》『寝台特急《ブルートレイン》殺人事件』（一九七八年）をはじめ、名作トラベル・ミステリの事件現場を作中の名探偵よろしく鉄

ガイド 多島斗志之、最後の著作。壮年期に右目を失明していた多島は、還暦を過ぎて左目も見えづらくなってきたことを苦にし、二〇〇九年十二月十九日、家族宛ての遺書を残して消息を断ち……不帰の客となった。

　僕の手もとには、二〇〇九年の元日に届いた多島氏からの最後の年賀状がある。それは、干支の「丑」の字を指でこすれば「森林浴」の香りがほのかに漂う洒落《しゃれ》たもので――たったいま試すと、まだ香りが立って鼻孔をくすぐる。確信を持って言えることは、氏が物した傑作群の命は尽きないということ。まちがいなく代表作のひとつに数えられる『黒百合』の瑞々《みずみず》しい輝きは、ひときわ強いものである。

　一彦の父と「私」の父とは古い友人同士であり、父子二代にわたる波瀾《はらん》の物語の鍵は、戦前のドイツで父親たちが遭遇した謎の日本人女性が握っている。戦争という大きな時代のうねりを越えて描かれる奇しきロマンスと死の真相は、一九五二年の夏の終わりの六甲山上で読者の目にだけ蜃気楼《しんきろう》のように映るだろう。

　なお、『黒百合』には阪急電鉄の創業者として有名な小林一三《こばやしいちぞう》をモデルにした実業家（作中では宝急電鉄の小芝一造《こしばいちぞう》）が登場する。そして、現実の小林翁が手がけて現在も根強い人気を誇る〝ある事業〟が本作のメイントリックと無縁でないところも見逃せない。

道旅行し、実際に足を運んでこそ視《み》えてくる〝魅力の真相〟の解明に努めた異色のブックガイドだ。

　この本には、「鉄道で行くローカル・ミステリー・ツアー」（早川書房「ミステリマガジン」二〇一三年十二月号初出）と題したエッセイも収録しており、そこでは多島斗志之の出世作といえる国際謀略小説『〈移情閣〉ゲーム』（一九八五年）と〝阪急愛〟あふれる『黒百合』の紹介を主役級で配している。まだ存命を信じていたときに書いた原稿だ。

no.49

皆《みな》川《がわ》博《ひろ》子《こ》『開《ひら》かせていただき光《こう》栄《えい》です』

我が家の暖炉は、屍体を増殖させる力があるようだ

早川書房（ハヤカワ・ミステリワールド）、2011年刊行。書影はハヤカワ文庫JA版。

あらすじ 外科医のダニエル・バートンは、墓あばきから不法に買い取った妊婦の死体を解剖中だ。そこに、治安判事の配下の隊員が踏み込んできたため、バートンの弟子たちは急ぎ〝教材〟を暖炉の中に隠す。どうにか隊員の追及をかわし、さあ解剖を再開しよう、と思ったところが、なんと暖炉の中から妊婦の死体のほかに、四肢を切断された少年の死体と、顔面を無惨に潰された中年男の死体まで出てきたから大変だ。こうなったら、新たに増えた二つの死体も切り刻み、それぞれ死因を突きとめる必要がある……！

併読のススメ 会えば〝まるで童女のような〟皆川博子も、当年（二〇二一年）取って九十一。だが、その筆力はいささかも衰えを見せず、バートン先生の弟子たちの活躍を描くシリーズ第三弾『インタヴュー・ウィズ・ザ・プリズナー』が六月に

ガイド 二〇一二年の第十二回本格ミステリ大賞・小説部門受賞作（城平京『虚構推理　鋼人七瀬』と二作同時受賞）。戦前の一九三〇年に生まれた皆川博子は、受賞時の齢《よわい》八十二。この同賞最年長受賞記録を破る者は、もう今後あらわれないのではないか。

物語の主要舞台は、一七七〇年夏の英国ロンドン。人体の解剖が医学の進歩はもとより、事件捜査（死体の死因究明）に役立つと理解され始めた時代を背景にしている。ダニエル・バートン先生のモデルは、かのダーウィンの『種の起源』（一八五九年）より七十年も前に進化論に行き着いていた〝近代外科医学の父〟ジョン・ハンターであり、作者の皆川は彼の伝記的事実から発想を広げて虚実皮膜《ひまく》の面白味あふれる時代ミステリを物した。海の向こうの国が舞台で日本人は一人も登場しない、と聞くと、なんだか敷居が高いように思うかもしれない。が、波瀾《はらん》に富む物語の〈主役〉は、バートン先生を信奉する、上は二十三、下は十九の個性豊かな若き弟子たちなので、彼らと同世代の読者ならばいっそう親しみ《シンパシー》を感じながら作品世界に没入できるはずである。

暖炉の中で増殖した二死体を扱う推理問題が、とにかく素晴らしい。大ベテランの皆川は、顔のある少年の死体と顔のない中年男の死体をわざわざ並べ置いて、みごとなまでの目くらまし《ミスディレクション》を仕掛けている。ああ、幸福にも僕は、皆川の奇計《マジック》にすっかり騙されてしまった〈観客〉の一人だ。

刊行されている。

皆川の作風の幅は広く、その魅力は尽きせぬものがあるが、やはり本領は独特の耽美・幻想的世界の創造にあるように思う。非行少女たちの矯正施設で起きた悲劇を描く『聖女の島』（一九八八年）は、魂が震える幻想ミステリの傑作。また、第二次大戦下のドイツに実在したナチスの産院〈生命の泉《レーベンスボルン》〉を主要舞台にした『死の泉』（九七年）は、優生学／人種問題という現代にも通じるテーマを孕みつつ、残酷と狂気と〝作家的企み〟に満ちた大作だ。

no. 50

竹《たけ》本《もと》健《けん》治《じ》『涙《るい》香《こう》迷《めい》宮《きゅう》』

何だかすべてが涙香さんの掌《てのひら》のなかでの出来事のような

あらすじ 十八歳の天才囲碁棋士、牧場《まきば》智久《ともひさ》は、老舗旅館で発生した殺人事件の捜査に協力する。和室の部屋で、心臓を裏側から凶器で一突きにされた老人は碁盤の上に突っ伏していた。のちに被害者は、「黒岩涙香研究家」を名乗る麻生徳司《あそうとくじ》と面識のある連《れん》珠《じゅ》家と判明するのだが……その麻生からの誘いを受け、茨城県は明山《めいさん》で発見された〝涙香の隠れ家〟に乗り込んだ智久少年は、迷宮めく地階に涙香が残していた「いろは歌」の暗号解読に挑む。しかし〝隠れ家〟の調査一行には、老人を殺した犯人も紛れ込んでいた！

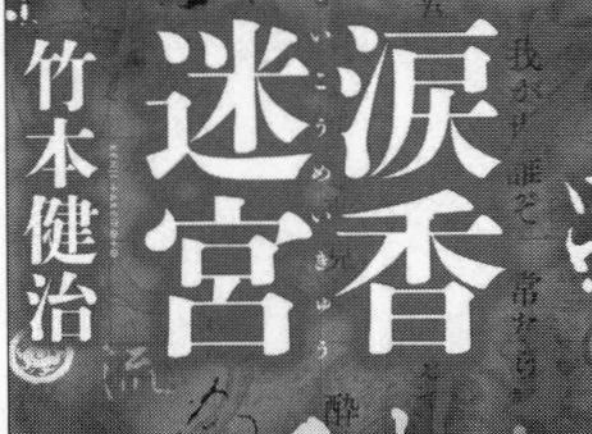

講談社、2016 年刊行。
書影は講談社文庫版。

併読のススメ 第十七回本格ミステリ大賞受賞の栄にも浴した『涙香迷宮』。名探偵役を務めるIQ208の天才少年、牧場智久が活躍するゲーム三部作『囲碁殺人事件』『将棋殺人事件』『トランプ殺人事件』もぜひお楽しみに！

ガイド 江戸川乱歩を本邦ミステリ界の「父」と呼ぶなら、黒岩涙香はさながら「祖父」と祭るべきだろう。有能なジャーナリストであり、自らも新聞「萬朝報《よろずちょうほう》」を発行した涙香は、『法廷の美人』（ヒュー・コンウェイ原作）や『人耶鬼耶《ひとかおにか》』（エミール・ガボリオ原作）など海外ミステリの翻案小説を数多く手がけて人気を博し、オリジナル短篇「無惨」（創元推理文庫『日本探偵小説全集1』所収）も物している。

そんな明治の傑物の粋な生涯に触れる『涙香迷宮』は、雑誌「幻影城」出身の大ベテラン、竹本健治の新たな代表作に数えられる暗号尽くしの一冊だ。二〇一七年版「本格ミステリ・ベスト10」掲載のインタビュー記事によれば、もともと「いろは歌」を作る文字遊びが趣味のひとつだった竹本は、作中に出てくる〝暗号いろは〟をまず完成させた。さあこれを使って小説を書いてやろうと思い立ったとき、かつて「萬朝報」で新作の「いろは歌」を懸賞付きで募集したことがある涙香に後づけで目をつけたのだとか。それまで「涙香は『死美人』とかの長編を二、三読んだだけで、どんな人物かほとんど知らなかった」というから、なんとも倒錯した創作の裏側だが——五目並べのルールを整備して「連珠」という競技ゲームを成立させたり、新聞に囲碁将棋欄を初めて作った涙香は、囲碁棋士である牧場智久が敬して対決するのにまこと相応《ふさわ》しい。現代の偉才が明治の偉才に呼ばれて出来たような、暗号ミステリの傑作だ。

一九七七年、竹本健治が二十二歳のとき雑誌「幻影城」で連載を始めた千二百枚超のデビュー作『匣《はこ》の中の失楽』（翌七八年に単行本化）は、本邦ミステリ界における三大奇書——夢野久作《ゆめのきゅうさく》『ドグラ・マグラ』（一九三五年）、小栗虫太郎《おぐりむしたろう》『黒死館殺人事件』（同年）、中井英夫《なかいひでお》『虚無への供物』（六四年）と肩を並べた〝第四の奇書〟と認める評価がいまや揺るぎない。後進の新本格作家にもただならぬ影響を与えた竹本の奇書については、別に作品論『『匣の中の失楽』を読む」を書いたので目をとおしてもらえれば。

『占星術殺人事件』を読む
——一九三六年の〈アゾート殺人〉

※本稿の初出データは、「前口上」で示すとおり。所属する探偵小説研究会の機関誌「CRITICA《クリティカ》」第十二号（二〇一七年八月）に掲載した改稿版に今回わずかな修正を加えた。

前口上

島田《しまだ》荘司《そうじ》の一九八一年のデビュー作『占星術殺人事件』は、すでに〝新しい古典〟としての地位を不動のものにしたと言っていいだろう。文藝春秋編のミステリ入門書『東西ミステリーベスト100』の一九八五年版で国内第二十一位に入った「ミステリー・マニアのあいだで伝説的な作品」（同ブックガイドのレビューに拠る）は、それから四半世紀あまりのちに〝再観測〟が実施された二〇一二年版では、横溝正史《よこみぞせいし》『獄門島』、中井英夫《なかいひでお》『虚無への供物』に次ぐ第三位にまでランクアップしていた。この一例だけをもってしても、『占星術殺人事件』の「伝説的な」メイントリックの強度がいかに大きいものだったかを改めて印象づけるとともに、いわゆる新本格ムーブメントの呼び水となって本邦ミステリ史に新時代を招来したことの評価が定まったと見るべきだろう。

本稿は、東京創元社発行のミステリ専門誌「創元推理」一九九五年春号に掲載された「『占星術殺人事件』試論――〈アゾート殺人〉について――」を全面的に手直しし、タイトルも一新したものである。初出の稿を読み返してみて、話が脇道にそれるだけならまだしも迷い込んでいる部分が目についたので、この際、大鉈を振るわせてもらった。論述構成の難まではいかんとも仕様がなかったけれど、論旨はもちろん変わることなく明快になったはずと信じる。

ともかくも、二〇二一年の今から二十六年前、大学五年目の春を迎える間際に発表したこの作品論は、笠井潔《かさいきよし》が「創元推理」誌上で当時連載していた「戦後探偵小説論」の多大な影響下に書かれていることをまず断っておく必要がある。周知のとおり、笠井の「戦後探偵小説論」は後に『探偵小説論I　氾濫の形式』(一九九八年)としてまとまる評論連載で、同誌一九九五年春号の時点では山田風太郎の作品と作家性を論じるところまで進んでいた。

件《くだん》の連載で笠井が打ち出した――先に『哲学者の密室』（九二年）で自身の分身たる名探偵矢吹駆《やぶきかける》が本質直観していた――いわゆる大量死理論は、なぜ本格ミステリが二十世紀の二度の大戦間に英米において黄金時代《ゴールデンエイジ》を迎えたかの歴史的根拠を論じ、当時斯界《しかい》の話題をさらった。じつに本稿は、笠井の大量死理論が、いっぱしのミステリ読みを気取《きど》りだした一青年にどれほど強烈なインパクトを与えた仮説だったかを見てとれる〝同時代の証言〟でもある[*1]。

なお、本稿では初出時においては光文社文庫版『占星術殺人事件』（一九九〇年）から本文を引用していたが、今回の全面改稿にあたって講談社ノベルス版『占星術殺人事件　改訂完全版』（二〇〇八年）と逐一照らし合わせ、後者に拠って直してある。また、中では『占星術殺人事件』の真相に触れているほか、アガサ・クリスティの長篇『ＡＢＣ殺人事件』とＧ・Ｋ・チェスタトンのブラウン神父物の短篇「折れた剣」の内容にも踏み込んでいるので、いずれかでも未読の向きはご注意のほどを。

リメンバー・アゾート

一九八〇年の第二十六回江戸川乱歩賞で最終候補に残った『占星術のマジック』は、その翌年『占星術殺人事件』と改題されて世に問われた。わが国日本の現代史を画す〈二・二六事件〉と同年同日、一九三六年（昭和十一年）二月二十六日に幕が上がる一連の「梅沢一家鏖殺《おうさつ》事件」を描いて、それは「日本中が四十年間頭を絞りつくしてなお解けない難問」（Ⅲ アゾート追跡 7節）として残っているものだと読者を挑発する。

梅沢家の惨劇は、三幕の事件から成る。まず最初が、梅沢家の主人平吉殺し。次が、夫と別れ一人暮らしだった一枝の殺害（一枝は、平吉の後妻昌子の連れ子のうち長女）。そして年頃の娘六人の集団失踪を発端とする〈アゾート殺人〉である。梅沢家の六人の娘——知子、秋子、雪子、時子、礼子、信代を毒殺し、星の祝福を享けた各々身体の一部を切断し組み合わせて、「デモンの要求する通りの完璧な女、ある意味では神であり、また通俗的な呼び方では魔女と言ってもよい、全知全能の女を一人、この世に生み出す」（AZOTH）という平吉の妄想を現実のものにしたかと思わせる猟奇事件である。

『占星術殺人事件』の作中には『梅沢家・占星術殺人』という書物が出てくるが、これは一連の事件の経過をドキュメンタリー風にまとめたもので、「平吉の手記」も併録されている〝素人探偵向けの基本図書〟のよう。占星術師の御手洗潔《みたらいきよし》とその友人の石岡和己《いしおかかずみ》は、件の書物とさらに思いがけず入手した事件関係者（竹越文次郎）の懺悔録をもとに、四十年もの時を溯って梅沢一家鏖殺事件の謎を究明しようとするのだ。

この小論は、梅沢一家の抹殺を謀った犯人、梅沢時子が〈アゾート殺人〉で実行した大トリックの特異性について私見を述べるものである。注目すべきは、「この空前の猟奇事件が、太平洋戦争直前の暗い時代を象徴的に反映したものとして、日本人の心を惹《ひ》きつけたものに違いない」（Ⅰ四十年の難問 1節）と石岡が評するところの時代背景である。〈アゾート殺人〉が、ただのバラバラ殺人ではないことを確認してみたいのだ。

連続殺人事件小考

梅沢家を襲う一九三六年の悲劇で表面上の犠牲者は八人――平吉、一枝、そして六人の未婚の娘たち、である。最後の〈アゾート殺人〉について正確なところを記すなら、謎解きの段階で六人の娘のうちの一人、時子が犯人であることが明らかになり、実際に彼女が切断したのは五人分の死体であったことがわかるわけだが、便宜上、以後も本稿の中では六人分の死体として扱っていくことにする。

『占星術殺人事件』の被害者の数は極めて大きい。被害者が多い連続殺人物としてはアガサ・クリスティの『そして誰もいなくなった』やエラリー・クイーン『九尾の猫』、国内では坂口安吾『不連続殺人事件』に鮎川哲也『りら荘事件』などが真っ先に思い浮かぶが、『占星術殺人事件』の特異な点はメインの〈アゾート殺人〉が一度に六人もの人間を同一方法で殺害する一回大量殺人であることだ。通例、連続殺人物は、先に挙げた巨匠たちの傑作を見ても、一人また一人と犯人の手にかかることで次第に死体の山が築かれ、サスペンスの加速が図られるものなのだが。

——では、ここで、単独同一犯が起こした連続殺人事件を対象に類別を試みたい。例えば作中にX人の死体が現われる場合（X≧2）、

①X人全員に犯人が殺害動機を有する場合（犯行を目撃されるなどして口封じに及んだような副次的な動機も含む）

②X人中の（X－Y）人に犯人が殺害動機を有する場合（X＞Y≧1）

と二つに大別できる。②のカテゴリーは無差別的な連続殺人が発生しているかのように装う手口で、笠井潔の言葉を借りれば「『ABC殺人事件』型の不連続殺人」である。

> クリスティの『ABC殺人事件』は、犯人の利害にかかわる死者（意味ある死）を、利害関係のない死者（無意味な死）の山に紛れ込ませ、その存在を隠蔽してしまうという構想の独創性において、大量死の時代経験（引用者注：第一次世界大戦の惨禍）に文学的に均衡する戦後探偵小説の傑作となりえた。[*2]

②の「『ABC殺人事件』型の不連続殺人」において犯人は、死者（無意味な死）の山に実際に殺害したかった死者（意味ある死）をそっと横たえさせることで真の動機を隠蔽し、自らの保身を図る。が、しかしこのようなケレンは、ひとつの騙しの技法《テクニック》として制度化されマンネリズムに陥らざるをえない宿命でもある。

一方、『占星術殺人事件』も該当する①は、本格ミステリにおける「王道」と呼ぶべき書き方だ。この場合、殺しが重なるたび動機は明確になり、だからして容疑者の一人と目されることを充分に自覚する犯人はアリバイ工作に余念がなかったり、自らを傷つけて被害者になりすましたり、あるいは替玉殺人を敢行して自らを表舞台から消し去りさえする。

　とりわけ、死者の顔や指紋を〝潰す〟行為が不可欠の替玉殺人は、もし読者が初見なら新鮮な驚きを提供できても、いずれ目覚ましい新手の技巧が施されていなくてはすぐに〈顔のない死体＝替玉トリック〉という憶断《ドグマ》を読者は働かせてしまう。ところが、『占星術殺人事件』の梅沢時子は、姉妹従妹六人のバラバラ死体の山に自らの〈顔のない死体〉を紛れ込ませることで、犯人たる自身をまんまと被害者の一人に見せかけた。時子の〈顔のない死体〉は平吉名義で創作された手記により魔術的に実体化されて――実際、雪子の首無し死体だけ見れば、純粋に時子の替玉であるのに――、六死体のうち一体だけじつは〈生者〉が息をひそめて横たわる特異な状況を作り出したのだ。

　『占星術殺人事件』に新しい古典としての地位を約束したのは、一体の〈顔のない死体〉を、胸部や腹部といった他の身体の一部が欠損した（かのように見える）死体の山に紛れ込ませることで、これが〈顔のない死体〉パターンの推理問題であること自体を巧みに読者の目からそらせたトリック構想の妙にほかならない。〈顔のない死体〉パターンの、空前にして絶後とさえ言っていい独創性際立つバリエーションと評価すべきだろう。

〈アゾート殺人〉は象徴する

梅沢家の占星術殺人は、戦前の一九三六年（昭和十一年）に発生している。世界史的に見れば、第一次世界大戦後に確立されたヴェルサイユ体制があえなく崩壊に向かう時期にあたる。ヴェルサイユ体制は、一九一九年のパリ講和会議で設立が決定された史上初の国際平和機構、〈国際連盟〉と一体のものであった。しかし、一九二九年十月にアメリカのニューヨーク株式市場で突如起こった大恐慌の影響を受けて、いちおうの平穏を保っていたヨーロッパ情勢は再び緊迫の一途を辿りだす。すでにイタリアでは一九二二年にファシスト党が政権を掌握していたが、次第に一党独裁の政治体制を実現し、三五年にはエチオピアに侵攻する。また、一九三三年に国家社会主義ドイツ労働者党（ナチス）が政権の座についたドイツは、ヴェルサイユ体制の打破を唱えて国際連盟から脱退し再軍備に努めていた。

日本では梅沢平吉殺しと雪中の時を同じくして蹶起《けっき》された皇道派青年将校によるクーデター（二・二六事件）が失敗に終わったが、倒壊した岡田啓介内閣に代わる広田弘毅内閣は陸軍の要求を容れて軍部大臣現役武官制を復活。以後、諸内閣に対する軍部の介入を許すことになる。すでに日本は満州国建国をめぐる諸外国との軋轢《あつれき》から国際連盟を脱退していたが、一九三六年にドイツと防共協定を結ぶと、翌年にはイタリアもこれに参加することで枢軸関係が成立し、第二次世界大戦前夜の鼎立状況（アメリカ、ソ連、ドイツをそれぞれ軸とする）が明確になっていく。

かかる戦前の時代が『占星術殺人事件』の背景をなす大きな理由は、一連の惨劇の核心である〈アゾート殺人〉が現在（作中の「今」は昭和五十四年）の科学捜査の前ではまずもって成立不可能だからだ。中には血のつながりがない者同士を含む娘たちの死体を組み合わせるトリックは、DNAや骨組織からの個体分析を容易にした現在では警察の目をごまかしとおせるはずがない。――しかし、『占星術殺人事件』が二十世紀の両大戦間を背景に書かれた理由はそれだけではないようである。

御手洗潔は〈アゾート殺人〉をメインとする梅沢一家鏖殺事件を評して、「考えてみればこいつはジェノサイドだぜ。梅沢一族の抹殺だ」（I 四十年の難問 4節）と顔をしかめる。一枝が暮らしていた世田谷区上野毛《かみのげ》の家屋の一間は、ついに六人もの死体が同時に転がる悪夢的空間と化すのだ。この〈アゾート殺人〉について「ナチの生体実験説」（I 四十年の難問 1節）も唱えられたことを石岡は一顧だにしなかったが、「須藤妙子」と名を変えていた梅沢時子が姿をあらわした直後に彼は「イギリスやアメリカでは謀殺（計画的な殺人）には時効は定めないようだし、アウシュビッツのナチなどには永久に時効はないらしい」(V 時の霧のマジック 1節)とナチスの戦争犯罪に時子の大量殺人を重ねて言及している。そう、戦時中のナチスが強制収容所に送ったユダヤ人をガス室で一挙に大量死させたように、六人の娘たちは毒ガスならぬ毒ジュースを飲まされることで死体の山に変貌したのだ。

『占星術殺人事件』では、一回大量殺人によって被害者の数が一気に増大する。それは、ナチスのガス室はもとより、十九世紀以前には考えられなかった一時《いちどき》の大量殺戮を可能にした両大戦時の戦争テクノロジーと物恐ろしく照応するものだ。ミシェル・フーコーがいみじくも喝破したように、二十世紀の戦争は「もはや、守護すべき君主の名においてなされるのではない。国民全体の生存の名においてなされる」のである。

大量虐殺は死活の問題となる。まさに生命と生存(訳者補足:生き残ること)の、身体と種族の経営・管理者として、あれほど多くの政府があれほど多くの戦争をし、あれほど多くの人間を殺させたのだ。そしてこの輪を閉じることを可能にする逆転によって、戦争のテクノロジーが戦争を戦争の徹底的破壊へと転じさせればさせるだけ、事実、戦争を開始しまたそれを終わらせることになる決定は、生き残れるかどうかというむき出しな問いをめぐってなされるようになる。核兵器下の状況は、今日、このプロセスの到達点に位する。一つの国民全員を死にさらすという権力は、もう一つの国民に生存し続けることを保証する権力の裏側に他ならない。[*3]

梅沢時子が実母多恵と自らの「生命と生存」を懸けて築いた死体の山、〈アゾート殺人〉という血塗られた幻想は、二十世紀の両大戦が「死活の問題」にまでした大量死の光景をじつに象徴していると言えるだろう。娘六人が一斉に斃《たお》れた世田谷区上野毛の地は、来《きた》る昭和二十年の空襲によって現実にも大量死の現場となるのだった。[*4]

さらに『占星術殺人事件』では、無差別的な一回大量殺戮による六死体が切断されたうえ並べ換えられるという作業が行なわれることで、大戦間の本格ミステリの黄金時代に確立された、人間の死をあたかもパズルの項として扱う非情性を徹底させている。見かけ上、一人の死体はそれぞれ二個、あるいは三個のピースとなり、全部で十六ピースから成る〈アゾート殺人〉という名の異形の嵌《は》め絵を犯人は完成させた。人間の固有の人格を、これほど容赦なく〈モノ〉に還元させたトリック構想は稀有《けう》であろう。

生者を死者の山に紛れ込ませる

G・K・チェスタトンの「折れた剣」には悪魔的な発想による大量殺人が描かれている。イギリス軍を率いるセント・クレア将軍は、ブラジル戦役の前線で個人的な利害から部下のマレー少佐を刺殺するに至った。将軍はこの一死体にからむ個人的な動機、犯跡を隠すために、旗下八百名のイギリス兵に無謀な突撃を敢えて行なわせ、自軍の斃れた兵士の山に少佐の死体を紛れ込ませたのである。


「賢い人は葉をどこに隠す？　森のなかに隠す」

相手（引用者注：助手のフランボウ）はなんとも返事をしない。

「森がない場合には、自分で森を作る。そこで、一枚の枯葉を隠したいと思う者は、枯木の林をこしらえあげるだろう」

依然として返答はない。神父はいっそう穏やかな口調でつけ加える——

「死体を隠したいと思う者は、死体の山を築いてそれを隠すだろうよ」[*5]

この有名な逆説を、戦争の前線ではなく平時の都市空間において働かせた『『ＡＢＣ殺人事件』型の不連続殺人」では、犯人の利害にかかわる死者を隠すために利害関係のない死者の山を築く。では、『占星術殺人事件』はどうだろう?

梅沢時子は「平吉の手記」を捏造し、アゾートなる「全知全能の女」を生みだす嵌め絵の枠組みを読者に強烈に印象づけることで、五人分の死体の山にさらにもう一体〝幻の死体〟を積み上げた。死者の山に生者たる自身を隠すことに成功したのである。〈アゾート殺人〉はトリックの根本的な成立に大量の死体が一時に同じ空間に必要とされる点で、クリスティの『ＡＢＣ殺人事件』よりも「死活の問題」を徹底させていると断じていい。

時子が創作した「平吉の手記」は、六人の娘の死を西洋占星術のペダントリーで壮麗に飾り立て、果たして〈モノ〉と化した死体の山のグロテスクさを四十年もの長きにわたり隠蔽していた。[*6] しかし御手洗は、他人に読まれることを前提に書かれた「平吉の手記」のあちこちに、本当の書き手だった時子の意図が残留していることを指摘する。「何といってもあの平吉の手記だ。あれはどうもおかしなところが多い。インチキ臭いと思った」(Ｖ時の霧のマジック３節)と。

もし時子が〈アゾート幻想〉を書かなかったなら、一連の梅沢家事件は永遠に解かれなかったかもしれない。時子は六死体の遺棄場所のみ記したメモでも平吉が処分し忘れたように上野毛の現場に残すべきだった。しかし時子は、やがて己が手にかかり眼前に積み重なるだろう姉妹従妹の骸を、粉飾された仮構の論理（意味ある死）で回収することをやめられなかった。それは、自分の実母にいくばくかの金が渡るよう誘導すること以上に、大量死の悲惨な現実から目をそむけるためだったろう。最後の最後、京都は嵯峨野で小袋を売る店を営んでいた時子は〈アゾート殺人〉の時とまったく同じ砒素系化合物を自ら嚥下して果てる。時子は、あの一九三六年の死にようやく還り、ここに梅沢一族の抹殺は完遂されたのである……。

つくづく思う、『占星術殺人事件』は不思議な作品であると。新本格ムーブメントの呼び水となったエポック・メーキングな作品であることはまちがいなくとも、同ムーブメントの原点であると言いうる要素には乏しい。続いて発表された『斜め屋敷の犯罪』（一九八二年）は〈仕掛けある館〉物の後発作を多数生む発火点となったのだし、『夏、19歳の肖像』（八五年）や『異邦の騎士』（八八年）にあふれる青春小説としての魅力のほうが後続の若い書き手に与えた刺激は大きかったはずだ。

『占星術殺人事件』は、やはり不思議な作品だ。一九八一年に発表された当時、まるで決まり文句のように浴びせられた「時代錯誤的」との批判はジュリアン・シモンズ流の〝ミステリ進化論〟に依拠するもので、それはその立場からの発言として理解できなくもない。他方、笠井潔の大量死理論に依拠すれば、『占星術殺人事件』は昭和二十年代に本邦ミステリ界で達成されていてしかるべき「戦後探偵小説」のなぜか遅れてきた精華だったと言えよう。

敗戦から三年後の一九四八年、『占星術殺人事件』の作者は、広島県福山市に生まれる。福山市は広島市に原子爆弾が投下された翌々日、大変な規模の空襲に見舞われ（福山大空襲）、市街地の八割方が焦土と化した。また、福山市民の中には原爆投下直後の広島市に救援に向かって、いわゆる入市被爆をした者も少なくなかった。そんな福山に、広島に生まれた作者にとって『占星術殺人事件』は、長じて書くべき〝未生以前からの因縁の作品〟だったということだろう。

注　釈

＊1　綾辻行人『十角館の殺人』（一九八七年）を起点とする新本格ムーブメントの理論的根拠——俗に「大量生理論」と呼ばれる論点を含む長篇評論「本格探偵小説の『第三の波』」は、「野性時代」一九九五年十一月号から連載がスタートする（後に『探偵小説論Ⅱ　虚空の螺旋』としてまとまる）。

＊2　笠井潔『探偵小説論Ⅰ　氾濫の形式』（東京創元社、一九九八年）の第三章「無意味と意味と無意味——坂口安吾論」より。

＊3　ミシェル・フーコー『性の歴史Ⅰ　知への意志』渡辺守章訳（新潮社、一九八六年）の第五章「死に対する権利と生に対する権力」より。

＊4　現在の多摩美術大学の前身、多摩帝国美術学校の上野毛校舎は、戦時中、海軍技術研究所に接収されたため特に空襲の標的となった。

＊5　「折れた剣」は、G・K・チェスタトン『ブラウン神父の童心』中村保男訳（創元推理文庫）所収。

＊6　御手洗曰く「彼女（引用者注：梅沢時子）の才能が本物だったから、その装飾も精巧で生命力を持ち、ぼくらは建て物全体を見るのを忘れるほどに惹きつけられた」（Ⅴ時の霧のマジック3節）。

『匣の中の失楽』を読む

※本稿は、もともと南雲堂から刊行予定の『匣《はこ》の中の失楽』愛蔵版のため、二〇一三年一月に書き上げた作品論である。同社の担当編集者の了解を得て、今回然《しか》るべき修正を加えたうえ、こちらで先に発表させてもらう運びに。なお、『匣の中の失楽』の結末に触れて分析の筆を進めるので、未読の向きはくれぐれもご注意くださるよう。

聞いているうちに、だんだん裏と表が、入れ替ってくるような話ね……私も、一つだけなら、そんな話が出来るかもしれないな……

——根室波瑠《はる》(安部公房『燃えつきた地図』より)

……でも、この家に住んでると、時間なんかいらないんですよ。古井戸の底にいるようなもので、何にも動きやしない

——氷沼蒼司(中井英夫『虚無への供物』より)

前口上

『匣の中の失楽』は、雑誌「幻影城」での連載(一九七七年四月号~七八年二月号)を経て、一九七八年七月に初刊単行本が上梓された。幻影城発行の初刊本、講談社文庫版(一九八三年十二月)、講談社ノベルス版(九一年十一月)、双葉文庫版(二〇〇二年十月)、そして講談社文庫新装版(一五年十二月)と五度刊行されているが、とりわけ「決定版」と帯紙に銘打たれた双葉文庫版は、ミステリ評論家の千街晶之《せんがいあきゆき》が『匣の中の失楽』を対象にする評論・書評を集成したうえ作品評価の変遷を整理したパートを含み、資料的価値もきわめて高い。

双葉文庫版の件《くだん》の資料パートでは、同時代においてさほど世間的評価に恵まれたわけではなかった『匣の中の失楽』が、綾辻行人の『十角館の殺人』(一九八七年九月)を象徴的な起点として〈新本格ムーブメント〉が興隆するなか再評価の気運が高まった経緯がつぶさに知れる。本邦のミステリ史に深く刻印される三大奇書、『ドグラ・マグラ』『黒死館殺人事件』『虚無への供物』に、『匣の中の失楽』を加えて〝四大奇書〟と称する歴史的評価はもはや決定的なもの。ミステリファンの論議の的は「第五の奇書と認定すべき作品は書かれたか?」に移っていると言ってかまわないだろう。

——さて、『匣の中の失楽』の主人公は、じつに読者自身である。『匣の中の失楽』をひもとく、一人ひとりの読者が主人公なのだと。書物という匣の中身は、読者がひもとかなければ、そこに何が書かれているか、あるいは何も書かれていないか、ついにわからない。その意味では、すべての書物の主人公は読者であるとも言えるわけだが、『匣の中の失楽』はそれが重要な戦略として仕掛けられているのだ。いずれ本論で詳しく述べるが、『匣の中の失楽』という匣の外側にいる一人の読者であるあなたは、作中の〈読者〉と魔術的に二重化されることで匣のウチソトの境界が不分明になる体験を繰り返すはずである。

ともあれ、書物という匣の中に然《しか》るべく惑溺するには、作品ごとにふさわしい一定の年齢があることも確かなよう。『匣の中の失楽』の場合、十五歳から二十三歳までの間に初めて読まれるべきである。かくなる年齢幅は、作中に登場する十二人の主要人物のうち最年少の者(片城《かたじょう》成《なる》と蘭《らん》の双子に久藤《くどう》雛子《ひなこ》)と最年長の人物(久藤杏子《きょうこ》)を基準としているわけだが、実際、これくらいの年頃でなければ同作に封じられた甘美な毒は総身に回らないのではないだろうか。そのことを、当該年齢幅の読者は〝特権〟と思ってほしいくらい。

読者の一人である僕が『匣の中の失楽』を手にとったのは十九の時、講談社ノベルス版でだった。もう二十年以上も前のことだが、買い求めた本屋もはっきり憶えている。西武池袋線、ひばりヶ丘駅北口の小さな本屋。当時、同作の登場人物たちの大半がそうであるように、僕は東京で一人暮らしをしている大学生だった。バブルははじけていたが、まだ誰もはじけたことに気づこうとしない。遠からぬ未来に出て行くはずの〈社会〉は馬鹿馬鹿しいくらいうまく回っているみたいだった、そんな時代のこと。

Ⅰ　構造

千二百枚を超す長篇『匣の中の失楽』は、「序章に代わる四つの光景」（以下「序章」と略記。一章と併せ、奇数章に含むものとする）と題された導入部に、全五章（各章十節）の本篇と、さらに「終章に代わる四つの光景」（以下「終章」と略記。五章と併せ、奇数章に含むものとする）から成立している。

まず「序章」で描かれるのは、〈間〉であり〈境界〉である。曳間《ひくま》了《りょう》は深い霧に包まれた街を彷徨するうち次第に現実感を失い、この世ならぬ場所に足を踏み入れる予感に戦《おのの》く。真沼寛《まぬまひろし》は自分の頭の中に蔵《しま》ってあるはずの詩の言葉がなぜか〈外〉に漏れ出し、見知らぬ他人がそれをしゃべるのを耳にする。倉野貴訓《くらのたかよむ》と久藤雛子がする賭碁は「三劫《さんこう》」と呼ばれる珍しい無勝負決着に至り、それは盤面で向かい合う対局者の凶兆を示す。そして、「ナイルズ」こと片城成はミステリマニアの仲間内、通称「ファミリー」が実名で登場する小説の構想を話すが、その虚構の物語世界で第一の被害者に予定されていた曳間了は間もなく現実に物言わぬ死体となって転がることになる――。

現実と異世界、現実と想像、現実とゲーム、そして現実と虚構。かかる二項対立的な、不連続のものとして把握される両者の裂け目が不意にあらわれ、しかも地続きにつながるかに幻視される。いよいよ物語が本篇の「一章」に突入すると、曳間了の密室の死の真相を究明しようと推理談義が交わされるが、しかし結局、各人のアリバイ調べをしても曳間を殺害した犯人は特定されない。

続いて「二章」の幕が上がる。この二章の冒頭に、『匣の中の失楽』を特徴づけるサプライズが用意されているのだ。すでに一章の中途で、序章の書き出しの部分は、ナイルズが認《したた》めつつある小説『いかにして密室はつくられたか』の書き出しと寸分違《たが》わぬことが予告されていた（一章6節）が、その序章に続く一章もまたナイルズが書いた小説だった。しかも、序章及び一章の〝最初の読者〟は、『匣の中の失楽』の読者が〈作中の現実〉と思い込んで読み進めていた一章の被害者本人なのである。

「まいったね、どうも」
バリトンがかったよく通る声で、これまた照れくさそうに言葉を返したのは、その小説では最初の殺人の犠牲となって冷たい骸《むくろ》を晒《さら》した筈の、曳間了そのひとだった。
（二章1節）

この瞬間に読者は、作中人物である曳間了と象徴的に一体となる。『匣の中の失楽』という匣の外側にいたはずの読者は、じつはナイルズが書いた実名小説『いかにして密室はつくられたか』の序章及び一章を読んでいた曳間の立場と過不足なく重なり合い、作中の二章の〈現実〉の中に巧みに取り込まれるのだ。すなわち二章は、序章及び一章を〝作中作〟として匳《こばこ》に封じ込めた、その外側の現実である、と。作中の現実を描いた二章では、彼らファミリーの溜まり場のひとつである布瀬《ふせ》邸の『黒い部屋』で、二十一歳の成人にして「美少年」と呼ばれる真沼寛の不可解な密室消失事件が発生する。さらにこの章の幕切れでは、久藤雛子の両親がギリシャを旅行中に不運にも交通事故に巻き込まれ、二人とも助からなかったという悲報が舞い込むのである。

『匣の中の失楽』の構造を決定的に示すのが、次の「三章」の冒頭にほかならない。そこでは倉野が、一人の〈読者〉として登場し、ついさきほどまで読者が曳間了に寄り添いつつ〈作中の現実〉だと認識していた二章こそフィクションであって、序章及び一章はナイルズがやはり〈作中の現実〉を活写したものであることが明らかになってくる。つまり、現実に曳間は密室殺人の犠牲者であってこの世に無く、当然のことナイルズが二章まで書き上げた小説の〈読者〉として登場することは不可能だった……。

が、しかし、これがさらに「四章」に突入すると、序章及び一章と三章がフィクションで、二章と現在進行中の四章が〈作中の現実〉となる。そして、最終の「五章」及び「終章」を読む際には、今度は二章と直前の四章がフィクションだったとされ、序章及び一章と三章、さらに五章及び終章が〈作中の現実〉として認識される。

『匣の中の失楽』を解釈するうえで最も重大な謎のひとつが、物語を締めくくる五章及び終章を〈作中の現実〉と捉え、偶数章で起こる事件はナイルズが創造の翼を広げて、いわば〝推理の材料〟として付け加えたフィクションだったと断じていいのかということだ。片や奇数章は〈作中の現実〉、片や偶数章は架空の事件を扱ったもの——そう割り切れるなら、『匣の中の失楽』の構造は意外なほどすっきり見えてくる。そのはずが、しかしそう単純ではないと読者を不安にさせるのは、やはり終章の最終第4節「不連続の闇」の内容が序章の第1節「霧の迷宮」と呼応しているからである。序章のほうでは曳間了が、終章ではナイルズが、同じように霧の中で現実感を喪失する。お仕舞いの一段落の文章は、書き出しのそれと一字一句同じものである。

その時まで彼は、こんなに深い霧を経験したことがなかった。周囲のもの総《すべ》てが、厚くたれこめたミルク色に鎖《とざ》され、深海の光景のようにどんよりと沈みこんでいる、こんな霧を。

(序章1節・終章4節)

これを小説的技芸と言わずしてどうしよう。四章までとちがい、作中人物の誰も五章及び終章部分の〈読者〉として登場はしない。けれど、ここもまた四章までと同様の「実名小説」にほかならないのではないか？　このことについてはいずれ敷衍《ふえん》するとして——ともかくも、五章及び終章から遡行して虚実を確定するにせよ、あるいは留保するにせよ、ナイルズがファミリーの〈現実〉を追った記録《ドキュメント》と架空の事件を呼び込んだ部分とが、二章以降五章までの各章冒頭においてそれぞれ反転する仕掛けが施されていることは確かなのである。

II 動機

ミステリマニアの集う「ファミリー」は、下は十五歳から上は二十三歳までの男女十二人のメンバーで構成されていた。大学生が多数を占める彼らは、ほぼ全員が親の庇護下にある青少年期《モラトリアム》の時を過ごしている。久藤雛子の叔母にあたる杏子だけは社会人一年目であるが、姉夫婦の家に身を寄せて出身の美術大学に教授助手として勤め、ファミリーの一員である大学生の根戸真理夫《ねどまりお》と交際中の彼女も〈大人〉の側にはいないと言っていいだろう。

ところで、青春小説と呼びならわされる文学ジャンルは、大人と、やがて大人になる年少の者との〈間〉を描くものである。そもそも青春小説とは、人間の精神形成を主題とする教養小説《ビルドゥングスロマン》の流れを汲む一方、十八世紀後半から十九世紀前半にかけてヨーロッパの市民社会が成熟するにつれ芸術各方面で生じた〝合理主義的啓蒙思想に対する反動〟——すなわち、個性の優位を基調とするロマン主義運動の産物だった。〈生活（社会）〉と〈芸術家〉という二項対立の構図の後者を〈若者（学生）〉にスライドさせたところに、〝大人の論理〟と鋭く対立しながら自我を形成してゆく若者たちを描き出す小説ジャンルが確立したわけだ。

しかしこの意味で、『匣の中の失楽』は青春小説としては異色である。同作には、十二人の若者たちにとって、模範もしくは反面教師となるような大人が登場してこない。彼らファミリーの一員である甲斐《かい》良惟《よしただ》の兄（四十歳の手前）や片城兄弟の母（三十代半ば）は出てきても、彼らは反発の対象ではまったくない。連続殺人事件の発生で警察やマスコミも作中に招じ入れられるが、固有名を得て登場する者はただの一人もおらず、事件の展開にも解決にもいかさま重大な影響を及ぼすことはない。とはいえ、「ファミリー」という匣の外側を、いわゆるいい大人たちが動かす〈社会〉が取り巻いて、緊張関係にあることは疑えないだろう。

ともあれ、最終の五章で明らかにされるのは、そもそも一連の事件の発端である曳間殺しが、じつは殺人ではなかったということだ。曳間了は、自ら命を断ったらしい。それを殺人事件に仕立てたのは、発見者である倉野貴訓だった（この真相には、さらに曳間が発見者の倉野を操っていただろう〝底の底〟が想定される）ことがナイルズによって指摘される。倉野は、一度は犯人の存在する密室殺人と信じた曳間の死が、都会ではありふれた〝若者の自殺〟である可能性の高いことに気づいた瞬間、絶句した。ナイルズは言う——

その瞬間の倉野さんの心理を考えると、僕は顔を背けたくなってしまうな。……曳間さんの屍体の前で涙さえ流し、その復讐を誓い、曳間さんの死に相応しい殺人のかたちを捜しあてるためになら、総てを辞さないという想いを固めていた倉野さんの精神状態は、その現実の壁にぶち当たって、まさに粉ごなに砕け散ってしまったんだ。（中略）最初から曳間さんの死が自殺であることを知っていたなら、勿論倉野さんも殺人（引用者注：三章におけるホランド殺し）まで起こすことはなかったんだけど、いったん曳間さんの死に見合う殺人のかたちを追い求めることだけを目的の総てにしてしまった倉野さんにとって、既に自殺という真相は、架空の側に押しこめてしまわなければならなくなっていたのさ。

（五章10節）

終盤にて、ついに名探偵の役を勝ち取るナイルズは、倉野が連続殺人を演出しなければいけなくなった倒錯した心理を、こう忖度している。「倉野さんは、曳間さんを殺害したという罪を身に引き受けるためにホランドを殺したんだ」（五章10節）と。

この倉野の動機が『虚無への供物』を踏襲してのものであることは言うを待たない。『虚無への供物』は著者中井の祖父の経歴や、先の大戦の惨禍、さらに一九五四年に死者・行方不明者合わせ千百数十人もの被害者を出した洞爺丸沈没事故の現実をプロットに取り込み、架空の氷沼一族を襲う不可能殺人の連鎖を描いている。『虚無への供物』の犯人は、身近で大切な人たちの〝偶然の死〟に心が堪えきれず、聖書や神話といった〈大きな物語〉と照応される純正な悲劇として彼らの死を回収しようとしていた。それは気宇広大にして、しかし一方で、きわめてシンプルな動機である。そう、親しい人の死に直面したとき、残された人はどのようにしてその悲しみから立ち直ることができるか——。

『匣の中の失楽』を幻惑的に彩るペダントリーは、彼ら十二人のファミリーを結ぶ関係が偶然のものではなかったことを裏付けるためにある。ファミリーの人間関係がエクゴニン（アルカロイドの一種）の構造式で表されること然り。それぞれの名前と住む場所が九星術で定められてきちんと九星盤に乗り、しかも事前に誰に災厄が及ぶかまで予示されていたこと然り。ナイルズは自身の物する実名小説において、ただひたすら十二人のファミリーが何か特別の意志が働いて呼び集められた運命共同体であることを懸命に証明しようとしていたのだ。度重なる密室殺人事件の解明も、すべてその目的に奉仕するためのものだったと言えるだろう。

自分の所属する集団が特別のものであること。そのような〝願い〟は決して特別なものではない。幼なじみ、クラスメイト、部活動の仲間、趣味のサークル、エトセトラ、エトセトラ……。僕らが今ここで時間を共有しているのはつまらない偶然の積み重なりではない、と信じることは幼児的な全能感を引きずる自己愛《ナルシシズム》であるだろう。それは、僕らを取り巻く〈社会〉と対峙して僕らだけで完結する、美しく閉じられた〈小さな物語〉だ。そのために、『匣の中の失楽』の彼らミステリマニアの集団は、必然的に、あまりにも不可能興味に淫した事件をこれでもかとばかり必要とした。

Ⅲ　失楽

再度、問うてみよう。『匣の中の失楽』の奇数章を〈作中の現実〉と捉え、一方の偶数章の惨劇はナイルズが創造したフィクショナルな伏線と見なしていいか？——いや、そう受けとめては、この物語は美しく閉じない。五章及び終章も、それが「五章」及び「終章に代わる四つの光景」と題されてすべての読者に供されるかぎり、全体が誰かの物した一個の小説にちがいないはずである。

『匣の中の失楽』の十二人の「ファミリー」のなかで、やはり主役と呼ぶにふさわしいのは、曳間了とナイルズをおいてほかにいない。第一の犠牲者となり、章が替わるごとに生死の境界を跨いで、ついには一連の事件の〈操り手〉だったと糾問される曳間。一方、実名小説『いかにして密室はつくられたか』を着々と書き進め、終盤において推理合戦の最終的な勝利者となるナイルズ。それに、そう、繰り返すがこの長篇は、霧の中をさまよう曳間に始まりナイルズで終わるのだ。

五章及び終章を含む『匣の中の失楽』全体の作者は、曳間かナイルズの二人にだけその資格がある。五章及び終章を書き上げて、『いかにして密室はつくられたか』という作中作を全体に展《ひろ》げたナイルズ。あるいは、ナイルズに作中作の作者の役を割りふり、自らが第一の犠牲者となることを免罪符のようにしてファミリーを血祭りに上げた曳間了。二〇〇八年発表の短い姉妹篇「匳の中の失楽」（『幻影城の時代 完全版』所収。『匣の中の失楽』講談社文庫新装版併録）は『匣の中の失楽』の前日譚と位置づけられるが、そこでは曳間了の下宿で部屋の主とナイルズとが「匳の中の失楽」という実名小説のいわば〝作者争い〟を繰り広げ、その決着はつかずに終わって興味深い。とまれかくまれ、『匣の中の失楽』はその全部が〝作り事〟なのだ。奇数章は決して〈作中の現実〉として確定されるわけではない。『匣の中の失楽』という匣の外側にこそ、彼らファミリーにとっての〈現実〉はあったはずなのである。その〈現実〉とは——ああ、曳間の自殺を含め深刻で劇的な事件などまるで彼らファミリーの間に発生などしなかった幸福にして灰色の日常だったのではないか。

久藤雛子の両親は、もし海外で交通事故に遭ったにせよ、せいぜい軽傷だったろう（このエピソードこそ『虚無への供物』の洞爺丸事故の悲劇——氷沼兄弟の仲睦まじかった二親の無意味な死——をなぞったものである）。雛子は来春から、親の都合で海外で暮らすかもしれない。杏子が青森に向かうのは、叔父が勧める見合い話に乗り気だからか。「ホランド」こと片城蘭は、ナイルズとは別の高校を目指して受験勉強を始めているかもしれない。倉野貴訓は薬剤師の資格を取ろうとしているだろうが、甲斐は兄の店を手伝いながら画家として一本立ちする夢を追いかけるつもりか。もともとミステリマニアというわけではなかった真沼寛や影山敏郎《かげやまとしろう》は、私事繁忙につきファミリーの集会から次第に足を遠のかせる。真沼は詩作にいよいよ熱心に取り組み、影山は大学の物理学教室の実験にかかりきりなのだろう。

春から夏、そして秋は深まりゆく。なにも特別なことは起こらず、ただゆるやかに、来年の春を迎える頃にはバラバラになってしまいそうなファミリー——作中の根戸真理夫に言わせれば「哀れな一族」への愛惜の念こそが、五章及び終章を満たしている。

『匣の中の失楽』の物語世界は、雑誌「幻影城」に発表された当時（一九七〇年代後半）を背景にしていると断じていいだろう。けれど、当時の世相、文化風俗が具体的に描かれる場面は奇妙なほど乏しい。学生運動の盛衰も、オイルショックを乗り越えて安定成長期に入った経済状況も、若者に流行りの音楽やスーパーカー、当代人気のアイドルについても、まるで語られない。せいぜいが、安部公房や遠藤周作などの現代文学について言及があるのと終末論ブームに触れられているくらいで、この点、時事風俗に関する描き込みにこだわった『虚無への供物』と対照的であるが、もちろん『匣の中の失楽』の外側でも現実に様々なことが起きている。作中の時代を「幻影城」で初出連載が始まった一九七七年と仮定すれば、七月に日本は初の静止気象衛星《ひまわり1号》をNASA協力のもと打ち上げ、八月には内閣広報室が国民の九〇パーセントが「中流」を意識しているとの調査結果を発表、九月には日本赤軍がダッカ日航機ハイジャック事件を起こし、終章で真沼の詩が雑誌に載る十一月半ばにはエジプトのサダト大統領がイスラエルを訪問していた。そうした現実もまた、彼らファミリーとともにあったはずだ。

政治の季節は、終わった。作中にはただの一言もその言葉は使われていないが、彼らファミリーの中心である大学生は、俗に「しらけ世代」と呼ばれていたのだった。『匣の中の失楽』と同じ一九七八年に世に問われた第二十四回江戸川乱歩賞受賞作『ぼくらの時代』(©栗本薫)は、まさしく曳間らと同世代の長髪族三人が主人公であり、彼らはバイト先のテレビ局で〈大人〉たちと時に折り合い、時に衝突しながら、年少の女子高生たちが命懸けで作り上げた〈小さな物語〉を守護した。『匣の中の失楽』は、『ぼくらの時代』が描いたようには〈社会〉は描かれない。が、しかし主題は通底していると言える。

青春の時は、必ず終わる。同じ時と場所を共有した仲間も、やがて社会に出れば、それぞれの新しい居場所を見つける。なぜ『匣の中の失楽』の登場人物のなかでも大学生の面々は、過去の作品論においてしばしば無個性と評されてきたのだろう? その大きな要因のひとつは、彼らのプライベートがほとんど描かれないことにある。彼らが籍を置く大学は、かなりばらけていて(F*大学三人、K*大学二人、N*美大一人、Q*大学一人、S*大学一人)、おそらく彼らは、ファミリーとして集まる以外の〈場〉では、まるでちがった個性を発揮していたはずである。ファミリーは、決して一般的とは言えないミステリマニアとしての趣味を満たすための〈場〉であり、それは彼らの東京での学生生活のほんの一面でしかないのだ。

しかし『匣の中の失楽』という小説は、彼らファミリーの連帯を古井戸の底にそっと沈めるだろう。彼ら十二人は、たとえ櫛欠けるようにバラバラになり、永の年月を経ても、『匣の中の失楽』という物語の絆で結ばれ、そこに時間は降りつもらない。徹底して意図的に〈社会〉から目を背け、ただひたすらわがままに青春の恥も輝きも封じ込めたミステリ

——それが『匣の中の失楽』の正体である。

第6章 未来、あるいはこの世の外へ

この項目には、ジャンル横断的な要素を含む作品が並んでいます。ＳＦ的な設定がひとつのお約束として導入されていたり、そもそもの成り立ちから異なるファンタジックな世界で謎解きが行なわれたり。正味な話、ここで選んだ十作と《ザッツ・アバンギャルド！》の項目で紹介した十作とはいくらでも交換可能に思えますが——まあ、そこはそれ、ということで。

件《くだん》の両項目で目立つのは、現在では〈特殊設定ミステリ〉と一般に呼ばれるようになってきた作品群です。〈日常の謎〉派、という呼び名が定着していることを思えば、もうそろそろ「〈特殊設定〉派」なる一潮流を認めていい頃合いでしょう。〈日常の謎〉派の旗頭が北村薫《きたむらかおる》なら、〈特殊設定〉派のそれは西澤保彦《にしざわやすひこ》と見ていい。一九九〇年代の初期西澤は、『完全無欠の名探偵』（一九九五年）以降、ＳＦ的な設定を謎解きの条件《ルール》に加えた奇想あふれるミステリを矢継ぎ早に発表し、ミステリファンの度肝を抜きました。その影響は深く浸透していたようで、二〇一〇年代に登場する平成生まれの新世代作家のうち白井智之《しらいともゆき》や阿津川辰海《あつかわたつみ》、斜線堂有紀《しゃせんどうゆうき》などはこの西澤学派《エコール》の流れに乗ってそれぞれが独自のオール捌《さば》きを見せてくれています。

さて、《ザッツ・アバンギャルド！》の項目ですでに触れていますが、本格ミステリはその〈形式〉が累積して自律伝統的な世界ができあがるほどに、もうそれ自体が〈特殊〉なものになっていると断じていい。思えば、警察の迅速な介入を避けるため孤島を舞台にするだの、犯人がなぜか童謡の歌詞に見立てて殺人を繰り返すだの、そのような世界設定及び犯行様態がそもそも〈特殊設定〉じゃないかと見る向きもある。憧れの名探偵なる存在がいて、科学的な証拠に多くを頼らず、あくまでも理詰めで犯人をたった一人に絞り込む——ああ、そんな基本的な犯人探し《フーダニット》の有り様《よう》がすでに一種のファンタジーではないでしょうか？

no. 51

今《いま》邑《むら》彩《あや》

『金《え》雀《に》枝《しだ》荘《そう》の殺《さつ》人《じん》』

隠れたって無駄だぞ。
みんな見付けて食べてしまうぞ

あらすじ 東京は武蔵野の一角に建つ洋館、通称「金雀枝荘」。そこは、日本人実業家の田宮弥三郎が、ドイツ留学中に出会った金髪の花嫁エリザベートのために構えた愛の巣だった。時は流れ、弥三郎の曾孫《ひまご》にあたる若い男女五人が、金雀枝荘に集まってクリスマス・パーティを催した夜、惨劇は発生する。管理人の老人を加えた六人は、自分以外の誰かを殺して誰かに殺され、全員が物言わぬ骸《むくろ》となって転がった。死体発見時、金雀枝荘は完全な密室状態であり、もし七人目の殺人鬼が現場にいたとしても脱出することは不可能で……。

併読のススメ 『金雀枝荘の殺人』は、アメリカ文学史上の高峰にしてミステリジャンルの始祖、エドガー・アラン・ポオからの〝引用〟も目立つ。名探偵役のフリーライター、中里辰夫《なかざとたつお》は、金雀枝荘の地下室の壁に田宮弥三郎の妻の死体が

講談社（講談社ノベルス）、1993年刊行。
書影は中公文庫版。

ガイド ザ・新本格！　作中で起こる大量殺人の動機面については新本格ミステリの特徴である青春小説としての風味に欠けるが、それでも総合的な印象から〝これぞ新本格のど真ん中の作品〟だと太鼓判を押す。とにかく、『金雀枝荘の殺人』を読んでゾクゾクした気分にならないのなら、そもそも本格物のミステリに手をのばすなんぞ、その人の人生にとって無駄以外のなにものでもないだろう。

『金雀枝荘の殺人』の仕掛けの肝は、冷徹無残な大量殺人がグリム童話の「狼と七ひきの子やぎ」に見立てて行なわれることだ。故・田宮弥三郎の五人の曾孫と老いた管理人の六死体は、洋館内のあちこちに配置されていた。それは、悪い狼に襲われた子やぎたちがそれぞれ逃げ隠れた場所——一匹目はテーブルの下、二匹目はベッドの中、三匹目はストーブの中……に準《なぞら》えられていたのだ。一見、六人で殺し合ったかのように見える現場の状況だが、驚くなかれ、完全に閉ざされた金雀枝荘から生きて脱出した七匹目の子やぎ（六人全員を皆殺しにした真犯人！）は確かに存在する。もちろん、グリム童話の見立ては、単なる虚仮威《こけおど》しではない。密室の金雀枝荘に〝大きな抜け穴〟を作るため絶対に必要な、残酷かつエレガントな謀《はかりごと》なのである。——ああ、しかも。田宮家四代にわたり、こんなにも多くの人死にが出る陰惨な因縁話なのに、読後感はじつに爽やかなのも貴重。

塗り込められている可能性を指摘し（ポオの「黒猫」を踏襲）、密室の抜け穴を捜索する際は「親愛なるオーギュスト・デュパン氏はかのモルグ街の謎を」云々と一席打《ぶ》つ（モルグ街の殺人現場も金雀枝荘も、密室の窓の〈鍵〉は釘《くぎ》である）。

ひと昔前まで、ミステリマニアは必ず創元推理文庫の『ポオ小説全集』を揃えていたけれど、比較的新しい邦訳書として新潮文庫の『モルグ街の殺人・黄金虫』ほか二冊の短篇集もオススメしておく。汲めども尽きぬアイデアと恐怖に満ちた物語世界は、時代を超越してすべての小説読みを魅了する。

no. 52

松尾由美《まつおゆみ》『バルーン・タウンの殺人《さつじん》』

かたなしですね。男根《ファロス》・論理《ロゴス》中心主義の敗北ですね

早川書房（ハヤカワ文庫JA）、1994年刊行。
書影は創元推理文庫版。

あらすじ 普段から人気《ひとけ》のない空き地で、若い男が刺殺された。たまたま現場を通りかかった三人連れのサラリーマンが犯行の瞬間を目撃していたが、なぜか三人とも目の前を逃げ去っていった犯人の女性の顔立ちをまったく憶《おぼ》えていなくて……（第一話　バルーン・タウンの殺人）。健康美を競うコンテストの表彰式に出向いた東京都知事が、ゲストハウスの一室で何者かに殴打される。現場は一種の密室状態で、何かと目立ちたがりな都知事の自作自演も疑われたが……（第二話　バルーン・タウンの密室）。

併読のススメ 松尾由美の〈妊婦探偵・暮林美央シリーズ〉は、『バルーン・タウンの手品師』（二〇〇〇年）、『バルーン・タウンの手毬唄』（〇二年）と続刊されている。第二弾の『手品師』は前作にひけをとらない傑作ぞろいで、なかでもアガ

ガイド 第十七回（一九九一年）ハヤカワ・SFコンテスト入選作「バルーン・タウンの殺人」を含む、松尾由美のSFミステリ連作集。

物語の主要舞台は、外部装置の人工子宮《AU》がとっくに普及した未来において、奇特にも自分のお腹《なか》で赤ちゃんを育てることを選んだ妊婦ばかりが暮らす東京都第七特別区——通称バルーン・タウンである。表題作「バルーン・タウンの殺人」で、目撃者が複数いながら誰も犯人の女性の顔を憶えていないのも道理。彼ら男どもは、めったに見ることのない妊婦の、大きなお腹に目が釘づけになっていたからだ。海外ミステリの翻訳家でバルーン・タウンに滞在中の暮林《くればやし》美央《みお》（妊婦探偵！）は、「妊婦は透明人間なの。お腹以外は」と東京都警から派遣されてきた女性刑事に嘆かざるをえない。

妊婦のお腹の微妙な差異に気づけるのはやっぱり妊婦だけだった表題作を皮切りに、妊婦でさえなければ犯行現場に出入り可能な「バルーン・タウンの密室」、シャーロック・ホームズ物のパスティーシュとしても一級品の「亀腹同盟」、外国の女性首相が出産のため来日した裏で政治的陰謀が進行する「なぜ、助産婦に頼まなかったのか？」と、どの作品も関係者はほぼ全員が妊婦さん。妊娠・出産の経験も知識もない男の名探偵なんぞ、かたなしで逃げ出すほかない事件ばかりなのだ。フェミニズム的な辛口の諷刺《ふうし》を、しなやかな知性と抜群のユーモアで包《くる》んだ無二の傑作だ。

サ・クリスティーの代表作を下敷きにした「オリエント急行十五時四十分の謎」は秀逸。第三弾の『手毬唄』は全体にややパワーダウンした気味が否めないが、ヴァン・ダインの名作『僧正殺人事件』（一九二九年）に対する妊婦探偵の穿《うが》った見方も愉しい表題作は出色の出来だ。

未来世界の妊婦のみならず、数々の風変わりな名探偵を造形している松尾由美。世に安楽椅子探偵《アームチェア・ディテクティブ》は数いれど、本当に安楽椅子そのものが思考し人語を操る『安楽椅子探偵アーチー』（二〇〇三年）には目を剝いた。

no.53

西《にし》澤《ざわ》保《やす》彦《ひこ》『人《じん》格《かく》転《てん》移《い》の殺《さつ》人《じん》』

きみたちは、言わば生きた国家機密そのものだからな

講談社（講談社ノベルス）、1996年刊行。
書影は講談社文庫版。

あらすじ 一九九×年十二月二十日、アメリカ西海岸を突然の大地震が襲う。とあるショッピングモール内で被災した日本人の苫《とま》江《え》利《り》夫《お》を含む客五名と店員一名は、核シェルターと思しき〝部屋〟に命からがら逃げ込んだ。ところがそこは、人の人格が他者の身体に転移してしまう不可思議な〝力場〟であり、人種も国籍もばらばらな彼ら六人は、自分とは違う人物の中で目を覚ますことに。CIAによって海べりの〝監獄〟に隔離された六人だったが、まさか恐るべき〝殺人者〟が交《まじ》っていようとは……。

併読のススメ 誰が最初に特殊設定ミステリと言い出したのだろう？　自分の古い原稿を調べると、「メフィスト」一九九九年五月号の書評欄『ミステリ爆撃爆撃』で西澤保彦の新刊二冊（何かに疑問を抱くと時を停止させてしまう青年が登場する『ナイフ

ガイド「あらすじ」は一九九×年の〈現在〉から紹介したが、本作は一九七×年にアメリカ政府が人格転移装置の研究に密かに取り組んでいる〈過去〉から幕を開ける。二人以上八人まで、その〝部屋〟に侵入した者どもの人格を半永久的に転移させる装置——通称〝第二の都市《セカンド・シティ》〟は、しかし我らが人類の発明品ではない。おそらく、遥かに文明が進歩した宇宙人がなぜか地球に残しておいた贈り物《ギフト》なのですよ。

　息の長い活躍を続ける西澤保彦の最高傑作、と個人的に推したいSFミステリ。SFやホラー、ファンタジー的な要素《ルール》を本格ミステリに持ち込んだものを、現在一般に〈特殊設定ミステリ〉と呼ぶ。新本格ムーブメントの勃興期にその鉱脈を世に知らしめたのは、死者が蘇《よみがえ》る世界の殺人事件を描いた山口雅也『生ける屍の死』（一九八九年）だというのが衆目の一致するところ。だが、その鉱脈を熱心に掘り進めて鉱坑を広げ、後進のために道をつけた栄誉は西澤のものである。

　〝第二の都市〟の作動による複数人の人格転移は、玉突き的に順繰りに継続される（だから一周して自分の身体に戻れる時間もある）。アメリカの研究者たちはこの装置の本来の目的についてある仮説を最後に提示するが、じつはそれよりもずっと人類にとって有用なのではないか？　この惑星の民族紛争や人種問題を解決に導く切り札となってもおかしくないはずの装置だから。本作のテーマは重たく、その射程は長い。

が町に降ってくる』と念動力《サイコキネシス》の存在が事件解明の前提となる『念力密室！』を取り上げた際、「奇想設定《シチュエーション》ミステリ」と紹介をしていた。残念ながら、この評語は定着しなかったということで。

　西澤の特殊設定ミステリから、もう一作、テレポーテーション能力が殺人のアリバイ工作に利用される『瞬間移動死体』（一九九七年）をプッシュしておこう。妻殺しを企んでいた能力者が、思いがけず探偵役を務めるはめになるドタバタが堪らない。

no. 54

三《み》雲《くも》岳《がく》斗《と》『M《エム》・G《ジー》・H《エイチ》・楽《らく》園《えん》の鏡《きょう》像《ぞう》』

僕たちが宇宙に出ると、その分だけ地球が軽くなる

あらすじ 材料工学の若き研究者、鷲《す》見《み》崎《さき》凌《りょう》は、従妹の森《もり》鷹《たか》舞《ま》衣《い》とともに、日本初の長期滞在型宇宙ステーション「白鳳《はくほう》」を訪れた。ところが滞在二日目、二人は思いもよらぬ死亡事故（?）の第一発見者となる。それは、ステーション内の「無重力ホール」をゆっくり回転しながら漂う男の死体で——全身打撲によりショック死したものと判断される。無重力空間に、まるで墜落死したかのような〝有り得べからざる死体〟が出現したことにステーションスタッフも動揺を隠せない……。

徳間書店、2000年刊行。
書影は徳間文庫、新装版。

併読のススメ 『M.G.H. 楽園の鏡像』はもちろんオススメなのだけれど……十代のミステリ読者にまず手にとってほしい三雲作品は、銀色の大きなヘッドフォンをいつもつけている孤独な少女・斎宮瞑《いつきのみやめい》が次々と難事件に遭遇する『少女ノイ

ガイド 日本SF作家クラブが主催した第一回日本SF新人賞受賞作。選考委員長を務めた本邦SF界の巨星・小松左京の讃辞「論理とロマンの見事な融合――これは、ハイブリッド・エンタテインメントである」が初刊単行本の帯を飾った。

　なんといってもメインの謎が魅力的だ。無重力の空間にたゆたう、高所から落下したかのような傷《いた》み方をした研究員の死体。作者の三雲が意識していたかはわからないが、赤川次郎の出世作『三毛猫ホームズの推理』（一九七八年）が地上のプレハブに出現させた〝不可能な死因の謎〟を宇宙空間に移植したといえる。件《くだん》の赤川作品では、たとえ重力はあっても内側から閉ざされた平屋の建物の中に墜死体が転がっていた。一方、三雲作品では、そもそも上も下もない無重力の空間にそれが浮遊していたわけだ。さらに宇宙ステーション内では、滞在客の男性の一人が居住ブロックの廊下で突然血を吐き、命を落とす。そう、まるで真空にさらされたかのように……。

　SFジャンルのなかでも特に科学性を重視する「ハードSF」と、ミステリジャンルのなかでも特に論理的な謎解きの面白さを追求する「本格ミステリ」との見事なハイブリッド。発表から早二十年が経つが、いわゆる仮想現実《バーチャル・リアリティ》の世界をめぐる描写も先見性鋭く、いささかも古びたところはない。主人公の若き研究者と、血のつながらない従妹との一筋縄ではいかないラブストーリーも清涼だ。

ズ』（二〇〇七年）。三雲岳斗は、ライトノベル作家として筆歴《キャリア》をスタートさせており、ラノベ読者をよりマニアックな大人向けのミステリに呼び込むべく、戦略的に『少女ノイズ』を物したと思《おぼ》しい。一般に連作集は同傾向の作品が並びがちだけれど、斎宮瞑の事件簿は一篇一篇の仕掛けがじつに変化に富んで作り込まれている。なかでも第三話「Fallen Angel Falls」は、動機の意外性でもって青春ミステリとして出色の出来映え。

no. 55

柄《つか》刀《とう》一《はじめ》『アリア系《けい》銀《ぎん》河《が》鉄《てつ》道《どう》』

宇宙を掌《て》の上に載せることもできるから

あらすじ　〝言霊実存の部屋〟で聖女テレサが刺殺された。彼女の亡骸のそばには、鷲鼻《わしばな》の目立つ「若い男」の撲殺死体が転がっていたのだが——その物言えぬ男は、住人全員が身内同然の閉じられた世界で誰も見たことがない人物だった……（第一話　言語と密室のコンポジション）。天文学者にして詩人の鶴見《つるみ》未紀也《みきや》が毒殺された。それとほぼ同時刻、鶴見家の地所から遠からぬ刑務所で、伝説的なハッカーだった男が脱獄に成功する。果たして、この二つの事件に関係はあるのだろうか……（第四話　アリア系銀河鉄道）。

併読のススメ　ＩＱ１９０の天才・天地《あまち》龍之介《りゅうのすけ》や、〝奇蹟的な事象〟の真贋《しんがん》を判定する審問官アーサー・クレメンスなど、数多くの魅力的なシリーズ探偵を抱える柄刀一。なかでも見逃してほしくないのは、古今東西の名画とその作者をモチー

講談社（講談社ノベルス）、2000年刊行。
書影は光文社文庫版。

ガイド 本格派の驍将、鮎川哲也が編纂にあたった公募アンソロジー『本格推理』出身の柄刀一は、現代ミステリ界で独自の地位を占める過激な夢想家《ロマンティスト》だ。紅茶を愛するダンディな科学者探偵、宇佐見護《うさみまもる》が主人公の〈三月宇佐見のお茶の会〉は、そんな柄刀の無二の個性が最高度に濃縮された連作シリーズである。

性格温厚で学識ある宇佐見博士は、なぜか時々、異次元の世界に飛ばされてしまう厄介なクセ（?）の持ち主だ。初登場の「言語と密室のコンポジション」で言語の創始に関わる別世界の塔に招かれると、続く「ノアの隣」では伝説の方舟が航海する約二億年前の地球へ。さらにシリーズ中の異色作「探偵の匣」では、今にも毒死しそうな多重人格者の〝心の中〟を覗き込む。いちおうの最終話と位置づけられる「アリア系銀河鉄道」で星空を巡る鉄道旅行に出かければ、その姉妹篇であるボーナストラック「アリスのドア」では石造りの立方体《キューブ》の部屋に閉じ込められ至極難解な脱出ゲームに挑むはめになる……。

いやはや、SFもファンタジーも、童話もミステリも、全部まとめて柄刀印のミキサーにかけられた結果出来上がった夢のような話《ロマンス》は、ちっぽけなはずの人間を〈宇宙〉や〈永遠〉と直に接続させるこの作者ならではのセカイ系だ。口当たりはやや硬質に感じるかもしれないが、後味は詩情も豊かにやわらかい。

フにした美術ミステリ・シリーズに登場する絵画修復士、御倉瞬介《みくらしゅんすけ》の明察ぶりだ。シリーズ第一弾『時を巡る肖像』（二〇〇六年）は、妻と肖像画家との浮気を疑う建築デザイナーに魔心が生じる『『金蓉《きんよう》』の前の二人』や、落下する被害者をめぐって大胆なトリックが冴える「デューラーの瞳」など秀作が目白押し。心優しき絵画修復士は、名画に魅入られて狂気に傾いた人の心をも修復に努める。

no. 56

辻《つじ》村《むら》深《み》月《づき》『冷《つめ》たい校《こう》舎《しゃ》の時《とき》は止《と》まる』

その人の話をしてるのに、思い出せないんだよ！

講談社（講談社ノベルス）、2004年刊行。書影は講談社文庫版（全3巻）。

あらすじ ある雪の日、八人の高校生男女が登校すると、始業の時間になっても彼ら以外の誰も学園内に姿を見せない。しかも、校舎の玄関扉や廊下の窓が不思議な力で鎖《とざ》され、中に閉じ込められてしまうのだ。やがて彼らの話題は、生徒の一人が自殺した事件の責任を取って今年度いっぱいで学園を去るらしい榊《さかき》先生のことに及ぶのだが——そこで八人はハタと気づくのだ。ほんの二ヶ月ほど前の学園祭最終日に、校舎の屋上から飛び降りたクラスメイトの名前を全員が思い出せなくなっていることに……！

併読のススメ 辻村深月の著作のなかで特に本格度が高いのが『ぼくのメジャースプーン』（二〇〇六年）。もしお前が△△△しなければ×××になる、という呪《じゅ》咀《そ》にも似た「条件ゲーム提示能力」を持つ十歳の少年が、うさぎ殺しの冷酷な医

ガイド　第三十一回メフィスト賞受賞作『冷たい校舎の時は止まる』は、新人のデビュー作としては異例の千五百枚を超す大作だ。講談社ノベルスから上中下三分冊を三ヶ月連続で刊行するという売り出し方も異例で、当時斯界《しかい》の話題をさらった。

　物語の舞台となる学園は、三年二組の生徒八人（男女四人ずつ）を閉じ込めて時計の針が進まない異常な状況下にある。さらに異常なのは、彼らの記憶の一部が、揃いも揃って消去されていること。そこで、ひとつの仮説が立てられる。自分たちが今いるこの学園は、現実の学園ではない。なぜか名前を思い出せなくなっている、自殺したクラスメイトの「精神世界」ではないのか、と。この八人の中に自殺した生徒が交《ま》じっていて、彼または彼女が吹雪の校舎《クローズド・サークル》に七人を招き入れたのではないか？　ここから脱け出すためには、学園祭の自殺者がいったい誰だったのかと、彼または彼女が死を選んだ理由を突きとめなくてはいけない……。

　かかる超自然的《オカルティック》なクローズド・サークルの設定は、初期の西澤保彦が果敢に挑戦した〈SF的な特殊設定〉と至近距離で共鳴するものだといえる。八人の人物像《パーソナリティ》をつかんで、加害者と被害者の関係が複雑に交錯するイジメの問題と向き合えば、彼らが誰の精神世界に閉じ込められていたかの真相は意外性抜群にして説得性が極めて高い。異形にして切実《リアル》な青春ミステリの逸品だ。

大生と対決する。犯した罪とそれに見合う罰とのバランスの問題を突き詰めて考えた、異彩を放つ特殊設定ミステリだ。

　――それと、本格度という点で高いとはいえないが、個人的に辻村作品でオススメなのが『オーダーメイド殺人クラブ』（一一年）。二段階仕込みのボーイ・ミーツ・ガール譚であり、自分でしかないもの《アイデンティティ》を探求する少年少女の踠《もが》きが〈殺人事件〉という形で帰結しかねなかった様子を繊細に描き出している。

no. 57

道《みち》尾《お》秀《しゅう》介《すけ》『向日葵《ひまわり》の咲《さ》かない夏《なつ》』

物語をつくるのなら、もっと本気でやらなくちゃ

あらすじ　明日から、待ちに待った夏休み。担任の岩村先生に頼まれて、小学四年生のミチオが終業式を欠席したS君の家に宿題を届けにいくと――家の中で首を吊っている彼の死体を発見するはめに。いじめられっ子だったS君は、自分の境遇を苦にして死を選んだのだろうか？　さらにミチオを驚かせたのは、人間としての生を終えたS君が、死後七日目に蜘蛛《クモ》に生まれ変わった姿であらわれ、「僕は、岩村先生に殺されたんだ」と訴えたこと。ミチオと妹のミカ、そして蜘蛛に輪廻転生したS君との、ひと夏の探偵劇が幕を開ける！

併読のススメ　道尾秀介は行動派である。大学時代に横《よこ》溝《みぞ》正史《せいし》にハマると、名探偵金田《きんだ》一耕助《いちこうすけ》が活躍した小説の舞台をオートバイを駆って〝聖地巡礼〟したのだとか。また、大好きな作家であるトマス・H・クックに会って小説論議がしたいと

新潮社、2005年刊行。
書影は新潮文庫版。

ガイド 当代きってのストーリーテラーで、殊《こと》に〝恐るべき子供たち《アンファンテリブル》〟を描いては秀抜。情味あふれる〈家族再生〉の詐欺犯罪《コン・ゲーム》小説『カラスの親指』（二〇〇八年）で日本推理作家協会賞を、二人の少年が交換殺人めく行動をとるまでに追い詰められる『月と蟹』（一〇年）で直木賞を受賞するなど実力派作家として押しも押されもせぬ地位にありながら――小説の最後のページに一枚の画像を示して読者に真相を〝読み解き〟させる実験的連作集『いけない』（一九年）を発表したり、昨年（二〇年）にはなんとソニー・ミュージックエンタテインメントからミュージシャンとしてデビューしたりとその動向から目が離せない。

子供ならではの残酷さをリリカルに描き出した『向日葵の咲かない夏』は、道尾秀介の知名度を高めた初期代表作であり、その結末に救いがあるのか否かで議論を呼んだ。本作の一番のポイントは、死後の〈生まれ変わり〉という設定が導入されていること。尤《もっと》も、人は死後に何度も生まれ変わるという考えは、ヒンズー教や仏教をはじめ東洋思想において特徴的で、日本人にとって馴染みの薄い死生観ではないだろう。ともあれ、かかる神秘主義的な設定を近代合理主義精神の賜物《たまもの》たるミステリの骨法と融合させることを目論《もくろ》んで、見事な成功をおさめていると言っていい。主人公の少年は、その小さな背に背負う〝物語の重さ〟にずっと堪《た》えていけるだろうか？

アメリカに渡航したりもしている。

道尾ファンなら無視しちゃいけないクック作品のなかで、最も世評が高いのは回想形式の運命の女《ファム・ファタル》物『緋色の記憶』（一九九六年）だが、個人的にお気に入りなのは〈父子関係の揺らぎ〉がテーマの『沼地の記憶』（二〇〇八年）。主人公の教師ジャック・ブランチは、殺人犯を父に持った教え子エディ・ミラーに〈悪〉をテーマにしたレポートを書くよう勧めるのだが……。とにかく読者が予測したほうには話が転がってくれないクック節、ここに極まる。

no. 58

北山猛邦《きたやまたけくに》『少年検閲官《しょうねんけんえつかん》』

君は「ミステリ」に何を期待しているんだ？

あらすじ 十四歳の「僕」、英国ロンドン生まれのクリスは、はるばる海を渡って日本にやって来た。何人《なんぴと》たりとも書物を所有することが許されなくなったこの世界で、それでも極東の島国にわずかに残っているらしい〝推理小説《ミステリ》の痕跡〟を求めて。そんなクリス少年が足を踏み入れた閉鎖的な町では、なぜか「探偵」と呼ばれる存在が、森に迷い込んだ人間の首を切る化け物のように語られていた。しかも探偵は、いったい何のためだか、住民の家屋に真っ赤な塗料で十字架のような印をつけていくことがあって……。

併読のススメ 異世界ファンタジーと本格ミステリの掛け合わせは、必然的に特殊設定ミステリの道を拓《ひら》くことになる。〈ブギーポップ〉シリーズで若者から熱狂的な支持を得た上遠野浩平《かどのこうへい》は、ハイファンタジーと本格ミステリを融合させた意欲作

東京創元社（ミステリ・フロンティア）、2007年刊行。書影は創元推理文庫版。

ガイド 首を切断する動機に新味を加えた『「クロック城」殺人事件』（二〇〇二年）で颯《さっ》爽《そう》と斯界《しかい》に登場した北山猛邦は、いわゆる物理トリック（機械式・建築的な仕掛けが発動するトリック）に強いこだわりを見せ、「物理の北山」なる二つ名で呼ばれたりすることも。また、作家デビュー以来、ダークファンタジーとミステリの融合を志向して、静かに絶望感が漂う終末的世界を作品の舞台として繰り返し描いている。

二〇〇七年発表の『少年検閲官』は、初期北山の代表作と位置づけられる秀作だ。気候変動が著しく進行した並行世界《パラレルワールド》では、死や暴力を喚起させるミステリはもとより、人の感情をいたずらに揺さぶる書物なんぞ焼き捨てられてしまった。そのため、小さな子どもたちは書物がどんな形をしていたのかさえ知らない。森の中の湖に浮かぶボートの上で首切り殺人と〝犯人（＝探偵）消失劇〟が演じられる物理トリックをはじめ、ミステリが、書物が、失われた世界ならではの謎解きを描いて詩情性も豊かな異世界ミステリに仕上がっている。

メインストーリーから外れた「間奏」のエピソードを、僕は偏愛している。道端に落ちていた少女を家に連れ帰り、彼女が死んでも死体に執着する少年の様子は——そう、江戸川乱歩の〈人形愛〉の凄みを髣髴《ほうふつ》させる。結末で少女に対する誤解が解かれて、いっそう悲哀の感が深くなる。

『殺竜事件』（二〇〇〇年）を発表。閉鎖状況の洞窟で、不死身であるはずの竜がなぜか刺殺されてしまうパラドキシカルな謎を扱って、巨大な〈善〉の前であまりにも卑小な人間の姿を浮き彫りにした。また、米澤穂《よねざわほ》信《のぶ》が二〇一〇年に上梓した〝剣と魔法の本格ミステリ〟『折れた竜骨』は、まるでゾンビのような「呪われたデーン人」との激しい戦闘が続くなか、魔法によって操られた暗殺者が誰だったのか消去法推理で追及する。どちらも読み落としてほしくない秀作だ。

no. 59

一《にのまえ》肇《はじめ》『フェノメノ 美《み》鶴《つる》木《ぎ》夜《よ》石《いし》は怖《こわ》がらない』

人にしたら迷惑なことは、霊にとっても迷惑です

あらすじ 大学生になって上京したばかりの「俺」、山田《やまだ》凪人《なぎと》は、一人暮らしの部屋探しを失敗したみたい。格安の家賃だった古い一戸建ての家は、夜になると薄気味悪い音が鳴り、やがて何者かが「七」から始めて「六」「五」とカウントダウンする傷跡を屋内に刻み出し……（第一話　願いの叶う家）。いつからだろう、「俺」は広い日本家屋に紛《まぎ》れ込む夢を繰り返し見るのだ。敷地の外にはなぜか一歩も出られず、家の中には決して入ってはならない部屋があり……（第三話　襖の向こう）。

併読のススメ 青春怪談小説《ホラー》と銘打たれた〈フェノメノ〉シリーズの源流といえるのが、小野不由美《おのふゆみ》の〈ゴーストハント〉シリーズ（旧〈悪霊〉シリーズ）。講談社X文庫ティーンズハートから『悪霊がいっぱい!?』（一九八九年）を皮切りに刊行さ

星海社（星海社 FICTIONS）、2012 年刊行。
書影は星海社文庫版。

ガイド 作者の一肇は、PCゲームメーカーのニトロプラスに所属するクリエイター。大ヒットアニメ『魔法少女まどか☆マギカ』や実写映画化もされたSFミステリ漫画『僕だけがいない街』のノベライズも手がけている。『フェノメノ　美鶴木夜石は怖がらない』は、オカルト色が濃厚なボーイ・ミーツ・ガールの物語で、収録された三本の中篇はどれも意外な真相を蔵《ぞう》してミステリ読みにアピールする仕上がりだ。

　主人公の青年、通称ナギは、怖がり屋でいてオカルトマニア。一人暮らしを始めた家でポルターガイスト現象に悩まされる第一話「願いの叶う家」は、ロジカルな心理分析による決着を見たあと、ナギにとっての〝運命の少女〟美鶴木夜石によって再びこの世ならぬ場所への扉が開かれる。巨匠ジョン・ディクスン・カーが『火刑法廷』（一九三七年）で魅せた〈合理と超自然の、二重底の解決〉の流儀に倣《なら》うオカルトミステリの快作だ。廃病院にまつわる都市伝説を扱った第二話「自己責任系」は、怪異の親玉といえるモノの正体が意外や現代的《アクチュアル》。主人公のナギがオカルト現象に惹かれてしまうそもそものきっかけが明らかとなる第三話「襖の向こう」は、ナギの夢の中に〝侵入〟をしてまで彼を救おうとする夜石の行動に目頭が熱くなる。『フェノメノ』は全六巻（文庫版だと全五巻）で完結するシリーズ物だが、この第一巻は一個の連作長篇として充分な満足感を得られること請け合いたい。

れた全七巻のシリーズは、後年に大幅なリライトを経て輝きを弥増《いやま》し、三十年以上に渡って若い読者を獲得し続けている。『ゴーストハント1　旧校舎怪談』（旧『悪霊がいっぱい!?』）では、出ると噂の旧校舎を解体するのにアクの強い霊能者たちがわんさと呼び集められる。どたばた《スラップスティック》の魅力たっぷりのオカルトミステリであり、霊感少女の振る舞い《ポジショニング》など青春小説としていささかも古びない。

no.60

鳥《とり》飼《かい》否《ひ》宇《う》『死《し》と砂《すな》時《ど》計《けい》』

死刑囚を死刑にしてどこが悪い？

東京創元社（創元クライム・クラブ）、2015年刊行。書影は創元推理文庫版。

あらすじ　あと数時間もすれば死刑が執行される囚人が、何者かに殺害された。それも同時に二名、いずれも密室状態の独房の中で。死刑の直前に殺人の被害に遭ったのは、日本人の傭兵《ようへい》と、中空から形ある物体を取り出す魔術《マジック》で評判を取った亡命アルメニア人で……（第一話　魔王シャヴォ・ドルマヤンの密室）。女囚居住区で、前代未聞の珍事が発生！　収監中の若いアメリカ人女性が、なんと妊娠したというのだ。塀の中で一年以上、いっさい男性と接触していないのにもかかわらず……（第五話　女囚マリア・スコフィールドの懐胎）。

併読のススメ　「日本のチェスタトン」の異名を取ったのは、亜《あ》愛一郎《あいいちろう》シリーズで鮮やかに逆説を操った故・泡坂妻夫《あわさかつまお》。長らく空位のその称号を、そろそろ鳥飼否宇が継いでいいころだ。

二十世紀初頭のイギリス文壇で令名を馳せたG・

ガイド 第十六回(二〇一六年)本格ミステリ大賞受賞作。G・K・チェスタトンばりの奇想と逆説にあふれた連作長篇で、「探偵、犯人、被害者――全員、監獄の中」という帯の文句も秀逸だ。作品の舞台は、世界中から死刑囚が送り込まれてくるジャリーミスタン終末監獄。中東の架空の小国が、死刑制度を維持し続ける国から〝最後の執行部分〟を請け負うビジネスを始めた格好だ。死刑囚しかいない監獄で何か事件が起こるたび、最長老の元テロリスト、トリスタン・シュルツ老の頭脳が皆から頼りにされる。粒ぞろいの収録作のなかでも死刑執行間際の二重殺人を扱った「魔王シャヴォ・ドルマヤンの密室」と、監獄の外の〈監視社会〉にさらなる暮らしにくさを感じる脱獄者の悲哀を描いた「英雄チェン・ウェイツの失踪」、女囚居住区で起きた〝処女受胎〟の謎に迫る「女囚マリア・スコフィールドの懐胎」の出来が特に素晴らしい。

本作で注目すべきは、死刑囚監獄という閉ざされた場所を舞台にしながら、じつにその物語世界がグローバルな広がりを見せることである。深刻ぶるつもりはないけれど、現今の国際情勢は「新冷戦」というより、かのチェスタトンが生きた帝国主義の時代を繰り返そうとしているかのよう。そんな不穏な時代にあって、いわゆるチェスタトン風の逆説――真理が逆立ちしたさまを描くこと――は文明批評の方法として真価を発揮するのだと改めて示した傑作だ。

K・チェスタトンは、本格ミステリの歴史を一個の建築物になぞらえるとき、その建物のぐるりに空高く足場を組んだ異能の人である。〈心理的に見えざる男〉や〈木の葉は森の中に隠せ/森がなければ自ら森を作れ〉など格段に使用頻度の高い足場を渡り歩ける『ブラウン神父の童心』(一九一一年)と、画家兼詩人の青年が〝狂人の観点〟から複雑怪奇な謎を解き明かす『詩人と狂人たち』(二九年)は特に重要。うるさ型からの圧力めく発言と思われそうだが――チェスタトンを読まずしてミステリは語れない。いや、ホントに。

第7章

お隣のサイコ、お向かいのカルト

一九八〇年代に海の向こうのアメリカで、いわゆるサイコ・スリラーが猖獗《しょうけつ》を極めました。そのブームは太平洋を渡り、九〇年代の日本にも押し寄せることになります。『レッド・ドラゴン』（一九八一年）を嚆矢《こうし》とするトマス・ハリスのハンニバル・レクター博士物は、衆目の一致する代表格。精神異常犯罪者収容病院に監禁されているレクター博士が安楽椅子探偵然と振る舞う『羊たちの沈黙』（八八年／邦訳紹介はその翌年）はとりわけ世評高く、ジョナサン・デミがメガホンを取った映画版は日本でも大ヒットを記録しました。さらに、九〇年代の日本で特に話題となった二冊のノンフィクション作品があります。一九九二年に紹介されたダニエル・キイスの『24人のビリー・ミリガン』は多重人格の強姦殺人容疑者の前半生を描いて、件《くだん》の症例を広く世に知らしめたといえます。また、九四年に翻訳刊行された『ＦＢＩ心理分析官』は、ＦＢＩ行動科学課の主任プロファイラーを務めたロバート・Ｋ・レスラーの自伝的内容を含み、七〇年代のアメリカに相次ぎ出現した怪物的殺人者の素顔に肉薄するものでした。

こうした流行りを受けても、本格ジャンルに軸足を置く作家ならば、猟奇・大量殺人者の異常な心理に迫る一方、それを謎解きの枠組みの中でいかに演出し、読者に恐怖《フィアー》よりも驚き《サプライズ》を届けることができるかが腕の見せどころ。殊能将之《しゅのうまさゆき》の『ハサミ男』や乙一《おついち》の『GOTH』などは、そのような「サイコ本格」の好例といえます。

また、一九九〇年代の日本では、一連のオウム真理教事件に象徴されるような、カルト教団による〈信念の犯罪〉が世間をたびたび震撼させました。この当時、井上夢人《いのうえゆめひと》の『ダレカガナカニイル…』や貫井徳郎《ぬくいとくろう》の『慟哭』など新興宗教の問題を背景にした作品も目につきますが、それは裏を返せば、かつて信じられていた何くれ（土地神話なり、終身雇用なり）がもはや信じられなくなった時代の要請でもあったのです。

no. 61

井《いの》上《うえ》夢《ゆめ》人《ひと》『ダレカガナカニイル…』

あたし、あなたの中に閉じ込められてるんだわ

あらすじ 契約客の電話を盗聴したことが会社にバレてしまい、山梨の田舎へ配置換えを命じられた警備員、西岡悟《にしおかご》郎《ろう》。新しい勤務先は、悪しき評判の立つ新興宗教団体《解放の家》の修行道場だったのだが——警備初日の夜、祈禱堂と呼ばれる建物から突然火が出て、女性教祖の吉野《よしの》桃紅《とうこう》が無惨に焼け死ぬ事態が発生する。その火事のおり、いきなり「目に見えない何か」に突き飛ばされた西岡青年は、頭の中に自分とは人格も性別もちがう「あたし」の声が聞こえ始めて……。

併読のススメ 岡嶋二人は、足掛け八年の活動期間中に人を（時には馬を）誘拐しまくったおかげで「ひとさらいの岡嶋」の異名を取った。ボクシング世界タイトル戦を前に甥っ子を誘拐された挑戦者が〝チャンピオンをKOしないと子どもの

新潮社（新潮ミステリー倶楽部）、1992年刊行。書影は講談社文庫版。

ガイド 井上夢人のソロデビュー作。もともと井上夢人は、田奈純一《たなじゅんいち》とのコンビで「岡嶋二人《おかじまふたり》」を名乗り、一九八二年に出色の競馬ミステリ『焦茶色のパステル』（第二十八回江戸川乱歩賞受賞作）で世に出ている。仮想現実《バーチャル・リアリティ》の世界を先見的に扱ったSFミステリ『クラインの壺』（八九年）を最後にコンビを解消するまで、一九八〇年代のミステリシーンを席巻する筆勢だった。

　単独で再出発した井上夢人は、本作でその実力を改めて見せつける。主人公の西岡は、あの火事の日を境に聞こえる「あたし」の声に、戸惑いと苛立ちを隠せない。もし自分の頭がおかしくなったのでなければ、前世の記憶を失っている「あたし」は《解放の家》の代表、吉野桃紅の意識かもしれない。西岡と「あたし」は、なぜか炎の向こうに謎の男を見た記憶を共有していて、警察は女性教祖が自殺したとの見方を強めているが、実際はその正体不明の男による殺人だった疑いが残るのだ。二人で一人の西岡と「あたし」は、焼死事件の真相を独自に調べ始めるのだが……。

　本作の新潮文庫版の裏表紙には、「多重人格ミステリー」との売り文句がある。それはもちろん間違いではないのだけれど、西岡と「あたし」のリーダビリティ抜群の〝対話劇〟は、最後の最後でとんでもなくロジカルかつSF的な意想外の着地を決め、せつないラブ・ストーリーとして完成を見る。けだし、傑作である。

命はない〟と奇妙な脅迫を受ける『タイトルマッチ』（一九八四年）や、パソコンをはじめ当時最新のハイテク機器を駆使した誘拐犯罪が実行される『99％の誘拐』（八八年）など、読み逃してほしくないタイトルが目白押しだ。

　ソロデビュー後も、井上夢人はファンの期待を裏切らない高品質のエンターテインメント作品を発表してきたが、なかでもオススメは『ラバー・ソウル』（二〇一二年）。現代版フランケンシュタインの怪物を描き切った、落涙必至のサイコ本格の秀作だ。

no.62

貫《ぬく》井《い》徳《とく》郎《ろう》『慟《どう》哭《こく》』

私は娘が生き返ると信じたかったから、信じた

東京創元社（黄金の13）、1993年刊行。
書影は創元推理文庫版。

あらすじ 警察官僚と呼ばれる一握りのエリート、いわゆるキャリア組のなかでも頭角をあらわす佐伯《さえき》は、自ら望んで警視庁捜査一課長のポストに就いた硬骨漢。そんな彼が陣頭指揮を取ることになったのは、小さな女の子が標的にされているらしい凶悪な誘拐殺人事件だ。一月《ひとつき》ほど前に失踪《しっそう》していた女児の扼殺死体が日野市浅川の河川敷に遺棄されているのが見つかり、もう一件、同様に行方知れずになっている東久留米市の女児の事件との関連が疑われる。変質者の洗い直しも行なわれたが、いっかな捜査に進展は見られず……。

併読のススメ 文庫ブレイク、という言葉が人口に膾《かい》炙《しゃ》するようになったのは、貫井徳郎の『慟哭』からだろう。マニア筋から注目を浴びた単行本刊行から六年後、一九九九年に創元推理文庫に入った同作は、さらに三年後の二〇〇二年、在

ガイド 第四回（一九九三年）鮎川哲也賞の最終候補に残り、受賞の栄冠は近藤史恵《こんどうふみえ》『凍える島』に譲ったものの、予選委員を務めた北村薫《きたむらかおる》が激賞の「解説」を巻末に寄せて世に問われた。当時、受賞者の近藤が二十四歳で、貫井は二十五歳。十代後半の青春期に新本格ムーブメントが起こるのを目の当たりにした世代が早くも書き手の側に加わってきた格好だ。ちなみにだが、貫井氏から、「たまたまだけれど、『十角館の殺人』を発売日に買って読んだ」という自慢話を聞いたことがある。

先に「あらすじ」で紹介したのは、本作における捜査側のパートである。元法務大臣の隠し子である佐伯は、みずからの捜査能力を恃《たの》み、都下で連続する幼女誘拐殺人事件の捜査を率いる。一方、並行する形で語られるのが、犯人側のパート。現在無職の松本が、とある新興宗教の深みにハマり、亡くなった娘の魂をこの世に呼び戻すため、その〈器〉となる同じ年頃の女児を連れ去るようになる経緯を追う。もちろん『慟哭』の背景にあるのは宮崎勤《みやざきつとむ》事件（一九八八年八月から翌八九年七月にかけて発生）であり、捜査側は今度も「『おたく』の変質者の犯行」という先入観に囚われがちだ。警察小説とサイコ・スリラーの文法を掛け合わせ、最後に紡ぎ出されるのは一個の本格ミステリとして完璧な謎の解消《カタルシス》——だが、読者はその強烈なカタルシスの陰に、とんでもない未解決事件が残っていることに慄然とさせられるだろう。

京書店のPOP《ポップ》広告とクチコミから爆発的に売れ行きをのばし、貫井の知名度を一挙に押し上げた。

『慟哭』に驚歎《きょうたん》した読者に次にオススメなのは、加速度的に進むインターネット社会を背景にした『後悔と真実の色』（二〇〇九年）。主人公の西條刑事ら捜査陣が対峙するのは、被害者女性の死体からなぜか人差し指を切断して持ち去る連続殺人犯だ。凶悪な《指蒐集家》は、ネット上で犯行予告を行なうばかりか、共犯者まで募るようになり……。刑事たちの濃密な人間ドラマと犯人探し《フーダニット》の面白さを堪能できる快作だ。

no. 63

二《に》階《かい》堂《どう》黎《れい》人《と》『人《じん》狼《ろう》城《じょう》の恐《きょう》怖《ふ》』

答は最初から明らかですわ。それは、《人狼城》そのものなのです

あらすじ 人狼城――それは、人外《じんがい》の地に建てられた双子の古城。独仏国境の深い渓谷を挟んで、ドイツ側には《銀の狼城》が、フランス側には《青の狼城》が聳《そび》え立つ。生きながら埋葬された《銀の狼城》の初代城主は、皓々たる月明かりの夜に人狼となって蘇《よみがえ》ったという。一方、《青の狼城》には、教区修道士が〝騎士の亡霊〟に惨殺された忌わしい伝説が残る……。一九七〇年現在、双子の城のそれぞれの所有者が、時を同じくして多くの客人を呼び集めたところ、惨鼻を極める連続殺人劇の幕がいずれの城でも切って落とされる！

併読のススメ 新本格ムーブメントにおいては、狭義の館物がひとつのサブジャンルを成したといって過言ではない。狭義の館物とは主要舞台となる建物そのものにメイントリックと絡む〝仕掛け〟が施されているタイプの作品群で、島《しま》田《だ》荘《そう》

講談社（講談社ノベルス）、1996年～1998年刊行。書影は講談社文庫版（全4巻）。

ガイド 才色兼備だが跳ねっかえりの素封家令嬢、二階堂蘭子が名探偵ぶりを発揮する本格ミステリ・シリーズの集大成と評すべき巨篇。『第一部　ドイツ編』と『第二部　フランス編』が双子の問題篇として位置づけられ、この二冊は「どちらからでもお読みいただけます」というケレンがまず愉《たの》しい。『第三部　探偵編』で百花繚乱の仮説が提示されてのち『第四部　完結編』に至る全四巻『人狼城の恐怖』は、四百字詰め原稿用紙に換算してなんと四千枚を超えるボリューム！　発表当時〝世界最長の本格ミステリ〟と称され、その記録はいまだ破られていないと断じていいだろう。全巻の厚みに恐れをなすのは必至だろうが、双子の古城で繰り広げられるのは、とびきり贅沢な、タネも仕掛けもある本格読みのための大がかりな舞台奇術《イリュージョン・ショー》だ。二階堂蘭子シリーズの特徴である活劇の面白みも加わって、いざ銀か青の狼城を訪れた読者はスマホをいじる暇も惜しくなること請け合いたい。

恐怖の人狼城は、人工美の大伽藍《だいがらん》である。作者の二階堂は、じつに自分の作品が〈本格ミステリ〉という作り物であることに自覚的で、読者に対するフェアプレイに並々ならぬ自信がある。まるで講談めいた調子の文体も、蘭子をはじめ登場人物の大仰な台詞回しも、すべて読者にこの物語が本格ミステリであることを意識させ、謎解きの挑戦者にふさわしい態度で読むことを促しているのだ。

司《じ》の第二長篇『斜め屋敷の犯罪』（一九八二年）がその先《せん》鞭《べん》をつけたとの評価は動かないだろう。北海道は宗谷岬に建つ流氷館で発生した密室殺人のからくりが図示されたとき、大げさでなく雷に打たれたようなショックを受けたものだ。島田の同作が後続の作家に与えた影響は大きく、二階堂黎人『人狼城の恐怖』をはじめ、北山猛邦《きたやまたけくに》『「ギロチン城」殺人事件』（二〇〇五年）や東《ひがし》川篤哉《がわとくや》『館島』（同年）など狭義の館物の作例は枚挙にいとまがない。

no.64

殊能将之《しゅのうまさゆき》『ハサミ男《おとこ》』

ごらんください。ハサミは男性の生殖器を象徴しています

あらすじ すでに二人の女子高生を手にかけた「わたし」は、人呼んで「ハサミ男」。第三の標的《ターゲット》として都内の私立共学校に通う樽宮由紀子《たるみやゆきこ》に目をつけ、いざ殺害するチャンスを窺《うかが》っていたのだが――ああ、なんと彼女は〝ハサミ男の模倣犯〟に無惨に殺されてしまい、オリジナルの捕食者たる「わたし」は死体の第一発見者となってしまった。樽宮殺害の先を越された「わたし」は、信頼する医師から「悪い子の遊びを終わらせるんだ」と促され、模倣犯の正体を突きとめるべく調査を始めるのだが……。

講談社（講談社ノベルス）、1999年刊行。
書影は講談社文庫版。

併読のススメ 『ハサミ男』の小説本篇のまえには、イギリスのロックバンド、XTCの「シザー・マン」の歌詞が引用されていて、そこからタイトルは付けられたよう。だが、ミステリ読みである以上にSF読みだった殊能将之は、〝日本SF

ガイド ノストラダムスの人類滅亡の予言がハズれた一九九九年八の月、〝恐怖の大王〟の代わりに斯界《しかい》を席巻したのは、女子高生の喉《のど》に刃の先端を尖らせたハサミを突き刺す〝恐怖のハサミ男〟とその模倣犯だった。第十三回メフィスト賞受賞作は、まず〈探偵対犯人〉の構図の作りから奮っている。連続殺人鬼ハサミ男は、せっかく長時間尾行して行動パターンをつかんでいた第三のターゲット、樽宮由紀子を横合いから奪われて悲憤慷慨《ひふんこうがい》。まさかの探偵役となり、憎き模倣犯の追及を始めるのだ。

殺人鬼で探偵役、といえば『羊たちの沈黙』（©トマス・ハリス）のハンニバル・レクター博士のひそみに倣《なら》うものだが、あちらの博士が監獄の中の安楽椅子探偵なのに比べ、「わたし」のほうは幸い行動の自由がきく。樽宮由紀子に個人的な殺害動機があった人物を探り出すべく、彼女の周囲の者にフリーライターと偽って接触を図るのだ。他方、もちろん警察は三人の被害者のつながりを見つけて、一刻も早くハサミ男の首に縄をかけようと鋭意捜査中……。オフビートなユーモアにあふれ、緩急自在のストーリーテリングは新人離れしたもの。本物とニセ者のハサミ男が命のやりとりをする対決劇《クライマックス》まで息もつかせないサイコ本格の傑作だ。歴代メフィスト賞受賞作のなかでも特にお気に入りの本作については、別に作品論「『ハサミ男』小論」を収録しているので、小説本篇に気持ちよく騙されてから目をとおしてほしい。

の先駆者〟と称される海《うん》野《の》十三《じゅうざ》の短篇「赤外線男」も意識してはいなかったか？　まさか令和の時代の若者が、先に海野十三と出会うとは思えないのでネタに触れることを書いてしまうけれど、「赤外線男」と『ハサミ男』はまったく同じやり口で犯人の正体を読者に見誤らせているのだ。「赤外線男」も収録された『獏鸚《ばくおう》』（創元推理文庫）は、理科学の知識が悪用された犯罪に理学士探偵・帆《ほ》村《むら》荘《そう》六《ろく》が敢然と挑む、至極クセになる味わいのミステリ集だ。

no.65

藤《ふじ》岡《おか》真《しん》『六《りく》色《しき》金《こん》神《じん》殺《さつ》人《じん》事《じ》件《けん》』

日本・猶太《ユダヤ》同祖論、聞いたことありまへんか？

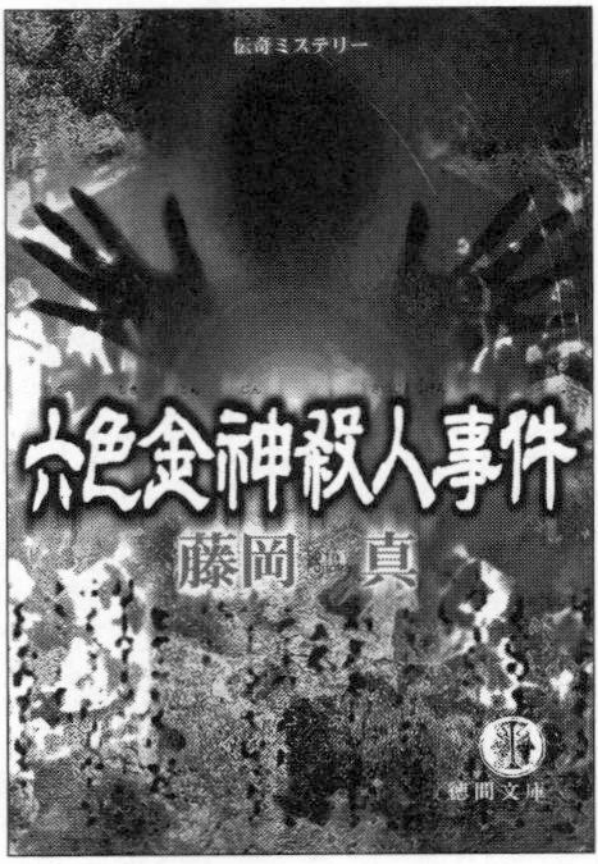

徳間書店（徳間文庫）、2000年刊行。

あらすじ 保険調査員の江《え》面《づら》直美《なおみ》は、青森出張からの帰途、折悪しく降ってきた雪に車が立往生してしまう。地図を頼りに命からがら辿り着いた津本町では、町を挙げて〈六色金神祭〉の準備におおわらわだった。謎めく老人から〝雨浮舟《あめのうきふね》が二十一万七千年ぶりに六色金神の末裔を殺戮しにくる〟と嘯《うそぶ》かれた直美は、低く垂れ籠めた雲の上を巨大な影が飛行しているのを目撃すると——真冬の戸外で完全にミイラ化した死体が発見されたのを皮切りに、六色金神歌の歌詞に見立てた殺人が相次ぐ事態に遭遇する！

併読のススメ 藤岡真のミステリ作家としてのデビュー作『ゲッベルスの贈り物』（一九九三年）も、『六色金神殺人事件』にひけを取らない怪作だ。第二次大戦末期、日本の海軍大佐がナチス・ドイツの宣伝相ゲッベルスから託された秘密兵

ガイド CMディレクターとミステリ作家の二足の草鞋《わらじ》を履いた藤岡真。作品数は少ないものの、毎度奇抜なアイデアをぎゅうぎゅうに詰め込み〝創造の狂気〟を垣間見せる作風でカルトな支持を集めてきた。長篇『六色金神殺人事件』では、大雪のせいで外部から遮断された〝陸の孤島〟を舞台に、天皇家の祖先神に対する重大な不敬を含む古文書『六色金神伝紀』に記された神代の聖戦が繰り返されることになる？

昭和十二年、青森県津本村の旧家で『六色金神伝紀』が発見されたときの騒動が「プロローグ」で語られると、時代は現代にひとっ飛び。身元不明のミイラ発見はほんの序の口で、祭の実行委員会が主催したパネルディスカッションでは、歴史学者が突然宙空に浮かび上がり、演壇の壁にめり込むほど激しくぶつかって惨死する。さらに、津本町長が神宮の社の上空で四肢を大の字にして燃え上がると、地元出身の美人女優は楽屋の部屋ごと氷づけにされてしまう。どうやら被害者全員が、神代の昔、山幸彦《やまさちひこ》なる侵略者と戦った六色金神の血をひく者らしくて……。いやはや、もうトンデモナイ事件が次々と起こる話だとおわかりいただけただろう。それでも本作は、ヒロインの江面直美に寄り添う読者に挑戦する裏事情探し《ホワットダニット》小説なのであり、フェアプレイ精神を決して疎《おろそ》かにしていないと保証しよう。女王アガサ・クリスティーの某有名作のアイデアを、まさしくエンターテインメントに変えた怪作だ。

器を祖国に持ち帰ろうとする「プロローグ」から、時代は現代にひとっ飛び。テレビ局に送られてくるビデオテープの中だけで活動中の謎多きアイドル歌手と、〈ゲッベルスの贈り物〉を現代に甦《よみがえ》らせようと企む者どもがすれ違うとき、スケールの大きな悲劇の幕が上がる。――ああ、『ゲッベルスの贈り物』を読んでいると、得体の知れない連中と車座になって闇鍋を食わされているような気分になる。端役の具材にまで、いちいち謎解きのサプライズを味付けしてある作者のサービス精神は尋常ではない。

no.66

小《お》野《の》不《ふ》由《ゆ》美《み》『黒《こく》祠《し》の島《しま》』

代々守ってきたもんのほうが人間よりも大事なんだ

あらすじ 調査事務所を営む式部《しきぶ》剛《たける》は、九州北西部に位置する夜叉《やしゃ》島に降り立った。顧客であるノンフィクション作家の葛木《かつらぎ》志保《しほ》が、その島に渡って以来、音信不通になっているからだ。懸命な探索から浮かび上がってきたのは、どうやら志保がすでに亡くなっているらしい残酷な現実。先般の嵐の夜、神社の境内にある大木に逆さまに磔《はりつけ》にされていたというのだ。独自の宗教的支配が続く夜叉島で、すでに殺人事件は島ぐるみで揉み消されていた……!

併読のススメ 初刊の祥伝社ノン・ノベル版『黒祠の島』の帯には、「孤島、因習、連続殺人」なる売り文句とともに『獄門島』(一九四九年)の書名が引き合いに出されていた。横溝正史《よこみぞせいし》が『本陣殺人事件』(四七年)に続いて名探偵金田《きんだ》一耕助《いちこうすけ》を

祥伝社(NON NOVEL)、2001 年刊行。
書影は新潮文庫版。

ガイド 第五回（二〇二〇年）吉川英治文庫賞に輝く〈十二国記〉シリーズや、本格ミステリの趣向とホラーの要素が高度に融合した〈ゴーストハント〉シリーズで若い世代から絶大な支持を集める小野不由美。大谷大学の文学部仏教学科で学びながら京都大学推理小説研究会に所属し、のちに夫となる綾辻行人《あやつじゆきと》のデビュー作『十角館の殺人』の原型『追悼の島』（江戸川乱歩賞応募作）の合作者でもあった。

そんな小野の本格ジャンルの代表作といえば、やはり『黒祠の島』を選ぶことになる。因習に囚われた夜叉島で殺人事件の謎を追及する式部剛は、腕っぷしに物を言わせないほかは、ほぼ私立探偵《プライベート・アイ》の役回り。かの島の出身だった葛木志保の死が司直の手にゆだねられなかったのは、全島民の信仰の対象である「馬頭《めず》さん」の裁きによるものと理解されているからだ。夜叉島独自の宗教的ルールは〈特殊設定〉の一種と言っていいもので、現在の葛木殺しのみならず十九年前の過去にも殺人の罪から逃れていた人物がついに炙り出される謎解きの段は圧巻である。

ミステリファンの心をくすぐるのは、この意外な犯人がG・K・チェスタトン流の逆説を成立させているところ。じつに、犯人が暮らす閉鎖的な島では、うまくすれば人を一人殺すより二人殺すほうが安全なのである。罰《ばち》当たりな知能犯を最後に裁く者は、さらに意外な人物だ。

登板させたこの第二長篇が、本邦ミステリ史上に永久に刻まれる名作であることは間違いない。年来のミステリファンなら、夜叉島の網元・神領《じんりょう》家の蔵に住まう「守護さん」と獄門島の網元・鬼頭《きとう》家の座敷牢に押し込まれた「気ちがい」を当然重ね見たはずである。ともあれ『獄門島』は、じつは金田一耕助物のなかでも極めてアクロバティックな解決を示した作品であり、およそ初心者向きとは言いがたい。金田一物は『八つ墓村』（五一年）か『悪魔の手毬唄』（五九年）あたりから入門することをオススメしておく。

no.67

黒《くろ》崎《さき》緑《みどり》『未《み》熟《じゅく》の獣《けもの》』

この子を成長させるなんて、恐ろしいほど醜悪なことだ

あらすじ 若い母親は、夜明け前の公園の中へ、意を決して入ってゆく。絶対に失敗できない〝娘の公園デビュー〟の予行演習をするためだ。ところが彼女は、暗い園内の片隅でとんでもないものを発見してしまう。使い古しの人形のように捨てられた、おかっぱ頭の女児の死体を。もう動くことのない小さな手が握りしめていたのは「一＋一＝一」と書かれた白い紙切れ。この数式が意味するものとは？ 美少女アイドルの浅《あさ》香《か》亜《あ》未《み》に異常な執着心を抱く犯人は、彼女に似た女の子を物色し、第二第三の事件を引き起こす……。

併読のススメ 名門女子校が惨劇の舞台となる学園ミステリ『聖なる死の塔』（一九八九年）や、おぞましい赤子殺しに至る心理サスペンス『闇の操人形《ギニョール》』（九〇年）など、作家デビュー以来、人間の暗黒面《ダークサイド》に触れてきた黒崎緑。そんな彼女

小学館、2002年刊行。

ガイド 同志社大学推理小説研究会出身の黒崎緑が物した、サイコ本格の逸品。恋愛小説家の桂《かつらぎ》木まゆみが〝読者の共感を誘う〟狂言回しの役を務め、彼女の暮らす街で連続発生する女児誘拐殺人事件の驚くべき顚末《てんまつ》が綴《つづ》られる。

この作品の本格物としての肝《きも》は、三番目の被害者となった五歳の女の子、高橋雅子の遺体だけがなぜか両手首を切り落とされていたこと。最初に殺された小学一年生の女子児童と同様、五歳の雅子は知恵を働かして犯人逮捕につながる〝何か〟を隠し持っていたのではないか？　それに気づいた犯人は、死後硬直で開かない握りこぶしに苛立ちを抑えられず、残酷な切断行為に及んだものか……。

『未熟の獣』では、理想の少女が大人になることを喜ばない犯人の〈狂気〉が呼び水となり、複数の人物の〈妄想〉が混線し増幅され、事件は錯綜《さくそう》してゆく。結末まで持ち越される両手首切断の謎は、いわばジグソーパズルの中央に残った一ピース分の〈空虚〉だ。その周囲がじつに丹念にロジックで詰めきられているからこそ〈空虚〉は禍々しく、読者の心胆を寒からしめる。従来、本格ミステリにおいて〈狂気〉は、狂人は狂人なりの論理で一貫して行動するという一種の神話として描かれることが多かった。だが『未熟の獣』が試みたように、本格ミステリは〈狂気〉を〈空虚〉として描くこともできるのだ。

が——兵庫に生まれ、京都で学び、現在大阪に住む彼女が、ザ・関西人の表の顔をあらわにしたのが安楽椅子探偵物の連作集『しゃべくり探偵』（九一年）だ。ボケ・ホームズこと保住純一とツッコミ・ワトソンこと和戸晋平が、犬を散歩させるだけで日当二万円と割りがいいアルバイトの秘密に迫る「番犬騒動」など、奇妙な出来事をネタにしゃべりまくる。漫才の殿堂なんば グランド花月《N G K》の舞台にだってすぐ立てそうな、保住・和戸コンビの掛け合いを聞き逃すな！

no.68

乙《おつ》一《いち》『GO《ゴ》TH《ス》』

気に入っていた遊びは、お絵かきと、死体の真似をすること

あらすじ 連日のようにマスコミを賑わせている連続手首切断事件。その犯人が、自分の通う高校の化学教師、篠原であることに「僕」は気づいてしまった。猟奇事件の犯人にいつだって親しみを感じる「僕」は、自分も人間から切り取った手が欲しくなって……（第二話　リストカット事件）。「僕」のクラスメイトである森野《もりの》夜《よる》には、双子の妹夕《ゆう》がいた。だが、二人が小学二年生の夏、夕は首吊りの自殺ごっこに〝失敗〟して死んでしまったのだと。「僕」は、夕の死が本当に事故だったのか疑念を抱き……（第四話　記憶）。

併読のススメ 一九七八年生まれの乙一は、十六歳のとき書き上げた中篇「夏と花火と私の死体」で第六回ジャンプ小説・ノンフィクション大賞を受賞し、鮮烈な作家デビューを果たす（短篇「優子」を併録した単行本『夏と花火と私の死体』を一九九六年

角川書店、2002年刊行。
書影は角川文庫版（全2巻）。

ガイド 早熟の天才が第三回（二〇〇三年）本格ミステリ大賞の栄冠を得た傑作。もともと一巻の単行本だったが、文庫化に際し『夜の章』と『僕の章』に二分冊され、短篇の収録順も再編成されている。思うに一巻本の作品配置のほうが騙しのアリジゴクにずるずるハマりやすいので、文庫版で読む人は二冊とも手もとに置いてから、「暗黒系」「リストカット事件」「犬」「記憶」「土」「声」の順番にひもとくのもいいだろう。

変質者を誘う厄介なフェロモンを分泌しているらしきヒロイン、森野夜は各篇で〈被害者（候補）〉という特異な役どころを占める。猟奇犯罪に手を染める〈犯人〉と、〈被害者（候補）〉のヒロイン、そして人間の暗黒面《ダークサイド》をこよなく愛する〈探偵〉役の「僕」が、風変わり《ビザール》な三角関係を常に形成するのだ。

なかでも冒頭の二篇、「暗黒系」と「リストカット事件」は傑出したパズラーだが、真に驚くべきは〈狂気〉の描き方が古典的な定式――異常な事件を起こした犯人は〝狂人の論理〟に従って論理的に行動していた――ではないことだ。バラバラにした死体の部位で森の木を飾る「暗黒系」の犯人も、切り落とした手首を蒐集する「リストカット事件」の犯人も、事件自体の残虐性・異常性とはまったく無関係に論理的に追い込まれてしまうのである。〈正常〉と〈異常〉の間に明確な線引きをして安心できる時代は過ぎた。理性的で、でも壊れている犯人像に戦慄せよ。

に上梓）。「九歳で、夏だった」の一文から始まる受賞作は、九歳の弥生《やよい》が突き飛ばしたせいで転落死してしまった同級生・五月《さつき》の死体を、弥生と二つ年上の兄健《けん》がなんとか隠しおおせようと奮闘する物語。語り手の「わたし」こと五月が死んでなお死体の視点で語り続ける異様な設定と卓抜な描写力で斯界《しかい》の注目を集めた。十六歳で、背伸びするでもなく、かといって拙《つたな》さなど微塵《みじん》もない文章に感歎《かんたん》の溜め息しか出ない。

no.69

谺《こだま》健二《けんじ》『赫《あか》い月照《げっしょう》』

酒鬼薔薇聖斗とは、何者だったのか？

あらすじ 時は一九八六年八月、舞台は神戸市須磨区。十三歳の辻圭子《つじけいこ》は、ひとつ年上の兄悠二《ゆうじ》が制服姿の女子中学生の死体から首を切り落とし、それをライオンの石像に食わせる場面を目撃する——。時は流れ、九七年五月、舞台は同市同区。十四歳の少年A、自称「酒鬼薔薇聖斗《さかきばらせいと》」は、小学六年生の男子児童を殺害し、さらに切断した首を地元中学校の正門の前に晒《さら》した——。同区の住人の一人でパニック障碍に悩まされる摩山隆介《まやまりゅうすけ》は、少年Aの犯行動機を推理小説の形で探究することを試みるのだが……。

併読のススメ 谺健二の表ベストが『赫い月照』なら、裏ベストとしてプッシュしたいのが『星の牢獄』（二〇〇四年）。舞台こそ同じ、谺にとって馴染みの神戸だが、なんと『星の牢獄』の探偵役は地球外知的生命体。われら地球人類の生態調査の

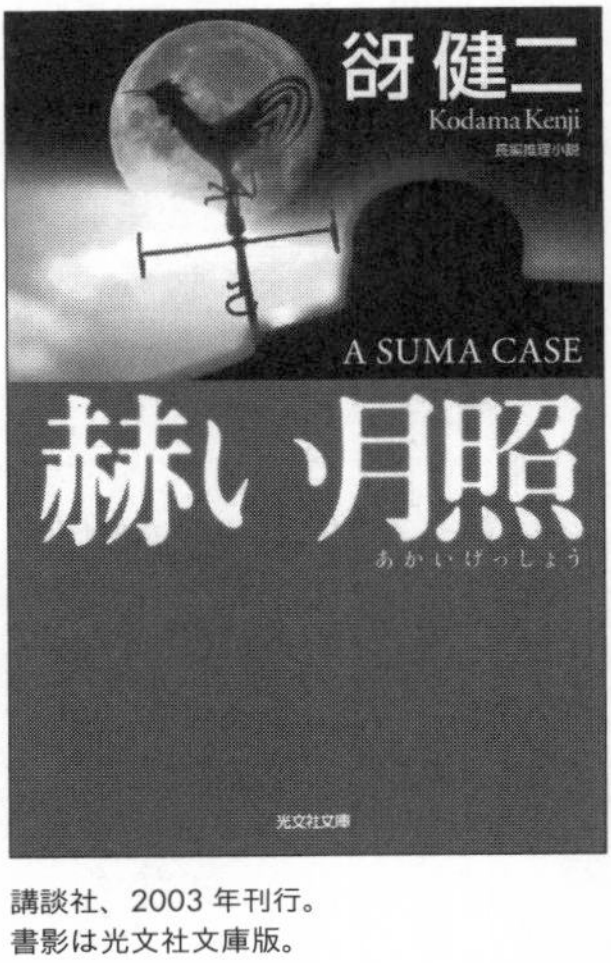

講談社、2003 年刊行。
書影は光文社文庫版。

ガイド 神戸生まれの嶽健二の本業は、アニメーター。本名の児玉健二名義で『それいけ！アンパンマン』や『名探偵コナン』など数多くの人気アニメの制作に携わっている。嶽の小説家としてのキャリアは、第八回（一九九七年）鮎川哲也賞に投じた『未明の悪夢』が受賞の栄に浴したことに始まる。作者自身も二年前（九五年）に被災した阪神・淡路大震災の惨状を背景とする受賞作は、六千四百人以上もの死者が出た大災害のさなか暗躍する殺人者を描いて、不謹慎との誹《そし》りを敢えて引き受ける。自衛隊員の呼びかけに応えていた男は〝瓦礫の密室〟で刺殺された状態で見つかり、マンションの一室からバラバラ死体は煙のように消える……本格ミステリならではのアプローチから〈震災の現実〉を徹底的に物語化することを恐れない創作態度に、当時、鮎川賞の下読みで本作の手書き原稿に当たった僕は気圧《けお》されてしまったものだ。

社会派テーマと本格ミステリの融合に意欲的な嶽健二の代表作といえるのが、第四回（二〇〇四年）本格ミステリ大賞の候補にも挙がった『赫い月照』。嶽が新たに物語化することに挑んだ苛酷な現実は、日本の、いや世界の犯罪史に残る、神戸の酒鬼薔薇事件だ。作中人物の手になる推理小説『赫い月照』に登場した虚構のシリアルキラーを現実の世界で操る真犯人の動機は確かに痛切なものだが、しかし〝独善的かつ論理的な狂気〟と呼ぶほかない。えもいわれぬ迫力と熱量が籠《こ》もる重量級作品だ。

ため、遥か五百万光年の彼方にある惑星からやって来たエイリアンだ。細胞の配列を変異させ、すっかり地球人青年になりすましたエイリアンだが、調査を進めるうち海上天文台を舞台に発生する連続怪死事件に巻き込まれてしまうのだ……。

エイリアンの能力は断然、人間以上。瞬間移動《テレポート》もできれば、地球人に触れることで記憶を読み取ることも可能だなんて、探偵役としてあまりに特殊能力《アドバンテージ》が過ぎる印象は拭えまい。だが、その点に不満を募らせた読者ほど、結末で明かされる驚愕の真相に感歎《かんたん》の声をもらすはずである。

no.70

中山《なかやま》七里《しちり》『連《れん》続《ぞく》殺《さつ》人《じん》鬼《き》カエル男《おとこ》』

刑法三十九条との格闘を覚悟しておいた方が良い

宝島社（宝島社文庫）、2011年刊行。

あらすじ 入居者もまばらなマンションの、十三階の庇《ひさし》の下で揺れていた巨大な蓑虫《みのむし》。それは、ブルーシートで巻かれた、若い女性の全裸死体だった。ブルーシートの端に貼られていた紙片には、「きょう、かえるをつかまえたよ。はこのなかにいれていろいろあそんだけど、だんだんあきてきた」云々と不気味な犯行声明が残されていた。のちにマスコミが「カエル男」と名づける猟奇殺人犯は、警察の懸命の捜査をあざ笑うかのように残忍な犯行を繰り返す。正体不明のカエル男は、果たして無差別に被害者を選んでいるのだろうか？

併読のススメ 露悪的社会派ミステリからもうひとつ、葉《は》真《ま》中顕《なかあき》の第十六回日本ミステリー文学大賞新人賞受賞作『ロスト・ケア』（二〇一三年）をオススメしておきたい。加速する少子高齢化社会の歪みを真摯《しんし》かつ露悪的に抉《えぐ》った社会派作品であ

ガイド 時代の歪《ひず》みを象徴する社会問題に斬り込んだ推理小説《ミステリ》を、一般に「社会派ミステリ」と呼ぶ。もちろん、ジャーナリスティックな告発の意志が籠《こ》もる社会派ミステリの多くは、啓蒙的な情報小説としてその役割を果たしているわけだ。が、告発の意図は同じでも、あえて露悪的なアプローチで読者を挑発する作劇法を作者が選ぶときがある。そう、例えば轢《ひ》き逃げ死亡事故の背景に飲酒運転の横行と〝逃げ得《どく》〟を許す法律上の不備があることを訴えるのに、正攻法の轢き逃げ犯探しを描くのではなく、居酒屋の駐車場に停められたすべての車のブレーキを利かなくする確信犯を暗躍させるとか――。中山七里は幅広い作風のミステリ作家として知られるが、特筆すべきは『連続殺人鬼カエル男』をはじめ露悪的社会派ミステリの雄として異彩を放っているところだろう。

『連続殺人鬼カエル男』は、「心神喪失者の行為は、罰しない」「心神耗弱者の行為は、その刑を減軽する」と定めた刑法第三十九条の是非を問う社会派ミステリだが、かのアガサ・クリスティーが無差別殺人テーマに挑んだ『ABC殺人事件』（一九三五年）の向こうを張ってサイコ・スリラー色を前面に押し出している。酸鼻を極める一連の事件には意外すぎる黒幕がいて、恐ろしく露悪的な方法で刑法第三十九条に〈復讐〉を果たし、条文の存廃論議に命懸けで一石を投じようとしているのだ。

ると同時に、極めて技巧的な〝犯人隠し〟の技が冴える堂々の本格ミステリだ。介護サービス会社で働く〈彼〉は、顧客たる老人をひそかにニコチンの毒でもって次々と手にかける。それは、介護の負担で苦しんでいる顧客の家族を救済するためと信じているからで……。日本の社会福祉制度に、果たして大きな穴は空いていないか？　顧客データの統計から〝信念の犯罪者〟を絞り込む論理展開がじつにスリリングである。

『ハサミ男』小論――ハサミ男と男と女

※探偵小説研究会の機関誌「CRITICA《クリティカ》」第九号（二〇一四年八月）初出。ほぼ手を加えず今回採録しました。殊能《しゅのう》将之《まさゆき》のデビュー作『ハサミ男』のメイントリック及び結末に触れているので、未読の向きはご注意ください。

1

名前を憶えていたのは「樽宮由紀子《たるみやゆきこ》」だけ。ハサミ男の本名も、ハサミ男の模倣犯の名前も、ハサミ男だと思い込まされていた青年の名前も、すっかり忘れていた。十五年近い月日を経て『ハサミ男』を再読しようとしたとき、登場人物の名前で僕が憶えていたのは、ただ一人、樽宮由紀子だけだった。

ノストラダムスの人類滅亡の予言が残念ながらハズれた一九九九年八の月、『ハサミ男』は第十三回メフィスト賞受賞の冠を戴《いただ》き、講談社ノベルスから刊行された。九五年に公募が始まったメフィスト賞は、清涼院流水《せいりょういんりゅうすい》『コズミック』（一九九六年九月／第二回受賞作）や蘇部健一《そぶけんいち》『六枚のとんかつ』（九七年九月／第三回受賞作）、積木鏡介《つみききょうすけ》『歪んだ創世記』（九八年二月／第六回受賞作）など、本格ジャンルの浸透を前提としながらその土台を揺るがそうとして賛否両論かまびすしい問題作を相次いで世に送り出し、いわゆる新本格ムーブメントの爛熟期を到来させたと言っていい。

　そうした状況下で第十三回の受賞作に選ばれた『ハサミ男』は、同時代において高く評価する声が多数を占めていた。二〇〇〇年版の「本格ミステリ・ベスト10」では第二位の支持を集めた（ちなみにこの年の一位は法月綸太郎《のりづきりんたろう》『法月綸太郎の新冒険』、三位は綾辻行人『どんどん橋、落ちた』だった）ほか、広義のミステリを対象とする「このミステリーがすごい！」及び「週刊文春　ミステリーベスト10」の年間投票でもそれぞれトップテン入りを果たした実績が残る。

　とはいえ、注目の新人のデビュー作を好意的に評するそのついでに目立って指摘されたマイナス要素は、メイントリックの底の割れやすさだった。要するに、ハサミ男の性別を読者に取り違えさせる叙述トリックの難易度が低いのではないかという注文だ。実際、『ハサミ男』のメフィスト賞受賞を決めた版元の編集部内からも「トリックも犯人も丸わかりだ」（殊能将之「ハサミ男の秘密の日記」：「メフィスト」二〇一三年 VOL.3 所収）との意見が出ていたのだとか。こうした懸念について『ハサミ男』の担当編集者から質《ただ》された殊能は、「トリックも真犯人も、半数以上の読者が途中で見破るだろうと覚悟」しており、「実際の作品がそうなっているかは別問題ですが、わたしの意図としては、そのあとの趣向と展開でびっくりしてもらえればいいと思っていた」と返答したという。

読者の一人である僕は、『ハサミ男』のメイントリックにすっかり騙された少数派（？）なので幸い。だが、ともかくも作者の殊能が最も力を入れていたのは、ハサミ男の性別を誤認させる叙述上の仕掛けではなく、ハサミ男の犯行を模倣した便乗犯の意外な正体が明らかになり、本物とニセ者のハサミ男が生命のやりとりをする対決劇《クライマックス》まで読者に息もつかせぬ「趣向と展開」にあったようである。

――おっと、『ハサミ男』の内容について、一読後忘れがたいメイントリック（特定の登場人物の性別を誤認させる、いわゆる男女《おとこおんな》トリック）のインパクトだけが記憶に残っている向きに、ここで然《しか》るべき復習《おさらい》をしてもらうとしよう。

まず『ハサミ男』は、正真正銘、本物のハサミ男が一人称の「わたし」で語り出し、幕を開ける。小《こ》西《にし》美《み》菜《な》、松原《まつばら》雅世《まさよ》と、二人の女子高生をすでに手にかけているハサミ男は、第三の標的《ターゲット》として樽宮由紀子に目をつけた（なお、「ハサミ男」とは本人がそう名乗ったわけではなく、マスコミが勝手に与えた通り名である）。都内の私立共学校に通う樽宮を長時間尾行して行動パターンをつかみ、いざ殺害するチャンスを待ち受けていたハサミ男だったが——なんと捕食者たるハサミ男自身が、樽宮のもはや物言わぬ死体の第一発見者になってしまうのだ。夜の公園の茂みに斃《たお》れていた樽宮の喉には、ハサミ男が過去二件の殺しでそうしてきたように、片方の刃の先端を尖らせた〝署名代わりのハサミ〟が突き刺さっていた。思いがけず樽宮殺害の先を越されたハサミ男は、自身の別人格である〈医師〉に促されて模倣犯の正体を突きとめるべく私的な調査をはじめるのだ。

ハサミ男が樽宮由紀子の死体を発見する「8」章以降、物語は樽宮殺しの捜査本部が置かれた目黒西署の刑事たち——通称「メグロ・ストリート・イレギュラーズ」の奮闘ぶりを追いかけるパート（「第一章」～「第十四章」）と引き続きハサミ男が独白するパート（「9」章～最終「27」章）がほぼ代わりばんこで進行する構成がとられている。読者は「わたしは体重に不自由な人、いいかえれば、でぶである」と自己卑下するハサミ男がやがて捜査線上に重要容疑者として浮かぶ「色白の太った青年」、日高光一《ひだかこういち》その人だと思い込んでいたところが、じつは安永知夏《やすながちか》という名の女性であったことにア然ボー然とすることになる。

作者の殊能の弁によれば、『ハサミ男』のミステリとしての読みどころはメイントリックが暴露されたあとの展開の妙にある。日高青年がついに安永知夏の自宅アパートに押しかけ、「きみがハサミ男だったんだね」と告発する局面から火蓋が切られる終盤戦（本篇全体の二割強）は物語のスピード感が加速度的に増して、アクションシーンも見ものである。本物のハサミ男である安永は躊躇なく日高を惨殺するが、さらに乗り込んできたハサミ男の模倣犯（その正体はメグロ・ストリート・イレギュラーズを指揮していた犯罪心理分析官、堀之内《ほりのうち》靖治《やすはる》警視正）に追い詰められて絶体絶命のピンチ――だがそこに、堀之内の言動の怪しさをマークしていたメグロ・ストリート・イレギュラーズの先兵が駆けつけてくるわけだ。ついに生き残った本物のハサミ男が入院先の病院で次なるターゲットにふさわしい少女と言葉を交わす幕切れもブラックな味わいが後をひき、たとえメイントリックを途中で見破った読者もこの新人作家の確かな筆力に唸らされることは必至だった。

――それにしても。ものの見事に僕が騙されたから言うのではないが、そんなに『ハサミ男』のメイントリックはわかりやすいものだったろうか？　もちろん再読してみれば、ハサミ男樽宮由紀子といちばん親しかった同級生、椿田《つばきだ》亜矢子《あやこ》が雑誌記者になりすましたハサミ男を行きつけのカフェに連れて入ることや、ハサミ男が自宅の洋式トイレで便座を下ろした状態で小用を足すくだり（尤《もっと》も最近の使用実態調査では、男性も自宅では〝坐りション派〟が四割を超すとも過半を占めるとも）などなど、ハサミ男の正体が女性であることを示唆する伏線は幾重にも張られている。また、これは厳密には伏線と言えず、殊能自身は「遊び心の極致」、「稚気みたいなもの」（「ユリイカ」一九九九年十二月号掲載のインタビューより）と呼んだくすぐりが、SF作家のジェイムズ・ティプトリー・ジュニアを取り上げたテレビ番組の予告と本放送をハサミ男が目にするシーンである。

わたしは探偵には向いていない、と痛感しながら、リモコンを操作した。
「今週の〈知ってるつもり⁉〉は〈男たちの知らない女――ジェイムズ・ティプトリー・ジュニア〉」
まだCM中だった。チャンネルを切りかえた。

（『ハサミ男』講談社ノベルス版、九九頁上段）

カンガルー帽をかぶり、大きな柄縁の眼鏡をかけた初老の翻訳家が話している。テレビ出演に慣れていないのか、視線がさだまっていない。

「ティプトリーというとシリアスな作品ばかり注目されますが、ぼくは初期の軽い短編が好きですね。自分で翻訳した経験から言わせてもらえば……」

（『ハサミ男』同版、一五五頁上段）

ミステリとSF、両ジャンル小説のファンは所により深くも浅くも重なるはずだが、SFファンには周知のとおり、経歴不詳の覆面作家として一九六八年にデビューしたジェイムズ・ティプトリー・ジュニアは、その男名前のペンネームのみならず「なにか逃れようもなく男性的」とロバート・シルヴァーバーグが評した作風からも、性別が男性であるだろうことはほとんど疑われなかった。が、しかし、七七年に実際は女性であることが当人の意に反し明らかになったことで斯《し》界《かい》に衝撃が走ったエピソードは語り種《ぐさ》になっている。つまり、二度にわたってティプトリーの名前が作中に出てくることも真相を匂わせるヒントであったわけだ（現実に〈知ってるつもり!?〉がティプトリーをフィーチャーした回はないけれど）。

それでも、一人の読者である僕が〝ハサミ男は男である〟と素直に思い込まされたのは、まずもってハサミ男が独白のパートで見せる、どこかすッとぼけたユーモアの感覚、すこぶる自虐的なジョークの数々がいかにも男性的だったからだ。それはとりわけ、深刻な自殺願望の持ち主であるハサミ男が、別人格の〈医師〉と面談するくだりに顕著であった。ともかくも僕は、本物のハサミ男の諧謔あふれる語り口から「わたし」が男性であることにまるで疑いをもたず、より重要で根本的と信じる謎に頭を悩ませていたのである。それは——そう、いったいどうしてハサミ男の模倣犯は、本物のハサミ男が第三のターゲットに狙い定めた少女、樽宮由紀子を一足早く襲うことができたのか？

2

——ところで。叙述トリックと物語の社会派的（あるいは哲学的でも美学的でも）な主題《テーマ》との融合、という作品評価のポイントについて個人的な意見を申し述べておきたい。

僕は原則的に、メタフィクショナルな叙述トリックが作品に仕掛けられている場合、それがメイントリックかサブトリック以下の扱いなのかにかかわらず、物語のテーマと一体のものであってこそ秀抜と考える。いや、それを言い出すなら、通常のトリック（鉄道を利用したアリバイ工作でも機械式の密室作成でも）が弄される場合も、件《くだん》のトリックと当該犯人の人物像、すなわち動機の背景をなす人生の軌跡とが分かちがたく結びついていることを理想と考えるわけなのだが。

ともあれ、叙述トリック作品の評価ポイントについて具体的に作者・作品名を出すことなく説明を加えると——例えば男女トリックが使われるときは、男女の性別に関して読者の心奥に潜むステレオ・タイプが浮き彫りになるよう機能しなくては充分でないし、例えば年齢の老少を誤認させる叙述トリックが仕掛けられているのは当該事件の背景に高齢社会の進行にともなう歪《ひず》みがあったことをより前面化するため、という具合であってほしいわけだ（尤も、原則的にとは逃げ道を確保しているのであり、かつて中町信が自作の「プロローグ」に仕込み続けた叙述トリックなどは、たとえそれが犯人の人物像などと有機的に絡むものでなくともパズラー職人のサービス精神の賜物として押し戴いていることを隠すつもりはない……）。

なかんずく、男女トリックの近年のトレンドについては、拙著『新本格ミステリの話をしよう』（二〇一二年）のなかで京都大学推理小説研究会出身作家の二〇〇九年デビュー作を取り上げた際、分析に努めている。もともと、男女トリックは犯人探し《フーダニット》の花形である消去法推理の決め手に使われることが多かった。とある事件で、証拠の数々から犯人の性別は女性で間違いないと推断されるものの、容疑者たる女性陣にはことごとくアリバイが成立している。だがしかし、読者がずっと男性だと認識してアリバイはあやふやだった登場人物の一人がじつは女性であり、すなわち事件の真犯人であったと最後に指摘される手筋だ。もちろん、ここで読者に性別を誤認させるためには男女の社会的性差《ジェンダー》に関わる〝思い込み〟が利用されていただろうし、それが犯人の動機とも合致するのであれば文句なしというわけだ。

しかしながら、二〇〇〇年代以降の本邦ミステリシーンにおいて男女トリックが印象的に使われた作品のほとんどはいわゆる青春ミステリであり、社会に出るまえのモラトリアムの時期を過ごす少年少女を対象に仕掛けられている。第二十回（二〇〇〇年）横溝正史賞最終候補に残って無冠ながら単行本刊行された作品や光文社の新人開発プロジェクト〈KAPPA-ONE《カッパワン》〉登龍門を突破した二〇〇七年作品、また横溝正史ミステリ大賞（旧横溝正史賞）の二〇一一年大賞受賞作などにおいて男女トリックは、異性が異性たる者（それはつまり恋愛対象！）へとはっきり変化する十代の成長期における自己同一性《アイデンティティ》の揺らぎを劇的に描き出す手段として求められていた。手前味噌な感じになるが、拙著から引用しておこう。

男の子と思い込んでいた登場人物がじつは女の子であったこと、あるいは女の子

> と思い込んでいた人物が男の子だったこと。そうした叙述上の誤導《ミスディレクション》に不意を打たれた読者は、彼／彼女を取り巻く人間関係を〝再発見〟せざるをえない。それは、彼／彼女が周囲に向ける眼差しと、彼／彼女に向けられる周囲の眼差しの意味を問い直すことであり、男女トリックの暴露と同時に、彼／彼女の存在をめぐる青臭い恋愛模様は、時に美しく、時に悲しく塗り替えられる。もちろん、男女の肉体的区別と心の問題は画然としてはいないわけで、二〇〇〇年代の青春ミステリにおいては、同性愛や性同一性障害といった主題が男女トリックを絡めて語られもした
>
> （『新本格ミステリの話をしよう』二九〇頁）

肝腎の『ハサミ男』はどうだろう？　『ハサミ男』における男女トリックは、消去法推理の条件として働くわけではない。また、思春期のアイデンティティ形成に関わる〝不安定な振れ幅〟を象徴的に描く方法として導入されたのでもないだろう。自殺しきれないがため殺人を繰り返すハサミ男（彼女、安永知夏は自分の理想の自己像に適《かな》う少女をターゲットに選んでいるわけだ）がやむをえず探偵活動に乗り出した顛末を記録する『ハサミ男』は、いっそ潔いほど〈本格ミステリ〉なるエンターテインメントに徹して深刻ぶることがない。僕が「わ

たし」こと安永知夏の笑いのセンスを男性的だと判じたことは性差別的な眼差しを含むと非難されてかまわないが、そのほか、ハサミ男のアルバイト先の様子からも窺える若者の労働環境の悪化が男女トリックの暴露によっていっそう掘り下げられるわけでもなかった。

　ハサミ男の性別が明らかになってからの展開も確かに意外性に富むが、樽宮由紀子殺しの真犯人が堀之内分析官であることを読者の側が論理的に突きとめることは不可能と断じていいし、なによりハサミ男の第三のターゲットになるはずだった樽宮が模倣犯の犠牲者に選ばれた途方もない〈偶然〉に応える筋道がなかったことには不満が残る。ハサミ男は自身のアルバイト先が管理する顧客情報《データベース》から被害者を選り抜いていたのであるが、なぜか彼女は同じデータベースを閲覧することのできる同僚のなかに模倣犯がいる可能性を疑いもしない。結局、ハサミ男が樽宮の命をつけ狙いだしたタイミングと堀之内分析官が〝年の離れた恋人〟に袖にされるタイミングはありえないほど小さな確率でぶっつかったに過ぎない。

　だからだろう、樽宮由紀子の名前を僕はずっと忘れなかった。ハサミ男の別人格である〈医師〉は「何百分の一だろうが、何億分の一だろうが、確率がゼロではないということは、偶然起こりうる」と嘯《うそぶ》くが、それでもなぜ樽宮はこれほど残酷でいて喜劇的とさえ言

いう運命のもと命を奪われなくてはならなかったのかと。本物のハサミ男である安永知夏が生き残り、この先も彼女の凶行は続くだろうことがラストシーンで予示される以上、少女樽宮は本物のハサミ男とハサミ男の模倣犯とをヒロイックに引き合わせて事件解決に身を捧げた〝戦士の名誉〟すら与えてはもらえないのだ。

とまれかくまれ、『ハサミ男』の男女トリックは、単純なまでに美人に弱い男たちの滑稽さを強調しているようではある。ハサミ男の正体は、日高光一曰く「こんなにきれいな人だった」。ハサミ男こと安永知夏に、日高青年は恐れを抱きつつも欲情し、捜査側の主役と言っていい磯部《いそべ》龍彦《たつひこ》刑事はひと目惚れする。また、アルバイト中のハサミ男にやたら用事を言いつけていた男性社員の佐々塚《ささづか》も、じつは彼女に一方的な好意を寄せていたのだった……。

生前の樽宮由紀子も、堀之内分析官曰く「とても美しい女の子」だった。堀之内や体育教師の岩佐《いわさ》邦馬《くにま》など樽宮のことを好きになる男たちは多かったが、彼女の親友の椿田亜矢子によれば、樽宮の男漁りは決して当時社会問題化していた援助交際《エンコー》の類《たぐ》いではなく、「他人の感情がわからなかった」ゆえの「実験だったんだと思う」のだと。

――そう、『ハサミ男』という物語には、女（安永知夏と樽宮由紀子の二人）に惚れる男たちばかりが登場して、男に惚れる女がただの一人も登場しない。このことは、ジェイムズ・ティプトリー・ジュニアの短篇「男たちの知らない女」(『愛はさだめ、さだめは死』所収)で描かれる、地球人類の「男の作った世界というマシン」に深く静かに絶望し驚くべき選択を下す女たちを髣髴《ほうふつ》させて、一人の男性読者として居心地の悪い思いを禁じえないのだ。だから、いっそ、こう言い切ってもいい。ハサミ男は〈男〉である、と。作中のワイドショー番組に登場するウサン臭い犯罪心理学者のフロイト的解釈をあえて丸呑みし、「ハサミは男性の生殖器を象徴して」いて、「ハサミを突き刺すこと、これは明らかにレイプ行為を象徴しているわけ」なのだと。ハサミ男こと安永知夏は、同時代の流行である〈ヤマンバ〉の格好をした少女たちを横目に見やりながら、第三のターゲットに選んだ樽宮由紀子の容姿をこんなふうに想像していたっけ。

わたしは吊り革につかまって、まだ見ぬ樽宮由紀子のことを考えていた。彼女も髪を真っ白に脱色しているのだろうか。いや、まがいものの銀髪など、彼女にはふさわしくない。そんな姿を目にしたら、幻滅してしまうだろう。彼女が麗《うるわ》しの黒髪の持ち主であることを願った。

（『ハサミ男』講談社ノベルス版、一〇頁上段）

一九九〇年代後半に茶髪とルーズソックスと短すぎる制服スカートで一時代を築いた、いわゆるコギャル。その進化系（？）であり、強い日焼け《ガングロ》と脱色された髪の毛が特徴のヤマンバとは、従来のコギャル（と表裏一体であるとも言える清楚な制服少女）が自己の商品価値——それはもちろん〈男〉の目線からのもの——に敏感であったのに対し、むしろ〈男〉にモテることなど端《はな》から度外視したようなファッションを選び取った。おそらくヤマンバとは、男性文化で言う「硬派」であり、さらに古めかしい死語同然の言葉を持ちだせば「蛮カラ」だったのだろう。だが、本物のハサミ男、その正体は女性である安永知夏の目線は、明らかに男目線だ。樽宮由紀子は、「わたし」こと安永の理想自己にほかならず、まだ見ぬ樽宮を「わたし」は世の男性一般から好ましく思われる風体の少女であってほしいと希《こいねが》う。そんな〈男〉らしいハサミ男と、男社会の典型である警察組織のエリート分析官に、樽宮由紀子は二重に殺される。よって、フェミニズム批評家は殊能将之という男性作家を糾弾するべきだろう。樽宮の死が恐ろしいほど理不尽な〈偶然の結果〉であるのは、つまりは「男の作った世界というマシン」の抑圧がもたらして決して逃れられぬ〈必然の悲劇〉であるのだから。

——最後に。ジェイムズ・ティプトリー・ジュニアの一件ほかモロモロの深読みを回避したうえ誤解を恐れずに言えば、『ハサミ男』は精妙かつフェアに書かれた〈引っ掛け小説〉であり、それ以上のものではない。としても、これほどオフビートなユーモアに満ちて、緩急自在のストーリーテリングで読ませる引っ掛け小説は稀有《けう》であり、たとえ独創的なアイデアが盛り込まれてはいなくとも、真に洗練された現代本格の貴重な収穫のひとつであることは疑うべくもない。昨年（二〇一三年）二月に早すぎる死を迎えた異才、殊能将之が遺した作品のなかで、おそらく最も永く命脈を保ってミステリファンを愉しませ続けるはずだ。十年先か、二十年先か、いずれまた僕は樽宮由紀子に嗤《わら》われるために『ハサミ男』を読み返そうと思う。

第8章 一発当てて名を刻む

ああ、一発屋《ワンヒットワンダー》！　なんとも失礼きわまりない項目ですが、しかし個人的には大変思い入れのある作品ばかりです。作家の選定については一応のルールがあって、〝衝撃のデビュー作〟から二作目を出すまでに丸十年の沈黙があれば一発屋として認定させてもらいました。ともあれ、個々の事情は各レビューを読んでもらえればと。

それにしても、なぜ彼らはあれほどの才能の輝きを見せて、でも一瞬で消えてしまったのか気になります。『火蛾』の作者は、テーマ性の強いこの一作を発表したことでもう満足したのだろうか？　『ヴィーナスの命題』の文庫解説を書くとき、僕は担当編集者から二作目が出る話を確かに聞きました。なぜ結局、それは出版に至らなかったのか？　いまだ破られぬ――青崎有吾《あおさきゆうご》でも破れなかった鮎川哲也賞最年少受賞の記録保持者（『鬼に捧げる夜想曲』を物した十九歳）は、きっと別の世界に関心が向いて、そちらで成功しているのかな……。単独著書のないアマチュア作家も一人選んでいます。公募アンソロジー『本格推理』及び『新・本格推理』シリーズ史上屈指の才能は、まこと秀れた短篇を一挙に三つ発表してのち、いつまで隠れて爪を研いでいるんだろう？

文学賞レースの受賞者が一発屋で終わってしまった場合、賞の運営経費や相当の賞金など、かなりの投資をする出版社は堪《たま》ったものではありません。新本格ムーブメントが勃興して以降、ミステリ系の新人賞レースがいくつも新設されたりしているのは、俗っぽくいえば、それでも商売が成り立っているから。現役のミステリ作家が出版社に利益をもたらし、その利益の一部をもって新戦力は発掘される。そんな健全なサイクルがちゃんと回ってこそ、〝生涯のただ一作〟を発表するチャンスを摑む者も出てくるのです。一発屋が生まれうる状況とは、ジャンル小説にとって悪いことではないわけです。

no. 71

中《なか》西《にし》智《とも》明《あき》『消《しょう》失《しつ》!』

——こいつが赤毛だから、殺すのだ

あらすじ アマチュア・ロックバンド「ZERO《ゼロ》-ZERO《ゼロ》」の追っかけだったマリー。うら若き未亡人の三つになる愛息、裕二《ゆうじ》。そして、ブティック「ランディ」の看板娘である純《じゅん》——。彼ら三人はいずれも人目を惹く美しい赤毛の持ち主で、それゆえに犯人の殺しの標的に選ばれてしまう。狂気に触れた犯人の頭の中は、赤毛に対する憎しみであふれているからだ。学者肌の私立探偵、新寺仁《にいでらじん》は、神出鬼没の連続殺人鬼《シリアルキラー》の凶行を止めることができるだろうか……?

併読のススメ 中西智明の『消失!』は、英国ミステリの女王アガサ・クリスティーの傑作『ABC殺人事件』(一九三五年)の強い影響下に書かれている。自らを「ABC」と称する怪人物が、名探偵エルキュール・ポアロに犯行予告を送りつ

講談社(講談社ノベルス)、1990年刊行。書影は講談社ノベルス「綾辻・有栖川復刊セレクション」版。

ガイド 新本格ムーブメントの勃興期について語るとき、決して落とせない伝説的作品である。作者の中西智明は、同志社大学の文学部で学びながら趣味のカードマジックを通じて綾辻行人《あやつじゆきと》と知り合い、京都大学推理小説研究会に所属する。デビュー作『消失！』を上梓したときはまだ学生の身分だった。

マリーと裕二と純——彼ら被害者の、みごとな赤毛であること以上に重要な共通項《ミッシングリンク》がホニャララだった、という脱力系真相のインパクトが凄《すさ》まじい。作中においては、私立探偵・新寺仁の助手を務める大学生、雷津《らいつ》龍蔵《りゅうぞう》だけが件《くだん》のミッシングリンクのことを周囲から知らされず、すっかりからかわれている格好だ。人のいい雷津青年と同じタイミングでその事実を突きつけられた読者こそ幸福である。

そんな幸福な読者の一人だった僕は、今回およそ三十年ぶりに『消失！』を再読してみた。すると、雷津青年が蚊帳《かや》の外におかれていたミッシングリンクの暴露は、物語がこれからクライマックスに突入する合図のベルに過ぎず、赤毛でない者が被害者の二件の殺人事件も絡んでスリリングに展開する犯人探し《フーダニット》こそ圧巻だった。架空の犯罪多発都市を舞台に、赤毛を憎むシリアルキラーが誕生する本作のプロットは、遊び心たっぷりに念入りに練り込まれているのだ。いつか必ず、新たな作品《マジック》を中西が提《ひっさ》げて復活してくれるのを期待したい。

けることから異様な連続殺人劇の幕は開ける。アルファベットのAから始まる街(Andover)でAが頭文字の人物(Mrs Ascher)が殺されたのを皮切りに、大胆不敵な犯人はBの街、Cの街でも同様の凶行を繰り返すのだ。犯人は本当に、アルファベットの頭文字だけから無差別に標的を選んでいるのか？　それとも、殺さずにおけない重要な理由が共通してあるのか？　ミッシングリンク・テーマの推理問題を、じつに根本からズラしてしまう女王クリスティーの魔術的な手さばきに酔うべし。

no.72

澤《さわ》木《き》喬《きょう》『いざ言《こと》問《と》はむ都《みやこ》鳥《どり》』

花屋が買い取る切り花には
つぼみがついていなければならない

東京創元社（創元ミステリ'90）、1990年刊行。書影は創元推理文庫版。

あらすじ　誰かが花占いでもしながら通ったのだろうか？　キク科の植物、都忘れの薄紫色の花びらが、早朝の舗装路《アスファルト》の上に点々と散っている。しかし花占いだとすれば、なぜ〝結果〟が出たあとの茎が捨てられていないのか……（第一話　いざ言問はむ都鳥）。夜の地下鉄駅構内で、子ども料金の乗車券をたくさん買い求める男。釣り人の格好をしたその男は、まさか駅近くの川で亡くなった子たちの霊を引率して地下鉄に乗ろうとしていたか……（第二話　ゆく水にかずかくよりもはかなきは）。

併読のススメ　まだ一冊しか単独著書を発表していない〈日常の謎〉派の作家で、動向が気になる一人が水原《みずはら》佐保《さお》。二〇〇六年に上梓された第九回角川学園小説大賞ヤングミステリー&ホラー部門優秀賞受賞作『青春俳句講座　初桜』は、「桜」

ガイド 狂言回しの役を務める沢木敬《さわきけい》と探偵役の樋口陽一《ひぐちよういち》は、ともに若き植物学者。そう、澤木喬がただ一冊きり上梓した連作集は、深遠なる植物の世界に魅せられた男たちが周囲で起こるささやかな謎を推理することを通じて、当たりまえに続くと思えた〈日常〉が脆《もろ》く壊れる可能性のあることを読者に垣間見させる。

　早朝の花占いの光景が意外な重大犯罪と結びつく表題作を皮切りに、子ども用の切符を自分に必要なだけ買い続けた男の切迫感に胸が詰まる「ゆく水にかずかくよりもはかなきは」、女子学生の家で起きたボヤ騒ぎに〈平穏な家庭〉の陰翳《いんえい》を見る「飛び立ちかねつ鳥にしあらねば」と樋口探偵の明察は続く。掉尾《とうび》を飾る「むすびし水のこほれるを」では、車に轢《ひ》き殺された黒猫が化けて出た騒動を絡め、表題作の〈真相〉が再検討されることになる。

　二十九歳のデビュー作とは思えないほど老成した印象を受ける、と同時に若々しい野心も漲《みなぎ》る。著者の澤木喬は、立教ミステリクラブ出身。同クラブ設立者で、のちに東京創元社の社長になる戸川安宣《とがわやすのぶ》の目にとまり、『鮎川哲也と十三の謎'90』に女性科学者の落雷死を米国産オレンジの輸入自由化問題と絡めて絵解きする短篇「鳴神」を発表。続いて、本作で単行本デビューを果たした。語り口は細密かつ自由連想的で、読者はどこに焦点《ピント》を合わせるか〈物語〉から試されているようだ。

「菫」「雛祭」と題した三つの中篇を収めた連作集で、なかでも「桜」の出来が素晴らしい。語り手の女子高生が定期試験でカンニングをされたようなのだが、ほぼ同じ答案を書いたのはなんと隣のクラスの生徒だったのだ。この〈日常の謎〉にして不可能犯罪の真相を、若き俳人・綾小路花鳥《あやのこうじかとり》は先達である正岡子規が唱えた「写生」の理論――〝俳句は、思ったことではなく見たことを詠む文芸〟――を梃子《てこ》に解明するのだ。各篇の最後に、語り手の佐保が詠む句も味わい深い。

no.73

高《たか》原《はら》伸《のぶ》安《やす》『予《よ》告《こく》された殺《さつ》人《じん》の記《き》録《ろく》』

この小説を読んでいるのはあなた一人だけかもしれない

講談社（講談社ノベルス）、1991年刊行。

あらすじ アメリカ在住の私、心理学者の平田一郎は、ニューヨーク近代美術館で一人の日本人女性と出会う。お相手不在の〝花嫁修業中〟の身だという彼女——間宮由美と私はたちまち恋に落ちた。意識操作《マインド・コントロール》の研究に勤しむ私の周囲では、なぜか最近、不穏な人死にが相次いでいる。研究助手の一人が服毒自殺し、「重大な話がある」と連絡してきた友人の私立探偵J・B・オコーネルは強盗の凶弾に斃《たお》れてしまった。さらに、隣家の主人であるコンピュータ会社の社長が、秘書を殺害したうえ拳銃自殺する惨劇が発生し……。

併読のススメ 新本格ムーブメントの勃興以降、〈読者が犯人〉パターンにチャレンジした作品は、管見《かんけん》に入るかぎり片手の指の数では足りない。乱読するうちに、そうと知らず件《くだん》のパターンの作品と出くわして驚く経験もするだろう。〈読

ガイド 話せば理解してもらえるはずのポリシーから、本作『予告された殺人の記録』のネタばらしをする。もしそれがどうしても厭《いや》なら、「ガイド」のこの先と下段の「併読のススメ」を読むのは回避してもらいたい。アー・ユー・オーケイ？

＊

高原伸安の名は、この一作を書いたことで本邦ミステリ史の一隅にずっと残るにちがいない。新本格ムーブメントの勃興以前だと辻真《つじま》先《さき》が手を替え品を替え挑戦していた〈読者が犯人〉パターンに新手を繰り出したのだ。小説の中で起こる事件の犯人が、なんと小説の外にいる読者だった！　――それは究極の〝意外な犯人〟といえようが、どうしたってメタでアクロバティックな論理操作が不可欠であり、キワモノ扱いを受ける宿命から逃れがたい。同パターンは、読者が犯人だった事実に驚きの価値《サプライズ・バリュー》があるわけではなく、「どうやってそれを成立させるか」こそ肝腎だ。実際、深水黎一郎《ふかみれいいちろう》のメフィスト賞受賞作『最後のトリック（旧題：ウルチモ・トルッコ　犯人はあなただ！）』のように、その試みに挑むことを冒頭から打ち出しておく例もあるくらいで。

高原の『予告された殺人の記録』は、ストーリーテリングは確かにぎごちないし、サスペンスの醸成も不充分。だが、とんでもない攻め筋を見いだして「あなたが犯人だ！」と読者に指を突きつけた蛮勇は称《たた》えられてしかるべきである。

者が犯人〉を犯人当て《フーダニット》として成立させることはそもそも無理だと考える僕だけれど……名探偵がいて不可能犯罪が起こる〝夢のような世界〟にすっかり入り込みたいミステリ読みにとって、最後に自分が犯人だと名指しされることは究極の夢のひとつであり続けると思う。

ここで、敢えてまた〈読者が犯人〉パターンの作品だと明かして紹介することになるが、鯨統一郎《くじらとういちろう》の『パラドックス学園』（二〇〇六年）は犯人たる読者の手に作中人物の一人を撲殺した感触がはっきり残る怪作で、ぜひオススメ。

no.74

津《つ》島《しま》誠《せい》司《じ》『A先《せん》生《せい》の名《めい》推《すい》理《り》』

あなたの解釈を、仮に「宇宙人犯人説」としましょう

講談社（講談社ノベルス）、1998年刊行。

あらすじ 平和な地方都市の夜のしじまを、人型の〝怪物〟の雄《お》叫《たけ》びが切り裂いた。顔と両腕を青白く不気味に光らせ、まるでゼンマイ仕掛けのロボットのように歩く〝怪物〟の出現に、住民は心底震え上がる……（第一話　叫ぶ夜光怪人）。隕石の中から出てきた、カブトガニのようなエイリアンが次々と人を襲う!?　顔面に張りついては尻尾で首を絞め上げ、口から体内に潜り込んでは腹を食い破る。地球人の犯罪しか捜査したことのない警察は、右往左往するばかり……（第五話　宇宙からの物体X）。

併読のススメ 『A先生の名推理』の巻頭作「叫ぶ夜光怪人」の初出は、鮎川哲也と島田《しまだ》荘司《そうじ》が編者を務めたアンソロジー・シリーズ《ミステリーの愉しみ》の第五巻『奇想の復活』（一九九二年）だ。全篇書き下ろしの同アンソロジーは、当

ガイド　津島誠司が、ただ一冊きり発表した単独名義の著書。まるで子どもの頃のオモチャ箱みたいな本で、手にとるだけで頬が緩んでしまう。

探偵役を務めるA先生のモデルは「本格派の驍将」の異名を取る鮎川哲也《あゆかわてつや》で、いつも鎌倉のとある喫茶店の隅にいて、大学生の「私」が持ち込んだ事件に驚くべき解答を与える。座して話を聞くだけで事件を解決する、いわゆる安楽椅子探偵《アームチェア・ディテクティブ》スタイルの連作であり、叫ぶ夜光怪人の襲来や山頂の小屋が消えたり現われたり（時に逆さまになったり！）する不思議、また神出鬼没の大巨人による放火事件など、毎回とんでもなくキテレツな〈謎〉が提示される。それに対する〈解明〉の段は、悪くいえば〝ご都合主義の極み〟であり、良くいえば〝稚気あふれる〟もので、とにかく変に理《り》に落ちてガッカリすることがないのが津島流である。幹線道路沿いのビル群が謎の倒壊に見舞われる第三話「ニュータウンの出来事」なんぞ、〈謎〉よりもむしろ推理から導かれる〈解明〉のほうこそブッ飛んでいて、ア然ボー然とすること請け合いだ。

なお、本作にボーナストラックとして収められている「夏の最終列車」は、鮎川哲也が編纂した鉄道ミステリ・アンソロジー『鮎川哲也と13の殺人列車』（一九八九年）に採録された津島のデビュー作。国鉄津山線を舞台に不可解な轢死《れきし》事故が起こる作品だが、トリックの粗《あら》をまだユーモアで包めていない。

時、日の出の勢いだった新本格ムーブメントの〝お披露目興行〟めいて、綾辻行人《あやつじゆきと》「どんどん橋、落ちた」や歌野晶午《うたのしょうご》「阿闍梨天空死譚」、麻耶雄嵩《まやゆたか》「遠くで瑠璃鳥の啼く声が聞こえる」など指折りの傑作が寄稿されている。一方、短篇「カルロッツァの翼」一作きりで消えた飛鳥井士朗《あすかいしろう》の存在も、いまでは伝説と化している。気球に吊り下げられた〝方舟〟に被害者だけを残して犯人が消失するマジックは、一読忘れがたい。

no. 75

古《こ》泉《いずみ》迦《か》十《じゅう》『火《ひ》蛾《が》』

——偶像にぬかずくものは、死なねばならぬ

講談社（講談社ノベルス）、2000年刊行。

あらすじ 時は十二世紀、舞台は中近東。詩人であるファリードは、とある穹廬《テント》の中に座していた。神の友たる聖者たちの逸話伝承を収集している彼は、伝説の信仰者ウワイス・カラニーの教派に連なるという男のもとを訪ねたのだ。いかにも神秘家然とした男が語る《物語》の主人公は、神秘主義者《スーフィー》の若き行者アリー。聖地メッカを目指す旅の途中、決して生身の姿は見せない導師ハラカーニーの住まう《山》にアリーが足を踏み入れるやいなや、導師の弟子たちが次々と不可解な死に見舞われて……。

併読のススメ ムスリム（イスラム教徒）の世界が背景にある作品としてもう一作、小《こ》森《もり》健《けん》太《た》朗《ろう》の『ムガール宮の密室』（二〇〇二年）を紹介したい。時は十七世紀インド、ムガール王朝はシャー・ジャハーンの治世。——おっと、学校の地理の

ガイド 第十七回メフィスト賞受賞作。作者について公表されているのは、生年が一九七五年というだけ。日本人一般に馴染みの薄いイスラム神秘主義思想を題材に目《め》眩《くるめ》く物語世界を構築し、世紀の変わり目に登場した新人のなかでも殊《こと》に注目を集める。

謎めく導師ハラカーニーの最古参の弟子が密室状態にあったテントの中で刺殺されると、続いて二番弟子の亡骸がテントの天蓋の上に仰向けで寝かされた格好で発見される。新参のアリーは、自分自身の無実を知る。ならば犯人は、唯一残った先輩行者シャムウーンでなければ導師ハラカーニーということに……！

話の聞き手であるファリード・アッタールは実在した神秘主義詩人で、散文の代表作として『イスラーム神秘主義聖者列伝』（邦訳書あり）がある。また、ウワイス・カラニーは、預言者ムハンマドがその出現を繰り返し予言した人物だ（墓廟あり）。虚実皮《ひ》膜《まく》の謎物語は、導師ハラカーニーのもとで学ぶ先輩弟子たちの意外な正体に魂消《たまげ》てのち、言葉を否定し死者をこそ師とするウワイス派神秘主義思想の神髄に触れ論理的、かつ幻想的な話の結末を迎える。——ああ、なんだか小難しいふうに思うかもしれないが、イスラムの教義に大した基礎知識もない僕が驚歎《きょうたん》できたのだから、みんな大丈夫。思うに、作者の古泉迦十は、二作目を発表するつもりは最初からなかったのだろう。それでこそ『火蛾』の絶対唯一性は保証され、真に完成するのだから。

時間に勉強したように、現在のインドは〝ヒンズー教国家〟のイメージだが、最盛期にはインド亜大陸をほぼ支配したムガール帝国はイスラム王朝なのだった。『ムガール宮の密室』はタージ・マハールの建造者としても知られるシャー・ジャハーンの跡目争いの史実をもとにした歴史ミステリで、スーフィー派の詩人探偵が、とある貨幣に刻まれた〈神〉への冒瀆《ぼうとく》を読み取るくだりなどならではの見どころ。ちなみに小森は、史上最年少の十六歳で江戸川乱歩賞（第二十八回）の最終候補に残ったことでも有名だ。

no.76

真《ま》木《き》武《たけ》志《し》『ヴィーナスの命《めい》題《だい》』

――だから、これが頂点だと思うんです

角川書店、2000年刊行。
書影は角川文庫版。

あらすじ 夏休みに入って間もない名門進学校、県立成箕《なるみ》中央高校の構内で、やたら自信家だった二年生、黛岳彦《まゆずみたけひこ》の死体が発見された。どうやら、校舎四階の教室の窓から飛び降りたものらしい。黛は、美少女アイドルとして活躍する同級生の柳瀬さとみと三ヶ月ほど前まで交際していて、彼女との関係を修復したいと望んでいた。捜査当局は黛の死を自殺として処理するが、しかし生徒たちのあいだでは柳瀬への疑いが残ったままで……。

併読のススメ 乱暴ながら「青春ミステリ」の定義をひと口でいえば、若者たちが〈大人／社会〉の論理と鋭く対立しながら自我形成してゆくさまを活写する「青春小説」の主題を、ミステリの骨法でもって描いた小説、となろう。

ガイド 第二十回（二〇〇〇年）横溝正史賞の最終候補に残り、栄冠は逃したものの、選考委員の一人であった綾辻行人《あやつじゆきと》の激賞を受けて世に問われる。精緻《せいち》に完成された青春ミステリである（と信じる）が、タテヨコのカギのヒントさえ虫喰いの目立つクロスワード・パズルめいた書きぶりは、賛否両論かまびすしかったのも事実。――それでも、断言していい。『ヴィーナスの命題』は紛《まご》うかたなき傑作である、と。未来を予言してハズレなしの蓑田《みのだ》しのぶをはじめ、登場する高校生たちは個性的かつ知的で、まこと痛々しい。いささか性格に問題のあった一人の男子生徒の〈転落死〉をめぐり、愛と蛮勇と、誤解と屈折と、推理と驚異に満ちた一週間余の劇的《ドラマ》事件に読者は振り回されることになるだろう。それは、学園の巫女《みこ》たる蓑田先輩が望んだ「ささやかだけれど綺麗な物語」の集積と呼ぶほかないものになる。

あれは、本作が出て数年は経っていただろう。某出版パーティの折から、綾辻行人氏に「今日、めずらしく真木武志が来てるんだ。二作目を書くよう、佳多山くんからも発破かけてやってよ」と言われたのを鮮明に憶えている。そんな類《たぐ》いの頼み事をされたのは、後にも先にも一度きりだから。斯界《しかい》のカリスマから、それほど目をかけられながら、結局、真木はこの一作で消えた。もはやその退場劇さえ、本作を伝説化するためだったかに思う。

僕が偏愛する青春ミステリのベストスリー（順不同）は、栗本薫《くりもとかおる》『ぼくらの時代』（一九七八年）と法月綸太郎《のりづきりんたろう》『密閉教室』（一九八八年）、そしてこの『ヴィーナスの命題』だ。『ぼくらの時代』の女子高生たちが必死で守ろうとした世界、『密閉教室』の探偵役が主人公でありたいと願った理由、『ヴィーナスの命題』の蓑田しのぶが希求したささやかだけれど綺麗な物語――そんな彼らの側の論理に、大人げのない僕はずっと共感し続けている。

no. 77

川《かわ》崎《さき》草《そう》志《し》『長《なが》い腕《うで》』

私、従姉《いとこ》の家に行くとすぐに頭痛がしたんです

角川書店、2001 年刊行。
書影は角川文庫版。

あらすじ ゲーム制作会社で働くヒロイン、島汐路《しましおじ》は、同僚女性が上司を道づれにビルから転落死した直後の悲惨な現場を目撃する。その同僚の机には、さほど人気があるわけでもないアニメ作品のサブキャラクター、「ケイジロウ」の人形ばかり百数十体も並べられていた。一方、汐路の故郷である愛媛県の鄙《ひな》びた町でも、「ケイジロウ」のグッズを鞄につけた女子中学生が、同級生を猟銃で射殺する事件が起きていた。キャリアアップのため退社した汐路は、一旦故郷に戻り、二つの事件のつながりを調べ始めるのだが……。

併読のススメ 有名ゲームデザイナーの堀井雄二《ほりいゆうじ》からペンネームの下の名前を拝借した、というほどゲーム愛あふれるミステリ作家が詠《よみ》坂雄二《さかゆうじ》。もちろんハード・ゲーマーである詠坂が、誰もが一度はゲームセンターや家庭用ゲーム機でプレイ

ガイド 第二十一回（二〇〇一年）横溝正史ミステリ大賞受賞作。二十一世紀最初の記念すべき横溝賞作品は、同賞レースが冠に戴《いただ》く偉大な先人の作風を、新世紀の〈現実〉を舞台に受け継いでみせた秀抜な内容だ。

物語の前半部は、大学卒業後にセガ・エンタープライゼスなどゲーム業界に身を置いてきた作者の経験が活きて、同業界の内幕物としても興味深い。ヒロインの島汐路が所属するコンシューマゲームソフト制作部のドアに、制作スケジュールの遅れに腹を立てた営業部か品質保証部の人間が「ようこそ、幼稚園に」と落書きしている描写など細部がいい。ヒロインが愛媛に帰郷してからの後半部は、あまりに急速に進む〈インターネット社会〉の陰《かげ》の部分と田舎町の閉鎖的な精神風土とが分かちがたく結びついた悪意の投網《プロバビリティ》の犯罪が追及され、怪奇粘着性に富むサイコ本格として結実している。長い腕、という不可解なタイトルの至極現代的《アクチュアル》な意味合いがついに理解できたとき、自分もそれに摑まれているところを想像してゾッと寒気がしたものだ。

伝説の一発屋になる疑い濃厚だったが、『長い腕』の刊行から十一年の沈黙を破って続篇『呪い唄』（二〇一二年）を上梓。さらに『弔い花』（一四年）でケイジロウ三部作を完結させる。その後は、ユーモアたっぷりの警察小説『署長・田中健一の憂鬱』（一五年）で新境地を開くなど遅まきながら新人らしい筆勢を見せている。

したことがあるだろう人気ゲームを題材にミステリを仕立てたのが二〇一二年発表の連作集『インサート・コイン（ズ）』だ。《スーパーマリオブラザーズ》や《ストリートファイターII》、《スペースインベーダー》などフィーチャーしたゲームと人生《ライフ》を絡めて思索に耽るくだりも見どころで、殊《こと》に《ぷよぷよ》を取り上げた「残響ばよえ～ん」は、とある身体的障碍の問題を絡めながら読後感爽やかな青春ミステリの逸品である。ゲーム好きには断然オススメだ。

no. 78

林泰広《はやしやすひろ》『見《み》えない精霊《せいれい》』

これでもまだ精霊が殺したことを認めないのか？

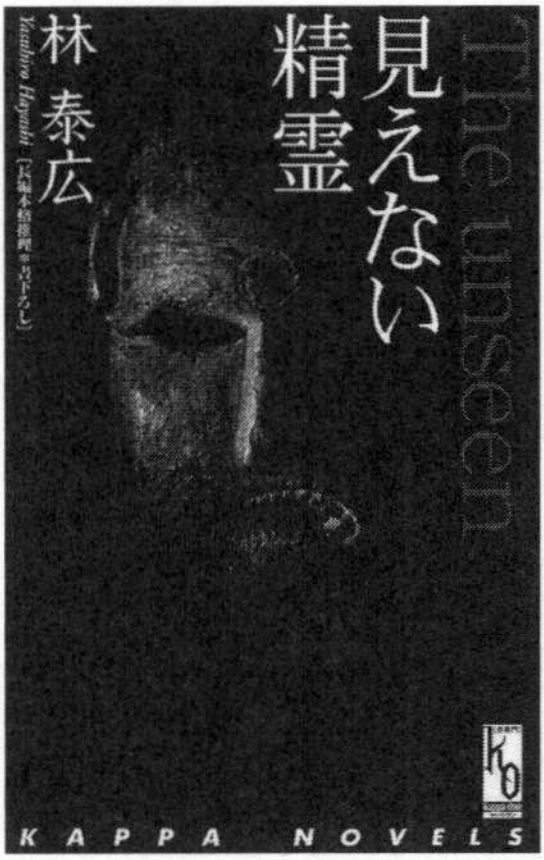

光文社（カッパ・ノベルス）、2002年刊行。

あらすじ 北インドのジャングルで、虎に食い殺されそうになっている婆さんを助けた「僕」。その婆さんは死者の魂を霊界から呼び出せるシャーマンであり、カメラマンの「僕」にとって憧れの先輩である伝説の男「魔法使い《ウイザード》」の口寄せをしてもらう。ウイザードは、禁忌《タブー》とされている大シャーマンの写真を撮ることに成功したが、そのせいで大シャーマンが住む村の長老から「精霊」と対決するよう迫られたという。完全な密室空間といえる特別な舞台で、目に見えない精霊はウイザード一行を次々と葬り去る……！

併読のススメ 探偵小説専門誌「幻影城」出身の泡坂妻夫は、『亜《あ》愛一郎《あいいちろう》の狼狽』（一九七八年）を嚆矢《こうし》とする珠玉の短篇シリーズで巧みに逆説を操り、「日本のチェスタトン」の異名を取った。また、ミステリ作家として名を成す以前に本物の

ガイド 今は亡きミステリ界の魔術師、泡坂妻夫《あわさかつまお》が「久しぶりに活字による大マジック・ショーに出会った」と最大級の讃辞を贈った林泰広のデビュー作。光文社刊行の公募アンソロジー『本格推理』シリーズ（鮎川哲也編《あゆかわてつや》）で頭角をあらわし、同社の新人発掘プロジェクト〈KAPPA《カッパ》－ONE《ワン》〉登龍門の第一期生として石持浅海《いしもちあさみ》、加賀美雅之《かがみまさゆき》、東川篤哉《ひがしがわとくや》と四名同時に単行本デビューを果たした。

有名カメラマンのウイザードはガチガチの合理主義者であり、超自然の存在などいっさい信じていない。そんな彼が仲間たちと乗ってきた飛行船を舞台に、シャーマンの美少女によって召喚された「精霊」と対決するわけだが――降霊会の観客に選ばれた五人の村人（加えて読者は、六人目の〝見えない観客〟だ）を前に行われる「大マジック・ショー」がとにかく凄い！　いやあ、もう精霊の実体化を受け入れなくっては、とても不可能に思えることばかり起こるのだ。――それでも、もちろんこれはタネも仕掛けもある連続殺人事件である。G・K・チェスタトンの名作「見えない男」のとんでもなく珍奇なバリエーションであり、その伏線はじつに丁寧に張られていて文句を言わせない。カッパ・ワン第一期生のデビュー作のなかでは、個人的に最も強いインパクトを受けた逸品だ。その後、作者は長く沈黙を続けたが、二〇一七年に十五年ぶりに新作を刊行して現代本格シーンに復帰している。

、マジシャンとしても有名で、秀れた創作奇術を数多く発表した功績から第二回（六九年）石田天海賞を受賞している。

泡坂先生がお元気な頃、鮎川哲也賞パーティの会場の一角は、さながら先生得意のショーの舞台と化した。目の前で鮮やかなマジックを見せてもらったことは忘れえぬ思い出だ。紙の上で披露された泡坂マジックとしては、サスペンス満点の『迷蝶の島』（八〇年）を偏愛している。洋上のヨットを舞台にひと組の男女が繰り広げる頭脳戦と、孤島に〝生霊〟が出現する大マジックが見もの。

no.79

小《お》貫《ぬき》風《かざ》樹《き》「とむらい鉄《てつ》道《どう》」他二篇

世界というパズルに介入して犯人自身に炙《あぶ》り出されてもらおう

監修＝鮎川哲也、編集長＝二階堂黎人『新・本格推理 03 りら荘の相続人』（光文社文庫、2003 年）所収。

あらすじ 顔も知らぬ叔父の葬儀に出た春日《かすが》華凜《かりん》は、不慣れな土地のローカル鉄道の無人駅で不思議な青年と出会う。久世《くぜ》弥勒《みろく》と名乗った彼は、明日にもこの鉄道路線が、昨今世間を騒がす爆弾テロの標的になると断じる。そう、赤字続きのローカル線ばかり狙って時限爆弾を仕掛け、列車も乗客も、もろともに葬り去る凶悪なテロ犯の――。その日の夜、大雨が降るなか弥勒は、弁当箱ほどの金属の塊を手に、宿に戻ってきた。テロ犯が鉄橋に仕掛けた爆弾を発見し、取りはずしてきたらしいのだが……。

併読のススメ 公募アンソロジー『新・本格推理03』で小貫風樹に退《ひ》けをとらないインパクトを与えたのが、青木知己《あおきともみ》と大山誠一郎《おおやませいいちろう》の二人だった。

青木知己の採用作「Y駅発深夜バス」は、運行していない〝幻のバス〟に乗り

ガイド 鮎川哲也《あゆかわてつや》監修のもと、二階堂黎人《にかいどうれいと》が編集長を務めた公募アンソロジー『新・本格推理03 りら荘の相続人』（二〇〇三年）は、全九冊に及んだ〝文庫の雑誌〟『新・本格推理』のなかでも頭抜けて収録作の水準が高い。とりわけ、一挙に三作品が採用された小貫風樹に、ミステリ読みの注目は集まった。

巻頭作にも選ばれた「とむらい鉄道」は、オールタイム・ベスト級の鉄道ミステリだ。なぜかローカル線を目の敵にする爆弾魔を、謎めく青年、久世弥勒が智略をもって追いつめる。文章や構成が粗削りなぶん、異様な迫力に満ちた一篇である。神出鬼没の弥勒青年が、とある遊園地の案内役として登場するのが「夢の国の悪夢」。マスコット・キャラクター（の着ぐるみの中の人間）が生きながら首を切断された事件は、奇抜な〝捨てトリック〟も印象的。さらにもう一篇の「稷下《しょっか》公案《こうあん》」は、古代中国の斉《せい》の国が舞台の時代ミステリで、明らかに圧死して間もない死体の周囲に凶器となった重量物が見当たらない不可能犯罪を描いた異色作。斉の政治家・孟嘗君《もうしょうくん》が、無能な食客をたくさん抱えていた有名なエピソードに対する穿《うが》った解釈も興味深い。

近い将来、まちがいなくプロ作家として活躍を始めると期待された逸材であり、実際、同アンソロジー掲載のアンケートではいくつも面白そうな新作の構想を回答している。しかし、なぜかその後は沈黙したきりだ。

込んだ主人公の恐怖がみごと現実に解体される好篇。青木は『偽りの学舎』（二〇〇七年）で単行本デビューし、二〇一七年に「Y駅発深夜バス」を表題とした短篇集を上梓している。

一方、大山誠一郎の採用作「聖ディオニシウスのパズル」は、とある新興宗教団体の聖人が首を切られてもなお歩いた奇蹟をめぐるトリックが見もの。大山は『アルファベット・パズラーズ』（二〇〇四年）で単行本デビューを果たすと、『密室蒐集家』（一二年）、『アリバイ崩し承ります』（一八年）など続々と話題作を世に送り出している。

no. 80

神《かみ》津《づ》慶《けい》次《じ》朗《ろう》『鬼《おに》に捧《ささ》げる夜《や》想《そう》曲《きょく》』

コントラバスのケース。その中には、悪夢がみっしり

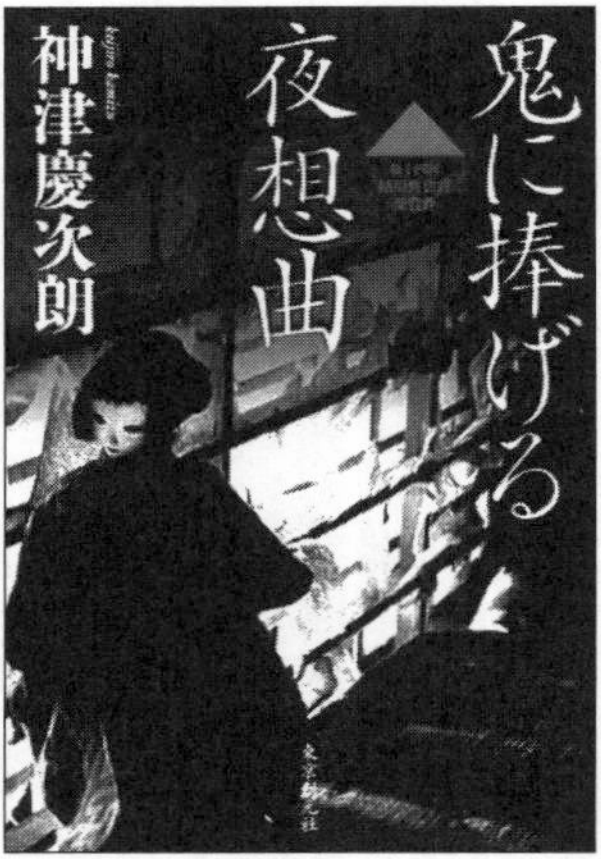

東京創元社、2004年刊行。

あらすじ 九州は大分の沖合に浮かぶ、通称「鬼角島《おにづのとう》」。島一番の網元である神坂《かみさか》家の若き当主、将吾《しょうご》が戦争から生きて戻り、幼なじみの三《み》科《しな》優子《ゆうこ》とめでたく祝言を挙げた夜、惨劇の幕は開く。祝福された花婿と花嫁は、島民の信仰を集める古寺の祈禱所の中で二人とも腹を滅多刺しにされ、無惨な骸《むくろ》をさらした。しかも発見時に、殺人現場である祈禱所は内側から閂《かんぬき》が掛かった密室状態だったのだ。名探偵・藤枝孝之助は、驚愕のからくりを解き明かせるか……？

併読のススメ 激戦の第十四回鮎川哲也賞を、神津慶次朗と同時受賞したのが岸田《きしだ》るり子。岸田の受賞作『密室の鎮魂歌《レクイエム》』（二〇〇四年）は、発端の謎が新奇で魅力的。ある女流画家の油絵に〝旗を持つ骸骨〟が描かれていたのだが、絵を鑑賞し

ガイド 第十四回（二〇〇四年）鮎川哲也賞受賞作。単行本の帯に「史上最年少、二十歳の受賞者誕生」とあるが、執筆時はまだ十九歳だった。いまだ破られない鮎川賞最年少受賞記録である。選考会の場では、事実誤認や文章の未熟さ、またプロット上の瑕《きず》が論議の的となったが、「伝奇ミステリ的な魅力は充分だし、本格謎解き小説としても及第点を超えている」（笠井潔《かさいきよし》）、「異様なまでにデコラティヴな、孤島本格探偵小説の塔が立ちあがった」（島田荘司《しまだそうじ》）、「最後まで読ませる力には抜群のものがある」（山田正紀《やまだまさき》）と、その荒削りな魅力で三人の選考委員のためらいをついに押し切った。

　応募時のタイトルは『月夜が丘』だったが、刊行に際し『鬼に捧げる夜想曲』と改題された。この「鬼」とは、ある作中人物のことを指して殺人の動機にも関わってくるのだけれど、他方、本格ミステリの鬼の一人である偉大な先達、横溝正史《よこみぞせいし》のことだとも解せる。本作は、とにかく横溝作品に捧げるオマージュにあふれていて、『獄門島』（一九四九年）から二大網元が勢力を二分する島という舞台設定を、『本陣殺人事件』（四七年）からは新婚初夜の花婿と花嫁という被害者像を、そして『蝶々殺人事件』（四八年）からはコントラバスケースが柩《ひつぎ》の代わりになるケレン味を借りている。コントラバスケースが用いられたとされる〝捨てトリック〟は残酷味と詩美性に満ちて、最後の真相以上に強烈なインパクトを残す。

ていた女性の一人がその旗の特殊な模様は失踪した夫の背中にあった刺青と同じ柄《がら》だと騒ぎ出すのだ。だが、その画家と失踪者とのつながりは、いっさい見つからなくて……。不可解な絵の制作過程をめぐる謎解きは切れ味鋭く、歴代鮎川賞受賞作のなかでも屈指の完成度を誇る逸品だ。残念ながら神津はついに一発屋で終わりそうだが、岸田のほうは意外性抜群の恋愛ミステリ『天使の眠り』（〇六年）や日本推理作家協会賞・短編部門候補作「青い絹の人形」を含む『パリ症候群』（一四年）など寡作ながら注目すべき作家活動を続ける。

第9章 オルタナティブな可能性

この項目は〝時代区切り〟です。清涼《せいりょう》院流《いんりゅう》水《すい》登場以後、青崎有吾《あおさきゆうご》登場以前の作品を並べました。

一九九〇年代後半から世紀を跨《また》いで、新本格ムーブメントは爛熟《らんじゅく》の時を迎えました。本格ミステリの〈形式〉を追究する飽くなき実験精神は、ややもすると暴走もしくは迷走を見せ始めます。それはメフィスト賞受賞作に顕著で、清涼院流水の『コズミック』や浦賀《うらが》和宏《かずひろ》の『記憶の果て』、舞城《まいじょう》王太郎《おうたろう》の『煙か土か食い物』など、当時も今も必読である問題作が多く生み出されました。新本格ムーブメントに求心力よりも遠心力が働き、じつにスリリングな時代だったと評価していいでしょう。

ひとつの文学ムーブメントは、有力な新人が輩出されなくなったとき終わるほかないのが自明の理。ムーブメントに求心力があるかぎり、先行作家の作品に親しんでいる読者は、前途有望という触れ込みの新人作家の本にもきっと手をのばしてくれる。そんな幸福なサイクルは、二〇〇二年に〈ＫＡＰＰＡ《カッパ》－ＯＮＥ《ワン》〉登龍門から四人の新鋭

（石持浅海《いしもちあさみ》、東川篤哉《ひがしがわとくや》ら）が登場したあたりを境にやや停滞した気味がありました。

まったく個人的な肌感覚ですが、どうもこのあたりがひとつの潮目だったよう。新本格ムーブメントにずっと注目してきた古株のミステリ読みは、世紀も変わり目の頃にはそれぞれお気に入りの作家が絞られています。バブル崩壊後に日本経済は低迷期に入り〝失われた十年〟などと呼ばれた折から、財布をはたいてまで新人の作品を追いかける義理もないだろう……なんて実際、本を読むことが生業《なりわい》である僕も、そうしたネガティブな気持ちを抱くようになっていたことは否定できません。一方、これも新本格ムーブメントの影響で海外古典ミステリの発掘・再発見《リバイバル》が盛り上がっていたことから、黄金時代《ゴールデンエイジ》の〝古典の穴埋め〟がとにかく愉《たの》しくって――。ともあれ、新本格ムーブメントは豊饒《ほうじょう》なる作品群を後世に遺し、一旦サイクルを終えようとしているようでした。

no. 81

清《せい》涼《りょう》院《いん》流《りゅう》水《すい》『コズミック 世《せい》紀《き》末《まつ》探《たん》偵《てい》神《しん》話《わ》』

――謎などありませんよ、あるのは論理的な解決だけです

あらすじ 一九九四年一月一日、初詣客で賑わう京都の平安神宮で〝仕事〟に励んでいたスリの男が、突然鋭利な刃物で首を切り落とされ、絶命してしまう。大勢の人の壁に囲まれた、いわば〈視線の密室〉下での不可能犯罪――。この一件を皮切りに、日本各地で密室状況下での首切り殺人が続発する。さらに、海の向こうのイギリスでは前年のクリスマス・イブの夜以降、かつての切り裂きジャックの暗躍を髣髴《ほうふつ》させる猟奇殺人が頻発していた。日英両国を同時に揺るがす未曾有《みぞう》の連続殺人事件に、何か関連はあるのだろうか……？

併読のススメ JDCのトップチームに所属する探偵の一人で、屈指のミステリ読みでもある氷《ひ》姫《き》宮《みや》幽《ゆう》弥《や》の得意とするのが「超越《メタ》統計推理」。その彼が、従来の「統計推理」が行なわれる先例として書名を挙げているのがコリン・デクスター

講談社（講談社ノベルス）、1996年刊行。

ガイド 毎年秋に催される鮎川哲也賞パーティには、新本格派の作家が参集しがち。そのパーティ会場で、寄るとさわると甲論乙駁《こうろんおつばく》、新人のデビュー作の話題で持ちきりだった年が、僕の知るかぎり二度あった。一度目は京極夏彦《きょうごくなつひこ》の『姑獲鳥《うぶめ》の夏』が上梓された一九九四年。そして二度目が、清涼院流水が『コズミック』で登場した九六年だ。

「今年、一二〇〇個の密室で一二〇〇人が殺される。誰にも止めることはできない」と奇々怪々な挑戦状を警察やマスコミ各社に送りつけてきたのは、その名も「密室卿」。あまりにも荒唐無稽な犯行予告と思われたが、謎の密室卿は一日三人以上を葬り去るハイペースで、連続密室首切り殺人の凶行を重ねてゆく。史上空前の犯罪に立ち向かうのは、鴉城蒼司《あじろそうじ》率いる民間捜査組織、日本探偵倶楽部《JDC》だ……！

四半世紀前、率直に言って、僕はこの作品に否定的だった。特に前半部は冗漫であるし、アナグラムなどの言葉遊びの部分はいちいち空回り。肝腎《かんじん》の密室の解決は期待外れだった。――としても、海外にも遠い過去にも広げた大ぶろしきのトンデモない畳み方が、発表の前年（一九九五年）に暴走を極めた一連のオウム真理教事件と切り結んでいることは評価されてしかるべきだろう。ＪＤＣなる一種の偶像集団《アイドルグループ》をプロデュースしたことも特筆すべきで、それぞれ我流の推理法を持つ探偵像は〈特殊設定ミステリ〉の流行にも通じ、後続の若手作家に与えた影響は非常に大きい。

の『ウッドストック行最終バス』（一九七五年）だ。

コリン・デクスターは、レジナルド・ヒル、ジル・マゴーンと並んで現代イギリス本格派の三巨頭に位置づけられる実力者。そのデビュー作『ウッドストック行最終バス』では、ヒッチハイク中の若い娘が殺害された事件を捜査する主人公、モース主任警部が相当に怪しい割合《パーセンテージ》の数字を駆使して犯人をたった一人に絞り込んでみせる。こと恋愛に関して異常に誠実な犯人像も印象に残る傑作パズラーだ。

no. 82

浦《うら》賀《が》和《かず》宏《ひろ》『記《き》憶《おく》の果《は》て』

君は電源が落とされている間も意識があるのか？

講談社（講談社ノベルス）、1998年刊行。
書影は講談社文庫版。

あらすじ 親父が死んだ。自殺だった。高校三年生の「俺」、安藤直樹は、亡き父・浩の書斎で自作のものらしいコンピュータを発見する。電源を入れると、画面に表示されたのは〔あなたは誰〕という問いかけの言葉。そのコンピュータは〔私は安藤裕子〕と名乗り、まるで人ひとりの人格が〝箱の中〟に入ってでもいるかのように「俺」と対話を始めたのだ。人間の脳について研究していた生前の父は、まさか機械に意識を持たせることに成功していたのだろうか？　それとも〔安藤裕子〕の存在は、何かしらトリックのあるペテンなのか……。

併読のススメ 僕は勝手に「三大文庫ブレイク作家」と呼んでいる。人気に火がついた順に、『慟哭』（創元推理文庫）の貫井《ぬくい》徳郎《とくろう》、『向日葵の咲かない夏』（新潮文庫）の道尾《みちお》秀介《しゅうすけ》、そして『彼女は存在しない』（幻冬舎文庫）の浦賀和宏である。

ガイド 仕事で縁があったミステリ作家が亡くなるのは悲しい。それも年下であればなおさらだ。昨年（二〇二〇年）二月、浦賀和宏の訃報に接したときは愕然とした。デビューも十九と早かったが、まさか四十一の若さで病に倒れるだなんて……。得難い才能がひとつ失われたけれど、ぶっ飛んだプロット構築と青年の屈折した自意識の活写が持ち味だった〝浦賀小説〟は、これからもずっと若い世代に刺さるものと信じる。

第五回メフィスト賞受賞作『記憶の果て』は、「ミステリだとかSFだとかいう既存の枠組みに与《くみ》することを嫌っているかのようである。それでいて、多くのジャンルの新たな可能性を悉《ことごと》く内包してもいる」と京極夏彦《きょうごくなつひこ》が推薦の辞を寄せて刊行された。将来的に、人工知能が意識を獲得することは実現可能なテクノロジーなのか？　まだ古びないSFテーマが前面に押し出されている作品だが——もし〔安藤裕子〕がペテンでないとして彼女の立場になってみれば、記憶喪失テーマのミステリのよう。コンピュータの中の〔裕子〕は自分が十七歳の女性で、父は安藤浩だということくらいしか憶えていない。亡き父・浩の調査を進める安藤直樹と対話するうち、〔裕子〕は自分が何者であったのかをすこしずつ思い出してゆくのだ……。本格ジャンルのイメージの拡散を懸念する声も高まりつつあった前世紀末、一部の熱狂的支持と大多数の黙殺とでもって迎えられた屈指の問題作だ。

浦賀が多重人格テーマに挑んだ『彼女は存在しない』（二〇〇一年）は、サイコ・スリラーと謎解き小説《パズラー》をミックスさせるトリックの切れ味も上々。でも、刊行当時はほとんど話題にならなかった。二年後に早くも文庫化されたが、書店の仕掛け《プッシュ》もあって見る見る重版がかかり出したのはようやく二〇一〇年代に入ってからである。単発《ノンシリーズ》の作品ということもあり、カルトな人気を誇る浦賀ワールドの入門書としてオススメだ。

no. 83

舞《まい》城《じょう》王《おう》太《た》郎《ろう》『煙《けむり》か土《つち》か食《く》い物《もの》』

一郎！二郎！三郎！四郎！逃げろーっ！

あらすじ 「母が怪我した。できれば戻れ。一郎」――アメリカはサンディエゴの総合病院で働く外科医の俺、奈《な》津《つ》川《かわ》四《し》郎《ろう》は、故郷の福井県西暁町に急遽帰還した。家庭の主婦ばかりを標的に、死なない程度に頭を殴りつけ、土の中に生き埋めにする……そんな完璧パラノイア野郎の五番目の被害者に、おふくろの陽子は不幸にも選ばれてしまった。数理的直感力に冴えた俺は、五つの事件の発生現場が、とある規則性を持って並んでいることを発見する。クソっ垂れの犯人め、絶対に痛い目に遭わせてやるからな！

併読のススメ 『煙か土か食い物』の終盤、ついに連続主婦殴打事件の実行犯らしき人物に当たりをつけた奈津川四郎は、最近の週刊誌に掲載されていたアメリカFBI行動科学課の元主任捜査官ロバート・K・レスラーのコメントを思い出す。

講談社（講談社ノベルス）、2001年刊行。書影は講談社文庫版。

ガイド 第十九回メフィスト賞を受賞した覆面作家、舞城王太郎のデビュー作。ミステリ読みのまえに小説読みであれば、大江健三郎の〝性と暴力の言説にあふれた〟異形の長篇『万延元年のフットボール』（一九六七年）を連想するだろう。どちらの小説も主人公のルーツ探しの要素を含む家族小説であり、とりわけ兄弟関係は良くも悪くも濃密。生まれ故郷で波瀾《はらん》を起こすことになるのはアメリカ帰りの四男坊だ。

謎多き連続主婦殴打事件を描いた『煙か土か食い物』には、本格ミステリの様々な意匠《ガジェット》が盛り込まれている。被害者の共通項《ミッシングリンク》探し、偏在する暗号（それらを解読して出てくるメッセージがまた暗号的）、密室状態の倉で発生した人間消失事件、エトセトラ、エトセトラ……。そうした不可解きわまる〈謎〉の数々を、主人公の奈津川四郎はちぎっては解き、ちぎっては解き、腕力にも大いに物を言わせながら真相解明に邁進《まいしん》する。

一連の猟奇事件を画策した真の黒幕（と四郎が推断する人物）が一家の母親ばかり死にかけの状態にした動機は、前代未聞の宗教性を帯びたものだ。

舞城の文体は、乱暴なようでいて流麗。独特のグルーヴ感から血湧き肉躍らす中毒性があり、デビューから程なく純文学畑でも注目されるようになる。二〇〇三年、ガーリッシュな成長小説《ビルドゥングスロマン》『阿修羅ガール』で第十六回三島由紀夫賞を受賞するも、〝覆面〟を脱ぐのを嫌ってか授賞式を欠席した。

自分が疑惑の目を向けている人物は、FBIの権威の犯人像分析《プロファイリング》に果たして当てはまっているだろうか？

ロバート・K・レスラー＆トム・シャットマン『FBI心理分析官』（一九九二年）は、今では人口に膾炙《かいしゃ》するプロファイリングという技術がいかに成立し、現実の犯罪捜査に寄与してきたかをまとめたノンフィクションだ。異常殺人者を「秩序型」と「無秩序型」（と、さらに両者の特徴が入り交じる「混合型」）に分類したところなど非常に示唆に富む。ミステリファン必携の書。

no. 84

佐藤《さとう》友哉《ゆうや》『エナメルを塗《ぬ》った魂《たましい》の比《ひ》重《じゅう》 鏡《かがみ》稜子《りょうこ》ときせかえ密室《みっしつ》』

綾香さんがキュベレイなら、この人達は旧ザクです

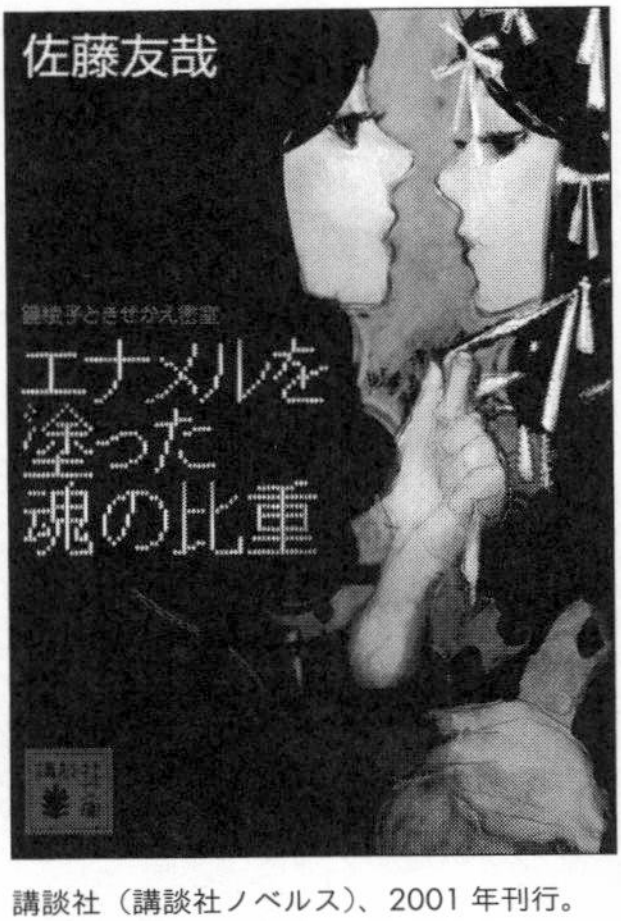

講談社（講談社ノベルス）、2001 年刊行。書影は講談社文庫版。

あらすじ 香取羽美《かとりうみ》が夢見た高校生活は、こんなふうではなかった。意に添わぬ地味なグループに属し、キラキラしたことのまるでない人生が過ぎるだけ。それでも、クラスメイトから容赦ないイジメに遭っている古川千鶴《ふるかわちづる》よりはマシだけれど——。羽美のクラスは、至極不穏だ。山本砂絵《やまもとすなえ》はひどい偏食で人肉しか食べられず、鏡稜子《かがみりょうこ》は獣《じゅう》姦《かん》物の同人誌の売れ行きが悪くて荒れている。そして、不良グループのパシリだった島田《しまだ》司《つかさ》が密室状態の図工室で何者かに殺害されてしまい……。

併読のススメ 『エナメルを塗った魂の比重』は、上遠《かど》野《の》浩平《こうへい》の〈ブギーポップ〉シリーズから多大な影響を受けていると思しい。『ブギーポップは笑わない』（一九九八年）を嚆矢《こうし》とする同シリーズは、当時二十代半ばの僕が人生最後に熱狂した

ガイド 佐藤友哉の登場は衝撃的だった。第二十一回メフィスト賞を受賞した二十歳のデビュー作『フリッカー式』(二〇〇一年)は、高校生の妹を自殺に追い込んだレイプ魔たちへの復讐に燃える主人公・鏡公彦《きみひこ》と、少女ばかりを殺して回る殺人鬼「突き刺しジャック」の物語が並行して描かれるのだが、この二人がついに遭遇する終局は、未来を見とおす〝牛頭人身の怪物〟をめぐる陰謀劇に突入して目を剥《む》くこと必至。真っ当な動機で復讐を始めたように見えた主人公が徐々に異常性を露《あらわ》にしていく様子は、ちょっと暗黒小説《ロマン・ノワール》めいたところもある。

しかし、もっと驚いたのは、続いて発表された〈鏡家サーガ〉第二弾『エナメルを塗った魂の比重』だ。公彦の姉稜子が高校二年生のときの過去に溯《さかのぼ》る物語は、いちおう学園ミステリらしく生徒の一人が密室の死に見舞われたりするものの、大詰めで展開されるのは未来を予知する「予言者」たちのマウントの取り合いなのである……!

そう、確かに佐藤友哉は受賞後第一作で本格/新本格ミステリを一旦ぶっ壊したのだ(近年流行の〈特殊設定〉もシンボリックに大量消費されている)。正直に告白しよう、本格ミステリに関して伝統主義者であるはずの僕は、佐藤が本格特有の形式《コード》も仕掛け《ギミック》もドミノ倒しにして生み出した〝ミステリの荒野〟にシビれてしまったことを。佐藤以後の新人に、もはや再構築する以外の道は残されていない。

少年少女向け《ジュブナイル》シリーズだ(三十路の坂を越えてもジュブナイルの新作を楽しむことはあるけれど、それって現役の中学・高校生から見れば「自分たちにいま必要な小説を理解してる気になってるヤツ」なんだろう)。『ブギーポップは笑わない』は、とある高校を舞台に人類の存亡が懸《か》かった闘いが密かに行なわれていたことを五人の生徒《キャラクター》の視点から織り成す内容。人は結局自分の役割の〈外側〉を知ることはできず、だからこそ自分の人生を懸命に生きるほかない、という前向き《ポジティブ》な諦観のメッセージを当時の僕は受けとめた。

no.85

西《にし》尾《お》維《い》新《しん》『クビキリサイクル 青《あお》色《いろ》サヴァンと戯《ざれ》言《ごと》遣《づか》い』

地球のためにリサイクルリサイクルリサイクル

あらすじ　鴉《からす》の濡《ぬ》れ羽島《ばじま》。そこは、赤神《あかがみ》財閥の現当主の孫娘でいながら、なぜか一族から〝島流し〟にされた赤神イリアが暮らす孤島。イリアはそこに「天才」と呼ばれる人物を世界中から招いて暇をつぶしていたのだが——車椅子の画家・伊吹《いぶき》かなみが何者かに首を切り落とされ、殺害される事件が発生！　しかも現場は〝ペンキの川〟で隔てられた一種の密室状況だった。悲劇はまだ終わらない。一人だけアリバイがなかったため監禁状態に置かれた研究者・園山赤音《そのやまあかね》も無惨な首無し死体と化して……。

講談社（講談社ノベルス）、2002年刊行。
書影は講談社文庫版。

併読のススメ　管見《かんけん》に入るかぎり、西尾維新作品で最も本格度が高いと認められるのは、二〇〇〇年代に「週刊少年ジャンプ」に連載された人気マンガ『DEATH NOTE《デスノート》』（原作：大場つぐみ、作画：小畑健）のノベライズ作品『DEA

ガイド 二十一世紀生まれの若い世代からはライトノベル作家として認知され、絶大な支持を集める西尾維新。この新本格ブックガイドを手にとってくれたミステリマニア志願者のほとんどが、西尾二十歳のときのデビュー作『クビキリサイクル 青色サヴァンと戯言遣い』は既読なのではないだろうか。

第二十三回メフィスト賞受賞作『クビキリサイクル』は、西尾維新の最初の大看板〈戯言シリーズ〉の第一弾にあたる。物語の語り手は、京都在住の大学生の「ぼく」。工学系の天才で元サイバーテロリストでもある友人、玖《く》渚《なぎさ》友《とも》の付添人として鴉の濡れ羽島にやってきた。正式な客人である天才連中からボロクソに言われながら、しかし連続首切り殺人が発生するに及んで真犯人を炙り出す大活躍を見せるのだ。会話の妙から生じるキャラクターの魅力が前面に押し出された作品にはちがいないが、ベースにあるのは本格の骨法を操る秀《すぐ》れたセンスだ。西尾は明らかに女王アガサ・クリスティーの代表作『そして誰もいなくなった』と『ABC殺人事件』、さらに『ナイルに死す』のプロットを踏み台にして、二つの首無し死体を島に転がしている。天才料理人が震え上がった、首切りの理由の〝捨て解釈〟も印象的である。とにかく天才多めの事件なのだが、最後に示唆されるのは《天才は、凡人よりも替えがきく》というG・K・チェスタトン風の穿《うが》った真理であるところも見逃せない。

TH NOTE アナザーノート ロサンゼルスBB連続殺人事件』(二〇〇六年)だ。世界最高の名探偵「L」の助力を得て、FBI捜査官・南空《みそら》ナオミが連続密室殺人事件の共通項《ミッシングリンク》を洗い直す原作《オリジナル・ケース》にはない事件は、犯人が現場を密室にした理由と方法が水際立って巨匠ジョン・ディクスン・カーの最上の手並みと遜色《そんしょく》がない。僕は当時、マンガ『DEATH NOTE』は全然読んでいなかったのだが、問題なく楽しめた。

no.86

古野《ふるの》まほろ『天《てん》帝《てい》のはしたなき果《か》実《じつ》』

お前は、奥平と世界《ミール》だったらどちらを選んだ？

講談社（講談社ノベルス）、2007年刊行。
書影は幻冬舎文庫版。

あらすじ 県立勁草館《けいそうかん》高校で青春を吹奏楽に捧げる「僕」の名は、古野まほろ。三年生がクラブを引退し、「僕」ら二年生は冬のアンサンブル・コンテストに向けて猛練習中だ。そんな折、親しい友人で生徒会長でもある奥平《おくだいら》が首無し死体となって発見され、彼と交際していた一年生の女生徒もショックから後を追ったものか海で溺死してしまう。悲劇はこれだけで終わらない。迎えたアンサンブル・コンテスト当日、会場内の楽屋で吹奏楽部顧問の瀬尾教諭が首無しの無惨な骸《むくろ》をさらして……。

併読のススメ かの中井《なかい》英《ひで》夫《お》は、「小説は天帝に捧げる果物、一行でも腐ってはならない」と書き遺した。古野まほろのデビュー作のタイトルがこの言葉を受けていることは、小説本篇のまえに中井の代名詞的長篇『虚無への供物』（一九

ガイド 初刊の講談社ノベルス版に巻かれていた金色の帯を、今あらためて手にとってみる。「めくるめく知の饗宴、物狂おしいまでの超絶技巧。メフィスト賞、いやノベルス史上空前の本格ミステリ」――と、この作品を激賞している人物の名は、宇山日出《うやまひで》臣《おみ》。その肩書きは「元講談社ノベルス編集長・故人」である。新本格ムーブメントの勃興に決定的に寄与した名伯楽が、最後に発掘した新人こそ古野まほろだ。さる信頼する筋から聞いた話では、この帯の言葉が宇山氏の絶筆だったという。

第三十五回メフィスト賞受賞作『天帝のはしたなき果実』の舞台は、並行世界《パラレルワールド》の帝国日本。名門高校の吹奏楽部員《メインキャスト》の紹介を兼ねて彼らの練習風景もしっかり描写される前半部は、作者・古野の極めて特異な文字遣い（とりわけルビ遣い）に馴れる練習を読者はしているみたい。情報量の多い物語も半分を過ぎ、コンテスト会場で顧問教諭の首無し死体が発見されるに及び、ようやく本格ミステリらしい推理合戦が始まるのだけれど――案外、ここで部員たちの披露する仮説が地に足ついたものだったので、肩透かしを食った気分に。なんだ、誰も人ならぬものの類《たぐ》いを登場させないし、トンネル効果で犯人が壁抜けをした可能性を考慮しないのか、と。しかし、油断してはいけなかった。最終幕では、彼らメインキャストと彼らの学園をめぐるトンデモナイ伝奇的因縁が語られて、読者は熱狂するか唖然《あぜん》とするか二つに一つだ。

六四年）のヒロインの台詞が引用されていることからも明らかである。死者・行方不明者併せ千二百人近い被害者を出した洞爺丸《とうやまる》沈没事故（一九五四年発生）の現実をプロットに取り込み、非運の氷沼《ひぬま》一族を襲う不可能殺人の連鎖と推理の饗宴（不動明王の遣いであるコンガラ童子も殺人現場に登場する!?）を描き切った中井畢生《ひっせい》の大作に、人生を変えられたミステリ読みは後を絶たない。同作を文庫化すべく、三井物産から講談社に転職した宇山日出臣もその一人だった。

no.87

詠《よみ》坂《さか》雄《ゆう》二《じ》『リロ・グラ・シスタ』

お前は依頼人で、私は探偵だ。望みを言ってくれ

あらすじ 十七歳の私は探偵だ。われらが私立吏塚《りづか》高校で誰も知らぬ者のない有名人。師走も半ばの放課後、不審な物音に気づいて更衣室を覗くと、そこにいたのはクラスメイトの観《み》鞍《くら》茜《あかね》。女の子みたいな名前だが、痩身のメガネ男子……のはずが、その胸のふくらみはまさか「――お前、女だったのか」。翌朝、校舎の屋上で生徒の墜落死体が発見される。一度地上に落下してのち、なぜか運び上げられた被害者は、盗撮写真をネタに恐喝を繰り返していた葉《は》群《むら》優基《ゆうき》だった。容疑者となった観鞍茜の依頼で、私は彼（彼女？）の無罪証明に乗り出す！

併読のススメ 詠坂雄二の人となりが知れる最良のテキストが、『シークレット綾辻行人《あやつじゆきと》ミステリ対談集in京都』（二〇二〇年）。初回のゲストである詠坂は、『リロ・グラ・シスタ』に激賞の推薦文を書いてくれた恩人の綾辻に、精一杯反抗し

光文社（カッパ・ノベルス）、2007年刊行。
書影は光文社文庫版。

ガイド 屈折した青春を描いては右に出る者がない異才、詠坂雄二のデビュー作。初刊のカッパ・ノベルス版は、焦茶、紫、濃緑、そしてピンクと四色のインクで印刷された異例の造本（最後のピンクの文面は読みづらいぞ！）も大いに話題となった。これはもともと詠坂自身が応募原稿を出版社に送るとき、目立つようにいつも四色のカラー用紙を使っていたからで、大胆にも編集サイドはそのケレンを再現して〝尖《トガ》った才能〟を読者に届けようとしたのだ。

主人公は、吏塚高校で名探偵の評判を取る「私」。典型的なハードボイルド調で、恐喝魔の写真部員・葉群優基の死が引き金となって起こる一連の〝学園の悲劇〟の背景を調査するのだ。冒頭、クラスメイトの男女の別さえ見分けられていなかった「私」の粗忽《そこつ》ぶりは、詳しく言えないが『ウィチャリー家の女』（©ロス・マクドナルド）で残念にも女を見る目が無かった私立探偵リュウ・アーチャーを髣髴《ほうふつ》させる。葉群の墜落死体を屋上まで引き上げる物理トリックは決して成功しているとは認められないものの、それを補って余りある読者に対する二重の企みが終盤立て続けに明かされたときの衝撃は大きい。そして、わずか一週間で四人もの生徒の命が失われる物騒な事件のなりゆきが、自らの性《ジェンダー》と否応なく向き合う季節の只中にいる彼らの〝自尊心と恋患い〟によって決まっていたことに思いを致すのだ。

ていて微笑ましい。

詠坂の小説はどれも素敵にひねくれているが、なかでも一番にオススメしたいのは〝人の思考を読み、電気で人を殺す〟都市伝説の怪人の噂を追究する『電氣人間の虞《おそれ》』（二〇〇九年）。プロローグ風の「0」章から最終「24」章に至るまで、作中人物の誰かが電氣人間のことを話題に出す場面から書き起こされる物語は、よほど注意深い読者でも見えない角度から飛んでくる最後の一撃《フィニッシング・ストローク》に脳が激しく揺さぶられること必至。

no.88

円《まど》居《い》挽《ばん》『丸《まる》太《た》町《まち》ルヴォワール』

……ぼくは貴女のことが好きみたいです

あらすじ 大病院を経営する〝医者一家〟に生まれた「ぼく」、城坂論語《しろさかろんご》は、三年前の春の日のことをまた思い出す。京都は岡崎にある祖父の屋敷で昼寝をしていた「ぼく」は、目覚めてすぐ携帯電話を取ろうとして偶然、やわらかな手をつかむ。ちょうどそのとき、両方の眼を怪我していた「ぼく」は、件《くだん》の手の持ち主である女性、自称「ルージュ」の声しか聞けなかった。けれど、十五歳の「ぼく」にとって彼女は、かけがえのない〝初恋の人〟の地位を永遠に占めたのだ。たとえ彼女が殺し屋で、祖父を巧妙に殺害した犯人だとしても……。

講談社（講談社 BOX）、2009 年刊行。
書影は講談社文庫版。

併読のススメ アメリカ市民の〝法と正義〟を描いて異様な迫力に満ちた「ナボテの葡萄園」（©M・D・ポースト）や、密室の部屋の中には矢で射殺された被害者と無実を訴える被告人だけがいた『ユダの窓』（©カーター・ディクスン）など、法廷

ガイド 新本格ムーブメントの震源地、京都大学推理小説研究会出身の円居挽。複数の投稿短篇が講談社ＢＯＸ編集部の目にとまり、長篇『丸太町ルヴォワール』で二〇〇九年十一月に単行本デビューを果たす。二〇〇〇年代も終わりの時期に登場した円居（昭和五十八年生まれ）のことを、当時の僕は不覚にも「新本格派の流れに棹さす『最後の新人』」と呼んだものである。まさか二〇一二年十月以降、青崎有吾や白井智之ら平成一桁生まれの新人が次々とデビューする近未来が待つとは思いがけなくて。

古都京都が舞台の『丸太町ルヴォワール』を特徴づけるのが、城坂論語の祖父の死の真相が追及される〝裁きの場〟の設《しつら》えだ。それは昔々、京の都の貴族たちが武力によらぬ問題解決のため考案したという私闘の裁判制度、その名も双龍会《そうりゅうえ》。裁きを受ける者（祖父殺しを疑われた論語）を挟んで、黄龍師《おうりゅうじ》（検事役）と青龍師《せいりゅうじ》（弁護士役）が火花を散らすわけだが――物的証拠はもちろん重視されても、むしろ〈真実〉さえ度外視にした虚々実々の弁論で見物衆を味方につけたほうに火帝《かてい》（裁判官役）は軍配を上げるのだ。かくなる双龍会は、英米の口頭主義をもってする陪審制裁判をジャパネスクに演劇化したもので、華やかに騒々しい法廷に充満するのはロジックの面白味にほかならない。そしてこの異色の法廷劇の裏で三度繰り返されるあるトリックの切れ味が青春ミステリとしての輝きに研《みが》きをかけているのだ。

ミステリの名品は数え切れないほど。――ところで、あくまで私闘の、それも青春ミステリの色合いが濃い法廷物として『丸太町ルヴォワール』と並べて紹介したいのが、宮部《みやべ》みゆきの大作『ソロモンの偽証』（二〇一二年）だ。ひきこもりの男子中学生が校舎裏で墜落死していた事件が世間に波紋を呼び、学園の生徒たちはいい大人たちが避けて済まそうとした〈責任〉を背負う覚悟で前代未聞の「学校内裁判」を開廷する！ 叶うなら僕も、中学・高校時代にこの作品と出会いたかったなあ。

no. 89

東川篤哉《ひがしがわとくや》『謎《なぞ》解《と》きはディナーのあとで』

ひょっとしてお嬢様の目は節穴でございますか？

小学館、2010年刊行。
書影は小学館文庫版。

あらすじ　被害者女性は、自宅アパートの部屋でうつ伏せの状態で斃《たお》れていた。紐状のもので絞められた痕が首に残る死体は、なぜかブーツを履いたまま。玄関から部屋へ続く廊下には足跡ひとつなく、犯人はわざわざ外から死体を運び込んだようで……（第一話　殺人現場では靴をお脱ぎください）。宏壮な邸宅で結婚式を催した名家の花嫁が、式の途中に自分の部屋で、何者かに背中をナイフで刺され怪我を負ってしまう。襲撃現場は密室状態で、犯人は煙のように消えたとしか思えなくて……（第四話　花嫁は密室の中でございます）。

併読のススメ　実家がとんでもないお金持ちの刑事、といえば、筒井《つつい》康隆《やすたか》が『富豪刑事』（一九七八年）で登場させた神戸《かんべ》大助《だいすけ》が代表格。『謎解きはディナーのあとで』のヒロイン、宝生《ほうしょう》麗《れい》子《こ》が財閥家のお嬢様であることは上層部しか知らない

ガイド 第八回（二〇一一年）本屋大賞を受賞し、テレビドラマ化もされた東川篤哉の出世作。公募アンソロジー『本格推理』シリーズで採用実績を重ね、二〇〇二年に『密室の鍵貸します』で単行本デビューを果たした東川は、現代ミステリシーンでは貴重なユーモア本格派の新星と期待されてきた。練りに練ったプロットとどたばた《スラップスティック》のセンスが噛み合うのがこの作者一番の持ち味であり、金看板である〈烏賊川《いかがわ》市シリーズ〉第四長篇『交換殺人には向かない夜』（〇五年）は交換殺人テーマの新機軸を打ち出した初期代表作なので、こちらもぜひ読み忘れなきよう。

　ともかくもデビュー以来、地道にファンを増やしてきた感のある東川篤哉は、異色の相棒《バディ》物といえる『謎解きはディナーのあとで』でついに大ブレイクを果たす。もともとキャラクター作りの上手さには定評があった東川だが、大財閥の箱入り娘が屋敷《ハコ》から飛び出した〈令嬢刑事〉と、そのお嬢様に仕えながらしばしばサディスティックな言葉で彼女の無能を責め立てる〈イケメン執事〉の探偵コンビを絶妙に配し、二人の掛け合い漫才のような会話から事件の謎は解き明かされる。不当にも、おしなべて軽く見られがちなユーモアの価値を改めて認めさせた功績は大きく、いわゆるキャラクター小説（ライトノベル）との垣根もさっさと壊してみせながら、謎解きの味に妥協した甘さはない。

秘密だけれど、神戸大助が大富豪の御曹司であることは同僚全員が知る事実だ。詐欺師を罠にかけるためにそれなりの規模の新会社を設立したり、暴力団員を神戸家所有のホテルに集めるべく周辺の宿泊施設の部屋を借り切ってしまったり。とにかく、金を湯水のように使える〝富豪刑事〟は、常識外れの捜査方針を提案し、かつてない手段で難事件を解決に導いてしまう。ああ、神戸大助の〈財力〉の前では、古典的な名探偵の〈推理力〉も形無《かたな》しだ……。

no.90

長《なが》沢《さわ》樹《いつき》『消《しょう》失《しつ》グラデーション』

わたしの答えなの。もうアケミたちとバスケすることはないから

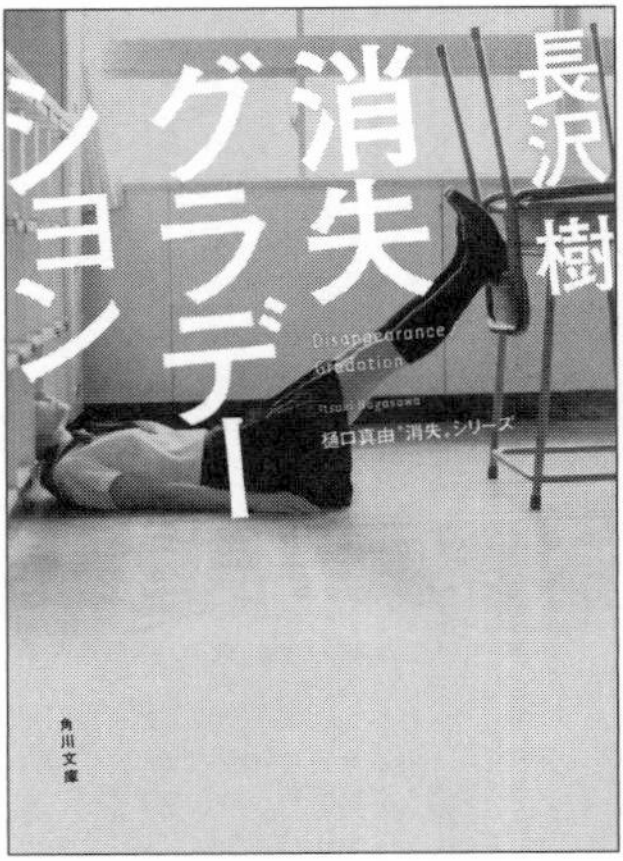

角川書店、2011 年刊行。
書影は角川文庫版。

あらすじ 高校の男子バスケットボール部に所属する「僕」は、根っから女好き。後輩の女子を校内の〝背徳の死角〟に連れ込み、ペッティングに及んでいたところ――急に現われたクラスメイトの樋口真由にすっかり水を差されてしまう。放送部員の樋口は、女子の制服やジャージを狙う連続窃盗犯の姿を捉えるべく、校内の〝死角〟にカメラを仕掛けに来ていたのだ。以前から腐れ縁の「僕」と樋口が気にかけているのは、女子バスケ部のエース、網川緑のこと。彼女は部内で孤立しているうえ、どんな悩みからか自傷行為を繰り返していて……。

併読のススメ アメリカ文学研究者で東京大学の教授職にあった碩学《せきがく》のミステリ作家、平石《ひらいし》貴樹《たかき》の『スラム・ダンク・マーダー その他』（一九九七年）は、法務省の小さな調査部局に籍をおく更科《さらしな》丹《に》希《き》、愛称ニッキが名推理を閃かす連作長篇。収

ガイド 青春〝部活〟ミステリは数あれど、新本格ムーブメントにおいては文化系が圧倒的優勢だ。体育会系の、いわゆるスポーツ・ミステリの作例は意外に少なく、もしこれから作家デビューを目指したい人には狙い目のような気がするのだけれど？

第三十一回（二〇一一年）横溝正史ミステリ大賞を受賞した『消失グラデーション』は、女子バスケットボール部の強豪校を舞台にした青春ミステリだ。じつは学生時代、僕もバスケ部に六年いたもので、そもそもバスケという競技自体に思い入れが強く、特に感激してしまった体育館でのシーンがある。女子バスケ部のエースである網川緑が、主人公の「僕」こと椎名康を相手にパス交換から速攻を決める2《ツー》メンの練習を繰り返し、それを見ていたキャプテンの関戸アケミが泣き崩れる――。間もなく網川は不可解な状況で学園から姿を消すことになるのだが、この練習風景（関戸の反応に違和感あり！）が堪《たま》らない伏線として利いてくる。

青春ミステリは、言うまでもなく〝恋愛の季節〟を背景にする。『消失グラデーション』は、かくもよろめく季節にある男女の性差《ジェンダー》の問題を扱っている――などと書くともうネタの見当をつける人もいるだろうが、そんな察しのいい読者の予想の遥か上をゆく企みが本作では構築されている。青臭くて、なのに洗練されて、熱い。青春ミステリのひとつの理想形がここにある。

録された三本の中篇は、いずれも初期エラリー・クイーン風のロジックが冴える犯人当てで、なかでも表題作は大勢の観客を集めたバスケットボールの試合中、派手なダンクショットを決めたプレイヤーが毒針を喉に刺されて殺害される不可能犯罪を描いたバスケ・ミステリだ。バスケ経験者には特に、ニッキが語るバスケ論も興味深いはず。バスケのプレーの本質はフェイク（みせかけの動き）にあるとニッキは喝破し、衆人環視の殺人の謎をみごとに解きほぐしてみせる。動機の弱みを逆手に取った〝三篇串刺し〟のエピローグも賑やか。

第10章 新本格ムーブメント再起動！

あらゆるブームの安定期は、すなわち停滞期でもあります。二〇一〇年代後半の本邦ミステリ界に漂っていた〝新本格ムーブメントの終焉の予感〟は、しかし嬉しいことに裏切られます。そう、新世代の本格派を代表する逸材、「平成のクイーン」こと青《あお》崎有吾《さきゆうご》の登場です。第二十二回鮎川哲也賞受賞作『体育館の殺人』（二〇一二年）は、エラリー・クイーン風のロジックで〈視線の密室〉を解体する手つき鮮やかな学園ミステリでした。青崎は一九九一年の生まれで、当時二十一歳の現役大学生――ああ、彼が生まれたとき新本格ムーブメントはとっくに始まっており、十代の多感な時期にまず新本格作品に触れて（英米の黄金時代の本格作品よりも早く!）ミステリ創作を志した新世代がついに書き手の側に新規参入してきたのですよ。

すると、およそ四半世紀前、綾辻行人《あやつじゆきと》の登場に呼応して同世代の二十代の新人が次々とあらわれた歴史が繰り返されます。一九八八年生まれの早坂吝《はやさかやぶさか》は『〇〇〇〇〇〇〇殺人事件』（二〇一四年）と『虹の歯ブラシ』（一五年）で潔癖なミステリファンを挑発するかのごとく性愛方面に本格の沃野《よくや》を見いだし、九〇年生まれの白井《しらい》智之《ともゆき》はグロテスクかつインモラルな別世界に遊んでロジックだけは傷つかない『人間の顔は食べづらい』（一四年）や『東京結合人間』（一五年）で独自の地歩を固めます。九四年生まれの阿津《あつ》川辰海《かわたつみ》は、『名探偵は嘘をつかない』（一七年）や『星詠師の記憶』（一八年）でSF的な特殊設定に基づくパズラーの可能性を広げて注目を集めています。青崎よりも一足早くデビューしていた八〇年代前半生まれの円居《まどい》挽《ばん》や森川智喜《もりかわともき》の活躍も合わせ、二〇一〇年代に新本格ムーブメントは電源を落とすことなく再起動した格好です。こうした若手本格派の擡頭《たいとう》がベテラン勢にも大いに刺激を与え、本格ジャンルが再活性化していることはまちがいありません。新本格ムーブメントのお楽しみはまだこれからです。

no. 91

青崎有吾《あおさきゆうご》『水族館《すいぞくかん》の殺人《さつじん》』

単独犯なら、確率は単純に十一分の一です

あらすじ 夏休みのさなか、県立風ヶ丘高校新聞部の三人連れは横浜丸美《まるみ》水族館を訪れた。学校新聞「風ヶ丘タイムズ」の取材で、地元レジャースポットの紹介記事を書くためだ。現在、同水族館の一番の目玉は、アイドル的人気を誇る〝レモンちゃん〟——体長三メートル近くある獰猛なレモンザメだ。毎日きちんと餌をやっている飼育下ではすこぶるおとなしい、はずなのだが、新聞部一行の目の前でサメ水槽の中に転落した飼育員・雨宮茂《あめみやしげる》の上半身をガブリ！　雨宮の首を出刃包丁で切りつけ、水槽に突き落とした殺人犯は誰？

東京創元社、2013 年刊行。
書影は創元推理文庫版。

併読のススメ 残念ながら受賞は逃したが、『水族館の殺人』は第十四回（二〇一四年）本格ミステリ大賞の候補作にも選出されていた。このときの受賞パーティの二次会で、もうすっかりできあがっていた僕は青崎有吾氏を捕まえ、「君こそ平

ガイド「平成のクイーン」！　それが新人の青崎有吾に対し、ミステリ出版の老舗・東京創元社が与えた二つ名だった。第二十二回（二〇一二年）鮎川哲也賞受賞作『体育館の殺人』で世に出たとき、まだ二十一歳の大学生。平成生まれで初めて鮎川賞の栄冠をつかんだ青崎の登場が、もうすでに終わったとの見方が強まりつつあった新本格ムーブメントを再起動させることになる。

　いわゆる〈視線の密室〉状態にあった体育館の舞台上で刺殺事件が発生するデビュー作は、一本の黒い傘（舞台下手側の男子トイレに落ちていた）を手がかりに犯人を追い詰めてゆく手つきが勇ましい。けれど、犯行可能性の絞り込みにやや強引さが目についたのも事実であり、この若い作者がまちがいなく「平成のクイーン」だと僕が判断したのは二作目の『水族館の殺人』を読了したときだった。水族館のバックヤードで起きた殺人事件の容疑者は十一人。一旦は全員にアリバイが成立するも、前作に続いて名探偵役を務めるアニメオタクの変人・裏染天馬《うらぞめてんま》は、被害者の〝水槽落下時刻〟を後ろ倒しにする仕掛けが施されていたのを見事に看破する。ところが、今度は一転、十一人全員にアリバイがなくなって出発点《ふりだし》に戻るドタバタかつロジカルな展開にわくわくが止まらない。エラリー・クイーンの流儀に適《かな》う現代パズラーの秀作であり、殺人犯の動機を暴く「静かなエピローグ」の余韻も格別だ。

成のクイーンだ！　でも、ミステリファン全員をそう納得させるためには『双頭の悪魔』（©有栖川有栖）に匹敵する大作を書かなくちゃ」と、要らぬ先輩風を吹かせたことを反省している。

　青崎の活躍は新世代の旗手と呼ぶにふさわしいもので、少年少女《ジュブナイル》向けレーベル《講談社タイガ》から刊行中の『アンデッドガール・マーダーファルス』シリーズもオススメ。吸血鬼に怪盗ルパン、オペラ座の怪人など胸躍る物語世界の住人及び怪物がわんさと登場するスペクタクルなオールスター小説だ。

no. 92

早《はや》坂《さか》吝《やぶさか》『○《まる》○《まる》○《まる》○《まる》○《まる》○《まる》○《まる》○《まる》殺《さつ》人《じん》事《じ》件《けん》』

あ、もしかしてまた私としたいんですか

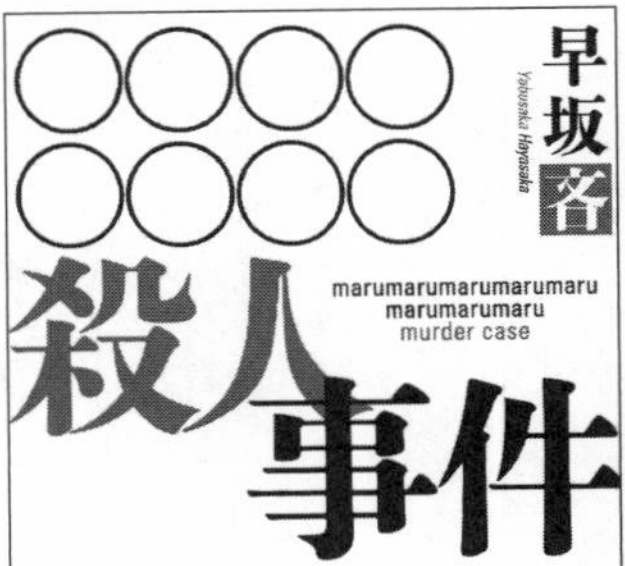

講談社（講談社ノベルス）、2014年刊行。
書影は講談社文庫版。

あらすじ アウトドアが趣味の俺、沖健太郎は、四人の仲間と飛び入りゲストの上木《かみき》らいち（すこぶる軽いギャルだ）とともに再従兄弟島《またいとこじま》にバカンスにやって来た。その小さな島は、友人の黒沼重紀《くろぬましげき》・深景《みかげ》夫妻が二人だけで暮らすプライベート・アイランドなのだが……なんだか深景が思いつめた顔をしているような? 案の定、というべきか、彼女と仲間の一人である浅川医師とが手に手を取ってクルーザーで逐電すると、六人が残された島では殺人事件が発生し……。

併読のススメ そもそもの設定を問題視する向きもあるだろうが、エンコー少女である上木らいちの非日常を描いたのが『○○○○○○○○殺人事件』なら、日常を描いたのが第二作『虹の歯ブラシ』（二〇一五年）だ。凝りに凝ったエロ系の謎解

ガイド　〇〇〇〇〇〇〇〇殺人事件？　節目の第五十回メフィスト賞受賞作の校了前見本《プルーフ》が届いたとき、てっきりタイトル未定と早合点するも、さにあらず。二十六歳の若き作者は、冒頭から読者の顔に手袋を叩きつけ、前代未聞の「タイトル当て」に挑めと迫る。しかも、小説本篇は古式ゆかしき犯人探し《フーダニット》だけれど、「そちらの方は難し過ぎて諸君らの手には負えないだろう」と。その決闘《ケンカ》、受けて立とうじゃないか！

インパクトの強さという点では、青崎有吾の登場以降、この早坂吝のデビュー作が良くも悪くも一番ではないか。典型的な孤島物であり、しかも島の持ち主である黒沼重紀は頭部全体を覆う白いマスク——ミステリファンには横溝正史の『犬神家の一族』でおなじみスケキヨ風——を着けている大サービス。そのうえで、もし映像化されれば嬉しい（？）ある事実を見誤ると犯人を当てられなかったとは……いやはや、すっかり作者の術中に落ちてしまった。

探偵役の上木らいちは、普段から援助交際に励む少女。従来、厳格な本格原理主義者は、男女の恋模様はもとより濡れ場の描写なんぞ夾雑物《きょうざつぶつ》と嫌悪する傾向にある。が、それだけにまだH方面にはトリックの鉱脈があちこち残っていたようだ。古典的な「針と糸の密室」にこんな使い道があったことにア然ボー然だし、らいち嬢が凶器の隠し場所を検《あらた》めるためゴソゴソしていたのも決して感動はしないが感心した。

きアイデアが惜しげもなく詰め込まれた大コーフンの連作長篇である。

この流れで紹介しておきたいのが、同じメフィスト賞出身である乾《いぬい》くるみの大ヒット作『イニシエーション・ラブ』（二〇〇四年）。主人公の「僕」、鈴木夕樹《すずきゆうき》と歯科衛生士をしている成岡《なるおか》繭子《まゆこ》とのただの恋愛小説としか思えない内容だが、物語の最後で二人の恋に決着がつく瞬間、本格ミステリに大転回する。夕樹が繭子と初めて結ばれるHシーンを再読して震えよ！

no.93

白井智之《しらいともゆき》『人間《にんげん》の顔《かお》は食《た》べづらい』

てめぇは食べるために作られたんだ

あらすじ もともと遺伝子工学の研究者だった衆議院議員、冨士山博巳《ふじやまひろみ》は、人類未曾有《みぞう》の食料危機に対応すべく、食用のヒトクローンを大量生産する国家的政策を軌道に乗せた。食べる本人のクローンを生み出し、成長促進剤の投与で素早く育ててから〝出荷〟する。その際、クローンの首（当然ながら注文客と同じ顔！）は必ず切り落としておく決まりだが——なんと冨士山邸に届けられた冨士山博巳の食用クローンが、廃棄されるはずの生首を抱えていたから、さあ大変。発送を担当した青年、柴田和志に疑惑の目が向けられるが……？

KADOKAWA、2014年刊行。
書影は角川文庫版。

併読のススメ 白井智之が自家薬籠中のものにする特殊エログロパズラーは、いわゆるイヤミスの文脈でも語られる。「イヤミス」なる切り口は書評家の霜月蒼《しもつきあおい》が提唱したもので、主に人間心理のおぞましい部分に踏み込むがゆえ〝読後、厭《いや》な

ガイド 不健全で不道徳。だけれど、展開される論理は決して不公正《アンフェア》じゃない。そんな物語世界を構築するのが、平成生まれの新星・白井智之だ。

　人を食ったようなタイトルのデビュー作『人間の顔は食べづらい』は、第三十四回（二〇一四年）横溝正史ミステリ大賞の最終候補作。受賞の栄冠は逃したものの、選考委員を務めていた有栖《ありす》川《がわ》有栖《ありす》、道尾《みちお》秀介《しゅうすけ》両名から熱烈な支持を得て、世に問われた。偶然の言葉選びだっただろうか、人類が肉食を避けるようになったきっかけは、「今からさかのぼること七年前の秋、あらゆる哺乳《ほにゅう》類、鳥類、魚類に感染する新型コロナウイルスが、爆発的な流行を起こした」（傍点引用者）その結果、食物連鎖からのウイルス感染を警戒するようになったからだ。

　食料としてヒトクローンが育成される近未来を舞台にした奇っ怪な推理劇は、一九九〇年代に西澤保彦《にしざわやすひこ》が可能性を摸索した特殊設定パズラーの流れに棹《さお》さしつつ、独自の露悪的エログロ路線を開く野心にあふれる。食肉加工施設でクローンを「首なし死体」にして出荷するだなんて……首切り殺人（顔のない死体）テーマの珍無類のバリエーションであり、ヒトクローンに対する扱いに人種問題や移民問題——多数派による少数派の排撃——という社会派テーマが反映されているところも見逃せない。白井智之の快進撃は、ここから始まった。

気分があとを引くミステリ〟のことを指す。

　そのイヤミスが売り文句として一般に浸透するきっかけとなったのが、湊《みなと》かなえの登場だ。中学校の女性教師が、わが子を殺した教え子に容赦ない復讐を行なう『告白』（二〇〇八年）で単行本デビューすると即ベストセラー作家の仲間入りを果たし、「イヤミスの女王」なる冠を戴《いただ》いた。湊作品で僕のイチオシは、現代の女子高生像を瑞々しく結んだ『少女』（〇九年）。人が死ぬ瞬間を見たいと願う二人の少女の〝すれ違いの夏〟が因果応報《ロジカル》な決着を見る、ミステリ度の高い逸品だ。

no. 94

井《いの》上《うえ》真《ま》偽《ぎ》『その可《か》能《のう》性《せい》はすでに考《かんが》えた』

単にこの世に奇蹟が存在することを示すだけ

あらすじ 腕利きの私立探偵、上《うえ》苙《おろ》丞《じょう》の事務所を訪ねてきた女性は、かつて集団自殺事件を起こした新興宗教団体「血の贖い《アポリュトローシス》」の唯一の生き残りだった。彼女、渡良《わたら》瀬《せ》莉《り》世《ぜ》は、事件当時はまだ小学生。終末の予兆に怯えた教祖が信者三十二人の首を斧で斬り回るさなか、リゼは兄のように慕っていた少年堂仁《ドウニ》によって救出される。すでに首と胴体が離れ離れになっていたドウニは、自分の生首を抱えさせたリゼを抱《だ》っこして、安全な場所まで連れて逃げたらしいのだが……？

講談社（講談社ノベルス）、2015年刊行。
書影は講談社文庫版。

併読のススメ 多重解決物の元祖と一般に認められるのが、英国ミステリ界随一の曲者アントニイ・バークリーの『毒入りチョコレート事件』（一九二九年）だ。ベンディックス夫妻が食べたチョコレート・ボンボンの新作見本は、なんと猛毒ニト

ガイド　第五十一回メフィスト賞を受賞したデビュー作『恋と禁忌の述語論理《プレディケット》』（二〇一五年）は、もっと評価されていい作品だ。おのおの事件に決着をつけた名探偵たちの推理が本当に正しかったのかどうかを、人間の論理構造を数学的に解析する「数理論理学」でもって検証する！　筋金入りの文系読者よ恐るるなかれ、こんな面白い催し《イベント》が行われる実験的ミステリは古今東西、他に例がない。

　井上真偽が声価を高めたのは、受賞は逃したものの第十六回（一六年）本格ミステリ大賞の候補に選ばれた第二作『その可能性はすでに考えた』のスマッシュヒットだ。デビュー作に登場する名探偵の一人、青髪の上苙丞を主役に起用したスピンオフ長篇だが、続く『聖女の毒杯』（一六年）も独壇場だった上苙の名探偵シリーズこそ今や井上の大看板《メインストリーム》。上苙が普通の名探偵とちがうのは超自然の〈奇蹟〉を希求していること。なので、不可能犯罪と見るや彼の目の色が変わるのは、その犯行方法を見破らんと奮い立つからではない。逆に、あらゆる犯行可能性を否定して、事件が〈神の恩寵〉によって起きたものだと証明したくてたまらないのだ。だから上苙探偵は、首無し死体による少女救出劇をなんとか現実的・合理的に説明した仮説（バカミス的な物理トリックを含む）をことごとく「その可能性は、すでに考えた」と言い放ち、跳ね返そうとするのである。多重解決物の新機軸を打ち出した野心作だ。

ロベンゼン入りだった。妻ジョウンは死亡、夫グレアムは二つしか食べなかったのが幸い命を取りとめる。もともとその新作見本は、豪放な性格のユーステス・ペンファーザー卿に送られてきたもので、犯人はユーステス卿をこそ謀殺するつもりだったらしい……。小説家のロジャー・シェリンガムが会長を務める「犯罪研究会」の六人は、それぞれ独自の調査に乗り出し、まったく異なる真相を推理する。それぞれの仮説が魅力と意外性に富んで、疑惑の目が〈外〉から〈内〉にスリリングに転回する結末も見事だ。

no. 95

今《いま》村《むら》昌《まさ》弘《ひろ》『屍《し》人《じん》荘《そう》の殺《さつ》人《じん》』

**クローズドサークル？
閉じ込められるってこと？**

あらすじ 神紅《しんこう》大学ミステリ愛好会に所属する俺が、「神紅のホームズ」こと明智恭介先輩とともに、娑《さ》可《べ》安《あ》湖近くのペンションで行なわれる映画研究部の夏合宿にお邪魔したのにはワケがある。前年の合宿に参加した女子部員の一人が夏休み明けに自殺しており、因果関係は不明だが「今年の生贄は誰だ」と記された脅迫状が映研の部室に舞い込んでいたのだ。合宿初日の夜、肝試しに興じていた俺たちはとんでもない事態に直面してペンションから出られなくなるばかりか、さらに殺人事件まで発生し……。

東京創元社、2017 年刊行。
書影は創元推理文庫版。

併読のススメ 『屍人荘の殺人』の作者、今村昌弘は昭和六十年（一九八五年）生まれ。二〇一〇年代前半に平成生まれの青崎有吾《あおさきゆうご》や白井《しらい》智之《ともゆき》が擡頭《たいとう》してきたことも大いに刺激になったのだろう、彼らの兄貴・姉貴世代も黙っていなかった。

ガイド 二〇一七年のミステリ界の話題をさらった第二十七回鮎川哲也賞受賞作。年末恒例のミステリ・ランキングで三冠（「このミステリーがすごい！」「本格ミステリ・ベスト10」「週刊文春ミステリーベスト10」でいずれも国内部門一位）を達成すると、さらに翌年、第十八回本格ミステリ大賞の小説部門レースをも制した。新人のデビュー作が本格ミステリ大賞に選ばれるのは史上初めての快挙だった。

とにかくにも本作の成功は、警察の科学捜査の手がすぐには及ばない閉鎖状況《クローズド・サークル》を作り出した仰天の手口による。当時の鮎川賞選考委員の一人、北村薫《きたむらかおる》が選評で「野球の試合を観に行ったら、いきなり闘牛になるようなもの」と驚歎《きょうたん》していたっけ。元来、クローズド・サークルとは、ご都合主義の産物である。時化《しけ》で無人島に漂着するのも、大雪や豪雨で〝陸の孤島〟が出現するのも、作者の筆のほしいまま。『屍人荘の殺人』の場合、ペンションを孤立させるあんなものを大量発生させたテロ事件と、ペンション内の連続殺人事件の解決は完全にすれ違っている。殺人犯は確かに、外で起きている異様な状況を利用はするが、それは川の流れや降りつもる雪など周囲の自然環境を利用するのと同じレベルであり、殺人犯がテロ事件と何の関係もないところが最高にクールだ。もちろん、これほど高い評価を得たのは、犯人限定のロジックが細部まで丁寧に練り込まれていたからこそ。

今村と同じ鮎川哲也賞出身の〝遅れてきたルーキー〟の一人が、昭和五十一年（一九七六年）生まれの市《いち》川憂人《かわゆうと》。東京大学在学中は文芸サークル「新月お茶の会」に所属していたミステリ読みの市川は、空飛ぶ浮遊艇が主要舞台となるクローズド・サークル物『ジェリーフィッシュは凍らない』で第二十六回（二〇一六年）鮎川賞を獲得し、斯界《しかい》の最前線に躍り出た。大胆なトリックと、復讐の挙に出た犯人の純朴《ナイーブ》な動機が鮮烈に印象に残る受賞作だ。

no. 96

伊《い》吹《ぶき》亜《あ》門《もん》『刀《かたな》と傘《かさ》 明治《めいじ》京洛《きょうらく》推理《すいり》帖《ちょう》』

私の右腕は君しか務まらんのだ。それは理由にならないのかね

東京創元社（ミステリ・フロンティア）、2018年刊行。

あらすじ 時は明治五年、処《ところ》は京都。府立監獄舎に囚われていた謀反人が、昼餉《ひるげ》のお粥の中に混ぜられていた鼠取りの毒で横死した。その日の夕刻には斬首されることが決まっていた男を、誰がなぜ殺す必要があったのか……（第三話　監獄舎の殺人）。島原に身を堕としていた私、沖牙由羅《おききばゆら》は、身請けしてくれた旦那と住み込みの若い女中を刺殺し、さらに御一新の前は「兄さん」と慕った男を短銃で射殺した。脱獄囚である兄さんを賊に仕立てた計画は完璧だったはずだが……（第四話　桜）。

併読のススメ 時代ミステリの新鋭、伊吹亜門に、山田風太郎の明治物の衣鉢を継ぐ気概ありと見ていいだろう。忍法帖シリーズで一世を風靡《ふうび》した山田《やまだ》風太《ふうた》郎《ろう》の後期代表作『明治断頭台』（一九七九年）は、伊吹の『刀と傘』と同時代の帝都東京を

ガイド 第十二回（二〇一五年）ミステリーズ！新人賞受賞作「監獄舎の殺人」を含む、初の単独著書。受賞作の舞台は明治維新後も混乱が尾をひく古の都で、死刑囚をわざわざ毒殺した犯人は誰なのかを肥前《ひぜん》佐賀藩出身の初代司法卿・江《え》藤新平《とうしんぺい》が予断を持って追及する。薩長が幅を利かす中央政府の派閥争いも絡んで、虚実皮膜《ひまく》の面白さに満ちた時代ミステリの逸品だ。選考委員の一人だった法月綸太郎《のりづきりんたろう》が、「迷探偵然とした江藤新平が主役に返り咲くラストにはあっと言わされた」と選評で感歎《かんたん》しているように、鮮やかにして余韻が残る幕切れの読み味は、とても平成生まれの若い作者の手になるとは思えないほど堂々の風格を感じさせるものだ。

このオールタイム・ベスト級のデビュー短篇を、意外や時間軸に沿って五話並べた真ん中に置く連作集『刀と傘』がまた凄かった！　こちらが勝手に上げまくっていた期待値を軽く超えてくる充実ぶりで、第十九回（一九年）本格ミステリ大賞の栄冠を手中におさめた。アクロバティックな反転劇で魅了する作品に対し、僕はしばしば「連《れん》城《じょう》三紀彦《みきひこ》風」と紋切り型の褒め言葉を使ってしまうけれど、本作の「風」の到達度は相当なレベルだと舌を巻くほかない。明治初期に日本の司法制度の礎を築いた江藤新平と、その右腕たる〝架空の司法顧問〟鹿野師光《かのもろみつ》——主役であるこの二人が、ともに名探偵であり、ともに名犯人でもあることにシビれた。

舞台にしていた。役人の汚職を追及する太政官弾正台の大巡察・香月経四郎《かづきけいしろう》は、なんと死者の口寄せを行なうフランス人の巫女エスメラルダを右腕に難事件の数々を解決に導くのだ。なかでも、胴斬りの殺人トリックに目を剝くこと必至の「怪談築地ホテル館」と、客を乗せた人力車が曳《ひ》き手の足跡を雪上に残さず神田川に突っ込む「アメリカより愛をこめて」は秀逸。一巻の最後に、収録短篇をすべて〝串刺し〟にする風太郎十八番《おはこ》の技も決まっている。

no. 97

阿《あ》津《つ》川《かわ》辰《たつ》海《み》『紅《ぐ》蓮《れん》館《かん》の殺《さつ》人《じん》』

君は、それでよく名探偵が名乗れたものね！

あらすじ 高校二年生の「僕」、田所《たどころ》信哉《しんや》は、名探偵なる存在に憧れを抱くミステリマニアだ。同級生の葛城《かつらぎ》輝義《てるよし》を誘い、伝説的なミステリ作家・財田《たからだ》雄山《ゆうざん》の「仕掛けだらけの館」を訪ねようとしていたところ、思いがけない山火事に遭遇して目的地に避難することに。老大家がすでに寝たきりの状態である事実を知りショックを受けた「僕」だけど、豈図《あにはか》らんや雄山の孫娘に一目惚れ。だが、館に火が迫る翌朝、彼女は吊り天井の仕掛けで圧死してしまい……。

講談社（講談社タイガ）、2019 年刊行。

併読のススメ 稚気あふれる「仕掛けだらけの館」の主、財田雄山は、松本清張《まつもとせいちょう》のフォロワーであった、という設定だ。雄山の息子である貴之にとって、〝家庭の暴君〟であり、「清張には女性の手記からなる『ガラスの城』という長

ガイド 西高東低は、冬型の気圧配置ばかりではない。新本格ミステリの震源地はまぎれもなく京都であり、西日本出身の若者たちが起こしたムーブメントだったことは言うを待たない。だが、青崎《あおさき》有吾《ゆうご》（神奈川生まれ）が登場した二〇一二年以降、二十代の若さで斯《し》界《かい》に参入してきた平成生まれの新世代作家にかぎれば東日本勢の意気盛ん。わけても注目株は、石持《いしもち》浅海《あさみ》と東川《ひがしがわ》篤哉《とくや》が選考委員を務めた新人発掘プロジェクト「カッパ・ツー」の第一期生に単独で選ばれた阿津川辰海（東京生まれ）だ。

カッパ・ツー入選作『名探偵は嘘をつかない』（二〇一七年）は、死者が特殊なルールのもと輪廻転生する可能性を考慮したうえで〝疑似裁判〟が進行する異色の法廷ミステリだった。肝腎《かんじん》の転生ルールがご都合主義に過ぎる嫌いはあるが、とにかくアイデアを出し惜しみせず詰め込んだ姿勢に学生作家らしい清新な印象を受けた。そんな期待の新鋭の出世作といえるのが第二十回（二〇年）本格ミステリ大賞の候補にも挙がった阿津川版「館」シリーズ第一弾『紅蓮館の殺人』だ。いずれ山火事に包まれてしまうはずの館、という『シャム双子の謎』（©エラリー・クイーン）の向こうを張った舞台設定で、これでもかとばかり意外な展開を畳み掛けて読者を煙に巻く。高校生にして名探偵の宿命を背負う葛城輝義が、元名探偵の保険調査員・飛鳥井《あすかい》光流《みつる》を相手に悲愴感あふれる推理合戦を繰り広げて息が詰まる思いがした。

編があるが、あのようには女の欲望を描くことが出来なかった」と作品にも手厳しい。

本格読みにまず押さえてほしい清張作品は、アリバイ崩しの古典である『点と線』（一九五八年）や清張短篇の粋と評すべき『黒い画集』（七〇年 ※七篇収録の決定版）だが、会社の上司が被害者となったバラバラ殺人事件を二人のOLが別々に探偵する『ガラスの城』（七六年）もぜひ手にとってほしい異色篇である。構成の妙と心理的伏線の巧みさから、男性優位の会社組織のなかで肩肘張る女性社員の悲哀が浮き彫りになる。

no. 98

城《き》戸《ど》喜《き》由《よし》『暗《あん》黒《こく》残《ざん》酷《こく》監《かん》獄《ごく》』

この家には悪魔がいるんですか？

あらすじ 大学生の姉が絞殺されたうえ、十字架に磔《はりつけ》にされていた。姉の財布には、「この家には悪魔がいる」と記したメモが。これは遺書か、それとも告発か？　弟の「僕」、清家《せいけ》椿《ちゅん》太《た》郎《ろう》は、幸福なわが家に本当に「悪魔」が棲んでいるのか調査に乗り出す。すでに自殺してこの世にない、小説家志望だった兄の秘密。作曲家として成功した父の、思いもよらぬ暗い過去。そして、とっくの昔に死亡記事が新聞に出ていた母が、今も生きている不思議……。ああ、「僕」は温かい家庭を取り戻すことができるだろうか？

光文社、2020年刊行。

併読のススメ 正統ハードボイルド御三家と称されるのが、ダシール・ハメット、レイモンド・チャンドラー、そして本格ミステリ読みからの支持が昔から高いロス・マクドナルド。特に中学・高校生男子は一種の通過儀礼だと心得て、次に

ガイド 第二十三回（二〇一九年）日本ミステリー文学大賞新人賞受賞作。作者の城戸喜由は一九九〇年（平成二年）の生まれで、受賞時の齢《よわい》二十九。同賞レース史上最年少での戴冠《たいかん》だった。青崎有吾《あおさきゆうご》（平成三年生まれ）や白井智之《しらいともゆき》（平成二年生まれ）、阿津川辰海《あつかわたつみ》（平成六年生まれ）ら、二〇二〇年代に颯爽《さっそう》と登場した〝花の平成一桁《ひとけた》世代〟にまた新しい才能が加わった。

とにかく、主人公の高校生、清家椿太郎のキャラクターがとびきりユニークである。人妻だけを恋愛対象とし、頭でっかちで鼻持ちならない言動は、周囲との軋轢《ディスコミュニケーション》を生むばかり。良くいえば一匹狼、悪くいえば友達のいないタイプの椿太郎が〝わが家の悲劇〟を探偵するわけだ。その椿太郎の調査スタイル、というより立ち居振る舞いは、じつに「ハードボイルド」と呼ぶのがふさわしい。もし彼が、家族の誰かの依頼で動いている私立探偵なら、意外と正統なハードボイルド小説のように読めてしまう。というのも、清家の家庭の秘密は、椿太郎たち子どもの代にあるのではなく、彼らの親の代にこそ入り組んで潜んでいる。兄姉の死の真相を探る過程で、親の代のあれこれに悲劇の根を掘り返してゆく書きぶりは、アメリカの〝家庭の悲劇〟を描き続けたハードボイルド御三家の一人、ロス・マクドナルドの作風を髣髴《ほうふつ》させる、といっては褒めすぎか？　読者の好悪は、はっきり二分するだろう挑発的な作品だ。

紹介する代表作をまず手にとってもらいたい。ハメットなら、お宝をめぐって悪党どもが争奪戦を繰り広げる『マルタの鷹』（一九三〇年）を。チャンドラーなら、テリー・レノックスという人物の捉えどころのなさが強く印象に残る『ロング・グッドバイ』（五三年）を。ロスマクなら、花嫁失踪事件から幕を開ける巧緻なプロットと結末のインパクトが凄まじい『さむけ』（六四年）を。ハードボイルド沼にハマるも良し、ハマらぬも良し。

no. 99

朝《とも》永《なが》理《り》人《と》『幽《ゆう》霊《れい》たちの不《ふ》在《ざい》証《しょう》明《めい》』

学園ラブコメ気取りですか？　腹立たしいですね

あらすじ　羊毛《ようもう》高校二年二組の文化祭の出し物は、相当に力の入った「お化け屋敷」だ。文化祭二日目の午後、二組の教室の前には長蛇の列ができるほど人気を博していたが、〝首吊り幽霊〟に扮していた女生徒・旭川明日葉《あさひかわあしたば》が開演中に絞め殺される事件が発生する。被害者に熱烈片想い中だった語り手の「僕」、閑寺尚《かんてらなお》は、事件の解決を警察任せにしておけないと言い張る同級生、甲森璃瑠子《こうもりりるこ》に巻き込まれるかたちで独自の調査に乗り出すのだが……。

宝島社（宝島社文庫）、2020年刊行。

併読のススメ　宝島社文庫初刊『幽霊たちの不在証明』の帯には、麻耶雄嵩《まやゆたか》が推薦の辞を寄せていた。「自信にあふれた読者への挑戦状。80ページにも及ぶ細緻な推理。そしてすこぶる切実でワガママな名探偵。これにわくわくしない人はいるだ

ガイド 作者の朝永理人は、新本格派のニューリーダーである青崎有吾《あおさきゆうご》と同じ一九九一年生まれ。十代の青春期に、海外の古典ミステリよりも国内の新本格作品に多く触れて作家を志した新世代の一人と見ていいだろう。

『幽霊たちの不在証明』は第十八回（二〇一九年）『このミステリーがすごい！』大賞で〝第二席〟に当たる優秀賞を受賞。本作の原型は、第二十七回（二〇一七年）鮎川哲也賞に投じられ最終候補に残った『幽霊は時計仕掛け』で、「本格としての謎解きはとてもきれいだった」（加納朋子《かのうともこ》）、「お化け屋敷の数時間が延々と続く前半は、凡手なら読むに堪えなかったでしょう。読ませてしまうというのは非凡です」（北村薫《きたむらかおる》）と選考委員から好評を得ていた。でもまあ、この年の鮎川賞は、受賞作に決まった今村昌弘《いまむらまさひろ》『屍人荘の殺人』のインパクトが強すぎたということだ。

とにかく、名探偵役の甲森璃瑠子のキャラクターが奮《ふる》っている。昔風にいえばネクラな彼女は、「人気者になりたいんです」という不純な動機から、大して親しくもなかったクラスメイトの死の真相を突きとめようとするのだ。分刻みのアリバイ確認から犯人を限定してゆく手筋は、静かに、しかし加速度を徐々に増して、興奮を誘う。ユーモアを基調とした作品だが、犯人像や殺人の動機は〝身近なところの空気を読む〟ことに敏感すぎる高校生たちの精神風俗を切実《シリアス》にとらえ、苦さを残す。

ろうか？」と。

その麻耶に『木製の王子』（二〇〇〇年）という作品がある。とある屋敷で発生した首切り殺人の犯人を絞り込むため、異常に時間に几帳面な一族九人の分単位一時間の時刻表《タイムテーブル》を示すのだが、この細かすぎるアリバイ崩しの約二十ページ（講談社ノベルス版のページ数）は、ちゃんと読んでもいいし、いっそ読み飛ばしてもいい。実際、僕は読み飛ばしていながら、この作品を「傑作」と呼ぶことに迷いがない。

no.100

斜《しゃ》線《せん》堂《どう》有《ゆう》紀《き》『楽《らく》園《えん》とは探《たん》偵《てい》の不《ふ》在《ざい》なり』

神は何故、地獄行きの基準を二人にしたのだろう

あらすじ 世に聞こえた私立探偵・青岸焦《あおぎしこがれ》は、常夜島《とこよじま》に降り立った。「その島で我々は、天国の有無を知ることが出来る」と、島の持ち主である大富豪、常木王凱《つねきおうがい》に熱心に誘われたからだ。――しかし、何不自由ない待遇を約束された楽園の島は、間もなく惨劇の舞台と化す。密かに牙を研いでいた〈犯人〉は、主の常木の心臓に深々とナイフを突き立てると、さらに次の標的を狙う。果たして青岸探偵は、孤島の連続殺人事件を解決に導けるだろうか？

早川書房、2020年刊行。

併読のススメ 青岸焦たちの世界に降臨した天使は、「ともすれば悪魔を連想するような見た目」であるというが――ひょっとすると、この醜い造形のヒントは、アーサー・C・クラークの名作SF『幼年期の終り』（一九五三年）から得たの

ガイド このブックガイドで紹介した一冊目（綾辻行人《あやつじゆきと》『十角館の殺人』）と最後の百冊目がともに孤島物なのは、ただの偶然のはずである。ともあれ、『十角館の殺人』の登場人物たちが暮らしていた現実ベースの世界と、こちら『楽園とは探偵の不在なり』の世界とでは決定的な違いがある。「あらすじ」では敢えて触れなかったが、青岸焦たちが住む世界では、神（?）が遣わした「天使」と呼ぶほかないものどもが、人殺しに直接罰を与えるようになっているからだ。

まるで蝙蝠《こうもり》めいた不気味な翼を持ち、顔は鉋《かんな》で削られたかのようにのっぺりした天使――。彼ら醜い天使は、人を一人殺した罪は見逃してくれるが、二人殺せば必ず地獄に引きずり込む。それなのに、常夜島の〈犯人〉は、いかにしても不可能なはずの連続殺人を実行しようとしているのである。天使は恐ろしくとも、天使の存在なくしては成立しない殺人トリックに目を剝《む》くこと必定だ。

〝裁きの天使〟が降臨した世界だなんて、まったく突飛で現実離れしているよう。だけれど、死刑を存置するわが国では長らく、殺したのが一人なら無期懲役以下、三人なら死刑、二人だとボーダーラインという量刑基準がある。そう、本作の奇想あふれる特殊設定は、じつに現実的な罪と罰のバランスの問題を反映していることに思いを致すべきだろう。

かも。人類より遥かに高度な文明を有する異星人《オーバーロード》は、姿を見せることなく地球に平和な理想社会をもたらした。だが、ついに宇宙船から降りてきた彼らは、人間が昔から「悪魔」と呼んできたものとなぜかそっくりだったのだ……。

斜線堂有紀はライトノベル畑出身の新鋭。『詐欺師は天使の顔をして』（二〇二〇年）では、主人公の詐欺師コンビが、人が死んでも蘇《よみがえ》る世界に迷い込むなど特殊設定ミステリの新機軸を打ち出している。

「おわりに」ではなく「はじめに」で書くべきだったと思いますが――ミステリの深い森にこれから分け入ろうとする若い読者に、ひとつ助言を。ぜひ、次に手にとる作品から、〈読書録〉を付けることをオススメします。僕は大学ノートに手書きしていますが、今時は自宅のパソコンかスマホの中にメモしておくのもいいでしょう。

読書録、と言ったって、大まじめな分析ばかり書く必要はありません。その本が面白かったのか、つまらなかったのか。気に入ったのは、どの登場人物《キャラクター》か。佳多山はこの作品を褒《ほ》めすぎてるんじゃないか、とか……。コーヒーでも一杯飲むあいだ、筆が進むまま読後の感想を率直に書きとめておくだけでいい。五年後か十年後か、何かの拍子に〝再会〟する本が出てきたとき、過去の自分がその本をどんなふうに受けとめたかの記録が残っていることは、じつに読書生活を豊かにすると信じるからです。

ああ、それに。願わくは読者の中に、その読書録が三十歳を過ぎると途端に衰えが目立つ記憶力を補って、めっぽう役に立つ未来がくる人のいることを！　二〇二一年の今から二十年後か四半世紀のちに、あなたがこのブックガイドのコンセプトを継承した仕事に取り組んでくれて、新たに100冊の新本格ミステリを選ぶような巡り合わせがあれば嬉しい。その際は、特に二十一世紀に入ってからの二十年間に発表された作品に対し、ようやく重みある〝歴史的評価〟が下されるのでしょう。

　最後になりましたが、今回このブックガイドの編集を担当してくれた〝二十代のミステリ好きの仲間〟丸茂《まるも》智晴《ともはる》さんと、雛型《ひながた》となった原稿「新本格を識るための100冊」を「ファウスト」誌に書かせてくれた〝同じ一九七二年生まれのミステリ好きの仲間〟太田《おおた》克史《かつし》さんに感謝を。令和の時代に青春の時を過ごす若いミステリファンに、この個人的な偏向もあるブックガイドが届いたとしたら、その功績はまずお二人のものです。

新本格ミステリ年表（刊行順リスト）

※『このミステリーがすごい!』（このミス）、本格ミステリ大賞（本ミス大賞）の結果は、発表年次でなく選考対象期間が長い年次に記載しています。

勃興期

1987

01 綾辻行人『十角館の殺人』《9月》

1988

- アドベンチャーゲーム『ファミコン探偵倶楽部　消えた後継者』（任天堂）が発売。《4月》
- 宮﨑勤連続幼女殺人事件が発生（翌年7月、犯人逮捕）。《8月》

02 歌野晶午『長い家の殺人』《9月》

03 法月綸太郎『密閉教室』《10月》

- 鮎川哲也監修によるミステリ叢書〈鮎川哲也と十三の謎〉（東京創元社）刊行開始。《10月》
- 『このミステリーがすごい!』（宝島社）創刊。《12月》

[このミス1988：（国内1位）船戸与一『伝説なき地』（海外1位）トレヴェニアン『夢果つる街』]

隆盛期

1989

04 有栖川有栖『月光ゲーム』《1月》

- 昭和天皇崩御。皇位継承にともない、昭和から平成に改元。《1月》

05 我孫子武丸『8の殺人』《3月》

11 北村薫『空飛ぶ馬』《3月》

- 女子高生コンクリート詰め殺人事件が発覚。《3月》

21 山口雅也『生ける屍の死』《10月》

[このミス1989：（国内1位）原尞『私が殺した少女』（海外1位）トマス・ハリス『羊たちの沈黙』]

1990

41 筒井康隆『ロートレック荘事件』《9月》

71 中西智明『消失!』《10月》

72 澤木喬『いざ言問はむ都鳥』《12月》

1991

[このミス1991：（国内1位）大沢在昌『新宿鮫』（海外1位）ウンベルト・エーコ『薔薇の名前』]

12 若竹七海『ぼくのミステリな日常』《3月》

73 高原伸安『予告された殺人の記録』《9月》

[このミス1992：（国内1位）志水辰夫『行きずりの街』（海外1位）P・D・ジェイムズ『策謀と欲望』]

1992

61 井上夢人『ダレカガナカニイル…』《1月》

31 宮部みゆき『火車』《7月》

42 笠井潔『哲学者の密室』《8月》

06 我孫子武丸『殺戮にいたる病』《9月》

● 『創元推理』（東京創元社）創刊。《10月》

● 原作＝天樹征丸＋金成陽三郎／漫画＝さとうふみや『金田一少年の事件簿』（週刊少年マガジン）連載開始。《10月》

[このミス1993：（国内1位）船戸与一『砂のクロニクル』（海外1位）レジナルド・ヒル『骨と沈黙』]

1993

51 今邑彩『金雀枝荘の殺人』《3月》

22 麻耶雄嵩『夏と冬の奏鳴曲』《8月》

62 貫井徳郎『慟哭』《10月》

[このミス1994：（国内1位）髙村薫『マークスの山』（海外1位）ミッチェル・スミス『ストーン・シティ』]

1994

52 松尾由美『バルーン・タウンの殺人』《1月》

● 青山剛昌『名探偵コナン』（週刊少年サンデー）連載開始。《1月》

● はやみねかおる『そして五人がいなくなる　名探偵夢水清志郎事件ノート』（講談社青い鳥文庫）刊行。《2月》

● ドラマ『古畑任三郎』（フジテレビ）放映。《4月》

● 松本サリン事件が発生（オウム真理教事件）。《6月》

32 京極夏彦『姑獲鳥の夏』《9月》

● 我孫子武丸がシナリオを担当したノベルゲーム『かまいたちの夜』（チュンソフト）発売。《11月》

[このミス1995：（国内1位）山口雅也『ミステリーズ』（海外1位）スコット・スミス『シンプル・プラン』]

1995

● 阪神・淡路大震災が発生。《1月》

● 地下鉄サリン事件が発生（オウム真理教事件）。《3月》

13 加納朋子『掌の中の小鳥』《7月》

● 『メフィスト』（講談社）創刊。《7月》

[このミス1996：（国内1位）真保裕一『ホワイトアウト』（海外1位）ミネット・ウォルターズ『女彫刻家』]

1996

63 二階堂黎人『人狼城の恐怖』（第一部）《4月》

53 西澤保彦『人格転移の殺人』《7月》

81 清涼院流水『コズミック』《9月》

[このミス1997：（国内1位）馳星周『不夜城』（海外1位）ジョン・ダニング『死の蔵書』]

1997

• 酒鬼薔薇聖斗事件が発生（同年6月、14歳の犯人逮捕）。《5月》

23 北川歩実『猿の証言』《8月》

24 蘇部健一『六枚のとんかつ』《9月》

[このミス1998：（国内1位）桐野夏生『OUT』（海外1位）R・D・ウィングフィールド『フロスト日和』]

1998

82 浦賀和宏『記憶の果て』《2月》

74 津島誠司『A先生の名推理』《3月》

•『本格ミステリ・ベスト10』（東京創元社／2001年版より版元が原書房に移行）創刊。《3月》

33 鯨統一郎『邪馬台国はどこですか?』《5月》

[このミス1999：（国内1位）高村薫『レディ・ジョーカー』（海外1位）セオドア・ローザック『フリッカー、あるいは映画の魔』]

1999

34 高田崇史『QED　六歌仙の暗号』《5月》

25 森博嗣『そして二人だけになった』《6月》

64 殊能将之『ハサミ男』《8月》

• 桶川ストーカー殺人事件が発生。《10月》

[このミス2000：（国内1位）天童荒太『永遠の仔』（海外1位）スティーヴン・ハンター『極大射程』]

2000

• 新潟少女監禁事件が発覚。《1月》

35 北森鴻『凶笑面』《5月》

54 三雲岳斗『M.G.H.　楽園の鏡像』《6月》

• ドラマ『TRICK』（テレビ朝日）放映。《7月》

75 古泉迦十『火蛾』《9月》

•『ジャーロ』（光文社）創刊。《9月》

55 柄刀一『アリア系銀河鉄道』《10月》

76 真木武志『ヴィーナスの命題』《10月》

• 本格ミステリ作家クラブ設立（初代会長＝有栖川有栖）。《11月》

• レーベル〈富士見ミステリー文庫〉（富士見書房）創刊。《11月》

26 飛鳥部勝則『砂漠の薔薇』《11月》

65 藤岡真『六色金神殺人事件』《12月》

• 世田谷一家殺害事件が発生。《12月》

[このミス2001：（国内1位）泡坂妻夫『奇術探偵曾我佳城全集』（海外1位）ジム・トンプスン『ポップ1280』]

［第1回本ミス大賞：（小説）倉知淳『壺中の天国』（評論・研究）権田萬治＋新保博久『日本ミステリー事典』（特別賞）鮎川哲也］

2001

66 小野不由美『黒祠の島』《2月》

83 舞城王太郎『煙か土か食い物』《3月》

43 山田正紀『ミステリ・オペラ』《4月》

77 川崎草志『長い腕』《5月》

- 池田小児童殺傷事件が発生。《6月》
- 法廷バトルアドベンチャーゲーム『逆転裁判』（カプコン）発売。《10月》

14 米澤穂信『氷菓』《11月》

84 佐藤友哉『エナメルを塗った魂の比重』《12月》

［このミス2002：（国内1位）宮部みゆき『模倣犯』（海外1位）ボストン・テラン『神は銃弾』］

［第2回本ミス大賞：（小説）山田正紀『ミステリ・オペラ』（評論・研究）若島正『乱視読者の帰還』］

2002

36 近藤史恵『桜姫』《1月》

85 西尾維新『クビキリサイクル』《2月》

44 連城三紀彦『白光』《3月》

78 林泰広『見えない精霊』《4月》

67 黒崎緑『未熟の獣』《6月》

07 法月綸太郎『法月綸太郎の功績』《6月》

68 乙一『GOTH』《7月》

- ノベルゲーム『ひぐらしのなく頃に 鬼隠し編』（07th Expansion）発売。《8月》

15 倉知淳『猫丸先輩の推測』《9月》

［このミス2003：（国内1位）横山秀夫『半落ち』（海外1位）ジェレミー・ドロンフィールド『飛蝗の農場』］

［第3回本ミス大賞：（小説）笠井潔『オイディプス症候群』＆乙一『GOTH』（評論・研究）笠井潔『探偵小説論序説』］

安定期

2003

79 小貫風樹「とむらい鉄道」他2篇（鮎川哲也監修『新・本格推理03』所収）《3月》

08 歌野晶午『葉桜の季節に君を想うということ』《3月》

37 物集高音『吸血鬼の壜詰』《4月》

69 谺健二『赫い月照』《4月》

- 『ミステリーズ！』（東京創元社）創刊。《6月》
- レーベル〈ミステリーランド〉（講談社）配本開始。《7月》

45 島田荘司『ネジ式ザゼツキー』《10月》

- レーベル〈ミステリ・フロンティア〉創刊。《11月》

38 伊坂幸太郎『アヒルと鴨のコインロッカー』《11月》

●『ファウスト』（講談社）創刊。《11月》

[このミス2004：（国内1位）歌野晶午『葉桜の季節に君を想うということ』（海外1位）サラ・ウォーターズ『半身』]

[第4回本ミス大賞：（小説）歌野晶午『葉桜の季節に君を想うということ』（評論・研究）千街晶之『水面の星座 水底の宝石』（特別賞）宇山日出臣&戸川安宣]

2004

56 辻村深月『冷たい校舎の時は止まる』（上巻）《6月》

80 神津慶次朗『鬼に捧げる夜想曲』《10月》

[このミス2005：（国内1位）法月綸太郎『生首に聞いてみろ』（海外1位）サラ・ウォーターズ『荊の城』]

[第5回本ミス大賞：（小説）法月綸太郎『生首に聞いてみろ』（評論・研究）著＝天城一／編＝日下三蔵『天城一の密室犯罪学教程』]

2005

16 大倉崇裕『やさしい死神』《1月》

●恩田陸『夜のピクニック』が本屋大賞受賞。《4月》

46 東野圭吾『容疑者Xの献身』《8月》

57 道尾秀介『向日葵の咲かない夏』《11月》

●西尾維新〈戯言〉シリーズが『このライトノベルがすごい！2006』1位を獲得。《11月》

[このミス2006：（国内1位）東野圭吾『容疑者Xの献身』（海外1位）ジャック・リッチー『クライム・マシン』]

[第6回本ミス大賞：（小説）東野圭吾『容疑者Xの献身』（評論・研究）北村薫『ニッポン硬貨の謎』]

2006

39 三津田信三『厭魅の如き憑くもの』《2月》

●レーベル〈講談社BOX〉創刊。《11月》

[このミス2007：（国内1位）平山夢明『独白するユニバーサル横メルカトル』（海外1位）ローリー・リン・ドラモンド『あなたに不利な証拠として』]

[第7回本ミス大賞：（小説）道尾秀介『シャドウ』（評論・研究）巽昌章『論理の蜘蛛の巣の中で』]

2007

86 古野まほろ『天帝のはしたなき果実』《1月》

58 北山猛邦『少年検閲官』《1月》

●ナゾトキ・ファンタジーアドベンチャーゲーム『レイトン教授と不思議な町』（レベルファイブ）が発売。《2月》

17 大崎梢『サイン会はいかが？』《4月》

87 詠坂雄二『リロ・グラ・シスタ』《8月》

●東野圭吾〈ガリレオ〉シリーズを原作とするドラマ『ガリレオ』（フジテレビ）が放映。《10月》

18 門井慶喜『人形の部屋』《10月》

[このミス2008：（国内1位）佐々木譲『警官の血』（海外1位）ジェフリー・ディーヴァー『ウォッチメイカー』]

［第8回本ミス大賞：（小説）有栖川有栖『女王国の城』（評論・研究）小森健太朗『探偵小説の論理学』（特別賞）島崎博］

2008

47 牧薩次『完全恋愛』《1月》

• 伊坂幸太郎『ゴールデンスランバー』が本屋大賞受賞。《4月》

• 秋葉原無差別殺傷事件が発生。《6月》

27 初野晴『1／2の騎士』《10月》

48 多島斗志之『黒百合』《10月》

• 野村美月〈文学少女〉シリーズが『このライトノベルがすごい！２００９』1位を獲得。《11月》

［このミス２００９：（国内1位）伊坂幸太郎『ゴールデンスランバー』（海外1位）トム・ロブ・スミス『チャイルド44』］

［第9回本ミス大賞：（小説）牧薩次『完全恋愛』（評論・研究）円堂都司昭『「謎」の解像度』］

2009

• 湊かなえ『告白』が本屋大賞受賞。《4月》

09 綾辻行人『Another』《10月》

88 円居挽『丸太町ルヴォワール』《11月》

［このミス２０１０：（国内1位）東野圭吾『新参者』（海外1位）ドン・ウィンズロウ『犬の力』］

［第10回本ミス大賞：（小説）歌野晶午『密室殺人ゲーム2・0』&三津田信三『水魑の如き沈むもの』（評論・研究）谷口基『戦前戦後異端文学論』］

2010

28 梓崎優『叫びと祈り』《2月》

89 東川篤哉『謎解きはディナーのあとで』《9月》

• ハイスピード推理アクションゲーム『ダンガンロンパ 希望の学園と絶望の高校生』（スパイク／現スパイク・チュンソフト）発売。《11月》

［このミス２０１１：（国内1位）貴志祐介『悪の教典』（海外1位）キャロル・オコンネル『愛おしい骨』］

［第11回本ミス大賞：（小説）麻耶雄嵩『隻眼の少女』（評論・研究）飯城勇三『エラリー・クイーン論』］

2011

70 中山七里『連続殺人鬼カエル男』《2月》

• 東日本大震災が発生。《3月》

19 三上延『ビブリア古書堂の事件手帖』《3月》

• 東川篤哉『謎解きはディナーのあとで』が本屋大賞受賞。《4月》

29 城平京『虚構推理　鋼人七瀬』《5月》

49 皆川博子『開かせていただき光栄です』《7月》

90 長沢樹『消失グラデーション』《9月》

［このミス２０１２：（国内1位）高野和明『ジェノサイド』（海外1位）デイヴィッド・ゴードン『二流小説家』］

再起動期

2012

［第12回本ミス大賞：(小説) 城平京『虚構推理』＆皆川博子『開かせていただき光栄です』(評論・研究) 笠井潔『探偵小説と叙述トリック』］

● 綾辻行人の同名作品を原作とするアニメ『Another』(P.A.WORKS) が放映。《1月》

● 米澤穂信〈古典部〉シリーズを原作とするアニメ『氷菓』(京都アニメーション) が放映。《4月》

59 一肇『フェノメノ 美鶴木夜石は怖がらない』《6月》

40 阿部智里『烏に単は似合わない』《6月》

［このミス2013：(国内1位) 横山秀夫『64』(海外1位) スティーヴ・ハミルトン『解錠師』］

［第13回本ミス大賞：(小説) 大山誠一郎『密室蒐集家』(評論・研究) 福井健太『本格ミステリ鑑賞術』］

2013

91 青崎有吾『水族館の殺人』《8月》

［このミス2014：(国内1位) 法月綸太郎『ノックス・マシン』(海外1位) スティーヴン・キング『11／22／63』］

［第14回本ミス大賞：(小説) 森川智喜『スノーホワイト』(評論・研究) 内田隆三『ロジャー・アクロイドはなぜ殺される？』］

2014

92 早坂吝『○○○○○○○○殺人事件』《9月》

93 白井智之『人間の顔は食べづらい』《11月》

［このミス2015：(国内1位) 米澤穂信『満願』(海外1位) ピエール・ルメートル『その女アレックス』］

［第15回本ミス大賞：(小説) 麻耶雄嵩『さよなら神様』(評論・研究) 霜月蒼『アガサ・クリスティー完全攻略』］

2015

60 鳥飼否宇『死と砂時計』《1月》

94 井上真偽『その可能性はすでに考えた』《9月》

10 有栖川有栖『鍵の掛かった男』《10月》

［このミス2016：(国内1位) 米澤穂信『王とサーカス』(海外1位) ジェフリー・ディーヴァー『スキン・コレクター』］

［第16回本ミス大賞：(小説) 鳥飼否宇『死と砂時計』(評論・研究) 浅木原忍『ミステリ読者のための連城三紀彦全作品ガイド 増補改訂版』］

2016

● 有栖川有栖〈作家アリス〉シリーズを原作とするドラマ『臨床犯罪学者 火村英生の推理』(日本テレビ) が放映。《1月》

50 竹本健治『涙香迷宮』《3月》

［このミス2017：(国内1位) 竹本健治『涙香迷宮』(海外1位) アンデシュ・ルースルンド＋ステファン・トゥンベリ『熊と踊れ』］

［第17回本ミス大賞：（小説）竹本健治『涙香迷宮』（評論・研究）喜国雅彦＋国樹由香『本格力 本棚探偵のミステリ・ブックガイド』］

2017

20 阿藤玲『お人好しの放課後』《8月》

95 今村昌弘『屍人荘の殺人』《10月》

［このミス2018：（国内1位）今村昌弘『屍人荘の殺人』（海外1位）R・D・ウィングフィールド『フロスト始末』］

［第18回本ミス大賞：（小説）今村昌弘『屍人荘の殺人』（評論・研究）飯城勇三『本格ミステリ戯作三昧 贋作と評論で描く本格ミステリ十五の魅力』］

2018

・辻村深月『かがみの孤城』が本屋大賞受賞。《4月》

96 伊吹亜門『刀と傘』《11月》

［このミス2019：（国内1位）原尞『それまでの明日』（海外1位）アンソニー・ホロヴィッツ『カササギ殺人事件』］

［第19回本ミス大賞：（小説）伊吹亜門『刀と傘』（評論・研究）中相作『乱歩謎解きクロニクル』］

2019

・平成天皇生前退位（翌月1日より皇位継承にともない平成から令和に改元）。《4月》

30 相沢沙呼『medium』《9月》

97 阿津川辰海『紅蓮館の殺人』《9月》

［このミス2020：（国内1位）相沢沙呼『medium』（海外1位）アンソニー・ホロヴィッツ『メインテーマは殺人』］

［第20回本ミス大賞：（小説）相沢沙呼『medium』（評論・研究）長山靖生『モダニズム・ミステリの時代 探偵小説が新感覚だった頃』］

2020

98 城戸喜由『暗黒残酷監獄』《2月》

99 朝永理人『幽霊たちの不在証明』《3月》

・新型コロナウイルス禍により、東京・大阪など7都府県に1回目の緊急事態宣言。《4月》

100 斜線堂有紀『楽園とは探偵の不在なり』《8月》

［このミス2021：（国内1位）辻真先『たかが殺人じゃないか』（海外1位）アンソニー・ホロヴィッツ『その裁きは死』］

［第21回本ミス大賞：（小説）櫻田智也『蝉かえる』（評論・研究）飯城勇三『数学者と哲学者の密室 天城一と笠井潔、そして探偵と密室と社会』］

新本格《しんほんかく》ミステリを識《し》るための100冊《さつ》
令和《れいわ》のためのミステリブックガイド

二〇二一年八月二五日 第一刷発行
二〇二一年九月二九日 第二刷発行

著者 佳多山大地《かたやまだいち》

アートディレクター 吉岡秀典《よしおかひでのり》（セプテンバーカウボーイ）
デザイナー 山田知子（チコルズ）
フォントディレクター 紺野慎一《こんのしんいち》
校閲 鷗来堂《おうらいどう》

発行者 太田克史《おおたかつし》
編集担当 丸茂智晴《まるもともはる》

発行所 株式会社星海社
〒一一二-〇〇一三
東京都文京区音羽一-一七-一四 音羽YKビル四階
電話 〇三-六九〇二-一七三〇
FAX 〇三-六九〇二-一七三一
https://www.seikaisha.co.jp/

発売元 株式会社講談社
〒一一二-八〇〇一
東京都文京区音羽二-一二-二一
（販売）〇三-五三九五-五八一七
（業務）〇三-五三九五-三六一五

印刷所 凸版印刷株式会社
製本所 株式会社国宝社

ISBN978-4-06-524713-6
Printed in Japan